상사가 없는 월요일

5 작가의 발견

상사가 없는 월요일

아카가와 지로 지음
유은경 옮김

행복한책읽기

상사가 없는 월요일

초판 1쇄 펴낸 날 2010년 11월 19일

지은이 아카가와 지로 | **옮긴이** 유은경
펴낸이 임형욱 | **편집주간** 김경실 | **편집장** 정성민 | **디자인** 조현자 | **영업** 이다윗

펴낸곳 행복한책읽기 | **주소** 서울시 중구 필동3가 15 문화빌딩 403호
전화 02-2277-9216,7 | **팩스** 02-2277-8283 | **E-mail** happysf@naver.com
출력 버전업 | **인쇄 제본** 동양인쇄주식회사 | **배본처** 뱅크북
홈페이지 www.happysf.net
등록 2001년 2월 5일 제2-3258호 | **ISBN** 978-89-89571-69-8 03830 | **값** 10,000원

· · · 차 례

상사가 없는 월요일

시오자와 게이이치는 불만이었다.

수리 공장의 늙은이가 싼 월급으로 사람을 혹사시키는 것이 불만이었다. 지난번에 만났을 때 같이 자겠다고 약속한 여자가 자기 몰래 아파트를 옮기고 사라져 버린 것도 불만이었다. 월급날까지 일주일이나 남았는데 전 재산인 5000엔짜리 지폐가 들어 있는 지갑을 잃어버린 것도, 가불해 달라는 요청을 딱 잘라 거절당한 것도, 파칭코가 전혀 터져 주지 않는 것도, 저녁으로 먹었던 가쓰동의 돈가스가 너무 작았던 것도, 요컨대 그 무엇이든 전부 불만이었다.

게이이치는 TV의 형사물에 나오는 불량소년 같은 말투로 중얼거렸다.

"세상이 나쁜 거야……."

일은 한밤중이 되어서야 겨우 끝났다. 번쩍거리는 장난감 권

총을 매직으로 까맣게 칠하는 일이었다. 칠하면 칠할수록 왠지 진짜와는 더 멀어져 보이는 것 같아서 짜증이 났지만 그 정도로 마무리를 져야겠다는 생각이 들었다.

그러고 나서 마지막으로 하나 남아 있던 컵라면을 끓여 먹었다.

"그럼, 어디로 해야 할까……."

은행 같은 곳을 목표로 정할 생각 따위는 애초에 하지도 않았다. 뜻밖의 상황으로 총에 맞아 죽는다면 모든 것이 물거품이 되어 버린다. 게다가 게이이치는 거액을 손에 넣겠다는 것도 아니었다. 단지 지금 당장 조금 놀 수 있고 조금 맛난 것을 사 먹을 수 있으면 좋겠다 싶은, 그 정도의 돈만 있으면 되었다.

공중전화 부스에서 슬쩍 해온 전화번호부를 펼쳤다. 한 손으로 볼펜을 들고 눈을 질끈 감은 후에 "이얏!" 하고 전화번호부를 향해 내리찍었다.

"좋았어!"

그리고는 볼펜 밑에 찍힌 전화번호로 시선을 던졌다.

"〈M경비회사〉? 여긴 안 되겠어!"

당황해서 페이지를 넘기고는 다시 한 번 "에잇!" 하고 볼펜을 내리꽂았다. 볼펜이 꽂힌 곳을 보니 그다지 들어본 적이 없는 —— 아니, 한 번도 들어본 적이 없는 회사였다.

"M문구입니다."

전화를 받으며 가타오카 히사코는 하품을 했다.

"여보세요? 앗! 사, 사장님이세요! 안녕하세요!"

순간 찬물을 끼얹은 듯 졸음이 사라졌다.

"예, 예! 예, 알겠습니다."

수화기를 내려놓고는 종이박스가 쌓인 좁은 복도를 헤집고 지나쳐 사장실로 향했다. 문을 여니 비서 유아사 도시에가 당황하며 콤팩트를 닫았다.

"뭐야, 히사코잖아? 놀라게 하지 좀 마!"

"그냥 그대로 화장해도 돼. 지금 사장님한테 전화가 왔는데 두통 때문에 쉬신대."

"어머, 그래? 그 밖에는?"

"응, 뭐라고 했는데. 그러니까……, 맞다. 타이프 원고를 가지러 오라고 했어."

"그래, 알았어. 고마워!"

"오늘은 날씨도 좋고 외출하는 것도 좋겠다, 이런 날은."

가타오카 히사코가 나가 버리자 유아사 도시에는 갑자기 흥분한 듯 콤팩트를 들여다보고는 색기 어리다고 정평이 난 미소를 띠며 가볍게 휘파람을 불었다.

히사코는 자리로 돌아와 시계를 보았다.

8시 50분. 사무실을 둘러보고는 "어머, 오늘 아침은 윗사람들이 아직 한 명도 안 왔네"라고 혼잣말을 했다. 영업의 이가야 과장, 경리의 오모리 과장, 배송 담당의 다케모토 과장, 서무의 ── 히사코의 직속 상사인 ── 미쓰하시 과장. 그들 중 누구의 얼굴도 보이지 않았다.

"이상한 일도 다 있네."

대체로 과장급들이 사무실에 일찍 출근하는 것은 그들이 성실해서가 아니다. 그보다는 오히려 어쩔 수 없는 사정 때문이다. 과장급 정도가 되면 모두들 근교에 자기 집을 한 채 갖게 되는데, 집이 있는 근교에서 출근하려면 전철 상황 때문에 싫어도 어쩔 수 없이 일찍 도착하게 되는 경우가 생기는 것이다.

히사코는 과장의 책상 위에 클립으로 고정해 놓은 휴가 신청서를 떼어서는 출퇴근기록기 바로 옆에 있는 칠판으로 향했다. 휴가란에 흰 분필로 먼저 〈미즈카미〉라고 썼다. 사장님이다. 〈오모리〉, 〈다케모토〉…….

급한 발걸음으로 사무실에 들어선 경리부의 신입사원 시마모토가 자기의 타임카드를 꺼내며 칠판을 바라보았다.

"이야, 우리 과장님 오늘 쉬시네. 오늘 재수 좋은걸."

사장님과 과장님 두 사람이 쉬는 건가, 히사코는 남은 두 사람——두 사람 모두 평사원——의 이름을 적어 넣으며 중얼거렸다. 오늘은 좀 느긋하게 보내도 될 것 같다. 딱 좋잖아. 월요일이니까 말이야, 오늘은…….

과장도 아니고, 집도 멀지 않으면서 빨리 출근한다는 것은 역시 성실하다는 증거가 된다. 경리부의 네 개의 책상 중, 매일 아침 맨 처음으로 와 앉아 있는 것은 언제나 나카에였다. 특별히 할 일이 있는 것도 아니었고 단지 신문을 읽을 뿐이었으므로 왜 그렇게 빨리 출근하는 것인지 그 누구도 알지 못했다. 실은 나카에 본인도 몰랐다. 단지 나카에는 습관을 바꾸지 못하는 남자였다.

나카에는 마흔세 살이다. 연령으로 보자면 오모리 과장의 다음인데…….

"안녕하세요."

시마모토가 자리에 앉으며 말을 건넸다.

"과장님 오늘 쉬는가 봐요."

나카에는 신문에서 눈을 떼면서 "그래? 듣지 못했는데" 하는 정도의 반응을 보일 뿐이었다.

"뭐? 정말?"

히사코는 자기도 모르게 되물었다.

"정말이라고. 왜 그러는데?"

히사코와 친한 미네기시 료코가 이상한 듯한 표정을 지었다.

"그럼 정말 이가야 과장님도 쉬시는 거야?"

"응. 어제 ── 아니다, 토요일에 퇴근하면서 그렇게 말했어.

"놀랄 일이야! 오늘은 우리 과장님 빼고 관리직은 아무도 안 나왔어."

"어머 정말이야? 우연 치고는 대단하다, 정말!"

"맞아. 저기 그럼, 여자들끼리 케이크라도 사다 먹을까?"

"그거 좋네! 돈은?"

"사다리로 결정하자. 십 엔부터 오백 엔까지. 내가 그릴게!"

"부탁해."

이럴 때에는 다른 사람보다 배로 열심히 나서는 료코가 서둘

러 자기 자리로 돌아갔다. 히사코는 시계를 보았다. 8시 58분
——문득 히사코의 시선이 미쓰하시 과장의 자리 쪽으로 향했다. 언제나 5분 전에는 와 있었는데.

"설마……."

그럴 리가 없지!

하세가와는 역을 나와서 M문구주식회사를 향해 하염없이 길을 걸었다. 걷고 싶지 않은데 걸어야 한다는 것은 괴로운 일이다. 그것도 9시까지 목적지에 닿아야 한다. 그러나 현재의 시간은, 역의 시계를 믿을 수 있다면 8시 58분. 그래서 괴로움은 한층 더 심해졌다.

역 시계가 빠르거나 회사 시계가 늦었으면 하는 마음이었으나 그런 일은 있을 수 없다는 것을 잘 알고 있었다.

오늘도 과장님의 차가운 시선과 함께 타임카드에 빨간 표시를 당하게 될 것이다. '9:01' 혹은 '9:02' 라고. 숨이 끊어질 것만 같아서 발걸음도 느려진다. 이렇게 된 이상 나중을 위해 지각한 이유라도 생각해 놓자는 생각이 들더니, 슬슬 자포자기하는 심정이 되어 아예 발걸음도 속도가 느려졌다.

하세가와는 서무만 10년차가 된다. 미쓰하시 과장에게 혼나고 얻어맞아 가면서 10년의 세월이 흘러 지금은 서른세 살. 아직 독신이다. 벌써부터 배가 나오기 시작한데다가 근시까지 있다. 얼굴은 동안이었지만 미남이라고 하기는 힘들다. 지각은 일주일 평균 2.5회. 고등학교 시절과 변함없는 기록이다.

"오늘은…… 전철이 늦게 왔다고 하자."

그런데 그건 이전에 이미 써 버렸다.

"할 수 없지. 그냥 늦잠 잤다고 하자."

과장님한테 이런저런 잔소리를 듣지 않을 수 있는 유일한 방법은 자리에 앉자마자 여기저기 전화를 거는 것이다. 오늘은 월요일이다. 전화할 일이 서너 건 정도는 있다. 좋았어. 이번에도 그 방법으로 하자. 하세가와는 〈M문구주식회사〉라고 쓰인 유리문을 밀었다. ——한 가지 덧붙이자면 그의 이름은 가즈오라고 한다.

"안녕하세요."

히사코는 지나칠 정도로 정중하게 머리를 숙이면서 전화로 인사를 했다. 전화 상대는 미쓰하시 과장의 부인이었다.

"예, 그렇습니까? 예, 알겠습니다. 그럼 몸조리 잘 하시라고……."

휴, 하고 한숨을 쉬고는 자리에서 일어나 칠판의 휴가란에 〈미쓰하시〉라고 적어 넣었다. 그때 하세가와가 들어왔다. 아직도 가쁜 숨을 내쉬고 있었다.

"히사코 씨, 좋은 아침!"

"안녕하세요. 벌써 시작 벨이 울렸답니다."

"알고 있다고! 그렇다고 그렇게 큰 소리로——"

말을 되받은 하세가와는 미쓰하시 과장의 자리가 비어 있는 것을 본다. 그리고 무심결에 사무실을 둘러보았다.

"뭐야, 간부회의라도 있어? 오늘은 월요일이잖아?"

히사코는 묵묵히 칠판을 가리켰다. 히사코가 가리키는 곳을 물끄러미 바라보던 하세가와의 눈이 조금씩 커졌다.

"……장난이지!"

"아쉽게도 사실이에요. 빼고 더할 것도 없는 사실."

"제기랄! 뛰어오지 않는 건데!"

하세가와의 마음속 중얼거림이 입 밖으로 흘러나왔다.

M문구주식회사. 사원 수 44명. 그중 창고 근무가 20명, 사무실에 24명. 업무내용은 일반적인 문구용품 도매업. 사무실은 단층 건물로 언뜻 보아서는 평범한 단독 주택 같다. 주택가의 맨션, 아파트 같은 것들이 한곳에 모여 북적대는 지역과 붙어 있었다. 사무실이 있는 터에 창고 2개가 나란히 같이 있었고 그 곳으로 트럭이 출입했다.

경기는 좋은 편도 아니었고, 그렇다고 그리 나쁜 편도 아니었다. 문구라는 게 원래 경기에 따라 매상에 큰 변화가 있는 상품도 아니었고, 이 회사를 설립한 현 미즈카미 사장이 성실을 좌우명으로 학교, 유치원 등을 주로 거래하고 있어서 다른 업자들이 캐릭터 상품에만 몰두하여 고전하고 있을 때에도 꾸준히 실적을 올렸다.

〈토요일 밤과 일요일 아침〉이라는 영화가 있다. 이것이 하루 어긋나서 〈일요일 밤과 월요일 아침〉이 되면 〈최악의 기분〉과 동의어가 된다. 하지만 이날만은――

"최고의 월요일이야!"

하세가와는 천천히 차를 마셨다.

"우연이라고는 해도 정말 믿을 수 없는 일이에요."

히사코가 말했다.

"최근 십 년 사이에 처음 있는 일이야! 이 기회에 한숨 좀 돌려야 하는 거 아니겠어!"

"무슨 일이라도 생기면 어떻게 해요?"

"무슨 일이라도라니?"

"과장님의 결제를 받지 않으면 안 되는……. 그럴 때는 누가 대신해야 하는 거죠?"

"글쎄. 과장이라는 직함이 붙은 사람이 한 사람이라도 와 있으면 모르겠지만 그런 사람이 아무도 없으니까……. 하지만 걱정 말라고. 무슨 일이 있을 리가 있겠어?"

그때 전화벨이 울렸다. 히사코가 수화기를 들었다.

"M문구입니다. 네? 어디신지. ——아, 잠시만 기다려 주세요. 저——"

히사코는 수화기를 내려놓았다.

"끊겼어."

"무슨 일인데 그래?"

하세가와가 물었다.

"이노우에라는 분이에요. 지금 이쪽으로 오신다고."

"이노우에? 어디의 이노우에?"

"그게……."

"뭐야?"

"〈M문구를 고발하는 모임〉의 회장이래요."

하세가와는 눈을 휘둥그렇게 떴다.

나카에는 전표에서 눈을 떼고 시계를 보았다. 10시 반이다. 아까부터 나카에는 망설이고 있었다. 모처럼 과장님이 쉰다. 적당히 주판알을 튕기는 흉내라도 내면서 쉬어도 됐지만 하고 싶은 일이 있었다. 얼마 전부터 캐비닛을 정리하고 싶었다. 그걸 할 수 있는 좋은 기회다.

"시마모토 군!"

"네."

"미안한데, 좀 도와주지 않겠어?"

"무슨 일인데요?"

"거기 캐비닛 있잖아. 그걸 좀 정리하고 싶은데. 아니, 전부터 계속 해야지 해야지 하고는 있었는데 좀처럼 기회가 없어서……. 좀 성가신 일이기는 하지만 함께해 주지 않겠나?"

"그러죠. 그렇잖아도 졸려서 죽는 줄 알았는데요. 할게요."

"미안하네."

"뭘 어떻게 해야 하죠?"

"우선 오래된 파일을 번호순으로 정리하고……."

나카에는 와이셔츠의 소매를 걷어붙이면서 일어섰다.

영업 쪽에 딱 한 사람 남은 미네기시 료코는 케이크 값을 결정하는 사다리타기 결과를 정리하는 데에 온 정신을 쏟고 있었다. 영업과원들은 언제나 9시 반이 되면 전원 외근을 나가버리기 때문에 이가야 과장과 단 둘이 있어야 했다. 모두가 돌아오는 4시 무렵까지 둘이서만 있어야 하기 때문에 숨이 막힐 것 같은 심정으로 일해야 했다. 그러니 오늘은 얼마나 홀가분한가! 오늘 하루만이라도 일 따위는 뒤로 미루자고 결심했다.

과장 책상의 직통 전화가 울렸다.

"전화 정도는 받아 줄까!"

미네기시 료코는 거드름을 피우며 과장 자리에 앉는다.

"네, M문구입니다. 아, K초등학교군요. 언제나 감사드립니다. 네?"

료코는 귀청이 떨어지는 줄 알았다. 상대방이 갑작스럽게 고함을 질렀던 것이다.

"도대체 그쪽 회사하고 우리가 몇 년이나 거래를 해 왔다고 생각하는 거지?"

"무슨, 저——"

"잘 들어보라고. 십 년이라고, 십 년! 그런 단골손님한테 이게 무슨 짓이야?"

찢어질 듯한 여자의 목소리가 료코의 귀에 예리하게 꽂혔다.

"저…… 뭔가 실수라도 있었나요?"

"요전에 들여온 연필 오십 다스가, 전부 심이 부러져 있었다고!"

"예? 그런 일이——"

"이건 말이야, 학교의 이름을 넣고 기념품으로 나눠 주려고 한 거라고. 그게 전부 못쓰게 되어 버렸어! 이 일을 도대체 어떻게 책임질 거야? 나도 교장 선생님한테 호통을 들었다고!"

"정말 죄송합니다. 되도록 빨리 다른 물건으로——"

"책임자한테 당장 오라고 전해! 교장 선생님께 곧장 사죄하지 않으면 내 입장이 곤란하게 될 거라고. 알았어?"

"예, 그게 공교롭게도 과장님이 오늘은——"

"오늘 중이라고! 알았지? 그쪽 태도에 따라서 업자를 바꿀 수도 있다는 걸 명심하라고!"

"저——"

내동댕이치듯이 전화가 끊겼다. 료코는 멍해졌다. K초등학교는 가장 큰 거래처 중 하나였다. 그런 곳에서 하필 이런 때에……. 일단은 뭔가 하지 않으면 안 된다. 료코는 이가야 과장의 자택으로 급하게 전화를 했다. 호출음이 몇 번인가 울렸을 때에야 생각이 났다. 이가야 과장은 가족과 함께 여행을 떠난다고 했다.

료코는 새파랗게 질린 얼굴로 수화기를 내려놓았다. 케이크 타령을 할 때가 아니었다…….

사장실에서 나온 유아사 도시에가 히사코에게 말했다.

"그럼 나갔다 올게."

"수고해. 언제쯤 들어와?"

"세 시 정도 될까?"

"알았어."

히사코는 빠르게 메모를 했다.

"다녀와!"

회사를 나오자 도시에는 급히 역으로 달렸다. 역 앞까지 가지 않으면 택시를 잡을 수가 없다. 늘 가던 호텔까지는 택시로 20분. 11시 좀 지나서는 도착할 수 있다……. 점심시간을 끼고 3시간 정도는 여유 있게 즐길 수 있다는 것이다.

"타이프 원고를 가지러 와"라는 말은 호텔로 오라는 미즈카미 사장의 암호였다. 도시에와의 관계는 반년 이상 지속되고 있다. 도시에는 역 앞에 서 있는 택시에 급하게 올라타고는 호텔의 위치를 말했다.

멋진 여자다. 택시에 올라타는 여자의 섹시한 엉덩이를 탐스러운 복숭아라도 훑듯이 바라보던 게이이치는 생각했다. 그러다 문득 당황해서는 주변을 둘러보았다.

"그런 태평한 생각하고 있을 때가 아니야."

역을 나오기는 했지만 M문구라는 회사가 어디에 있는지 전혀 알 수가 없었다. 방향치라는 것만도 힘든데, 이 주변은 한층 더 복잡했다.

"파출소에 물어볼 수도 없는 노릇이고."

강도가 지금부터 털 장소를 파출소에 묻는다는 것은 아무리 생각해도 재미없는 짓이었다. 게이이치는 역 앞에 있는 매점의 뚱뚱한 여자에게 말을 걸었다.

"아줌마, 이 주소로 가려면 어떻게 가야 하는지 아슈?"
"아아, 여기에서 왼쪽으로 꺾어서 계속 가요."
"고마워요."
게이이치는 기세 좋게 —— M문구 쪽과는 정반대 방향으로 —— 걷기 시작했다. 매점 여자는 아무것도 사지 않고 길을 묻는 사람에게는 언제나 엉터리로 가르쳐 주었다.

그 남자는 게이이치와는 전혀 다른 진정한 프로였다. 역 앞 공중전화 부스에서 M문구에 전화를 해서 가는 길을 자세히 묻고는, 정중히 인사까지 하고 수화기를 내려놓았다. 예의 바르게 양복을 입고 머리도 확실히 쓸어 올려, 누가 보아도 사람 좋은 세일즈맨으로 보이는 남자였다. 남자는 서류가방을 전화기 옆에 올려놓고 조용히 가방을 열어 내용을 확인했다. 시계, 발화장치, 다이너마이트 2개. 남자는 그 위에 천을 덮고 흰색 종이와 주간지를 올리고 빈틈없이 체크한 뒤 가방을 닫았다.
그리고 공중전화 부스에서 나와 천천히 걷기 시작했다.

2

"누군가 어떻게 좀 해 줘!"
료코는 당장이라도 울음을 터트릴 것만 같았다.
"진정해, 료코."

히사코가 위로했다.

"하필이면 왜 이런 날에!"

하세가와가 투덜거렸다.

"K초등학교에 전화해서 내일 대신할 물건을 가져가겠다고 말하면 어때?"

"상대방이 서슬이 퍼랬다고요. 어찌 되었든 간에 오늘 중으로 사죄하러 오지 않으면 납품하던 것까지 그만둘 거라고……."

"참, 난처하네."

"우리 과장님한테라도 전화해 볼까?"

히사코가 말했다.

"감기 때문에 열이 나서 누워 있는 것 같지만."

"어려울 거야. 미쓰하시 과장님하고 이가야 과장님 사이가 나쁘다는 건 다들 알고 있지? 미쓰하시 과장님한테 말해 봤자 '왜 내가 이가야 대신에 사과하지 않으면 안 된다는 거야!' 라고 성낼 게 틀림없다고."

"어떻게! 그럼 난 어떻게 해야 하는 건데?"

료코는 이제 반쯤은 울고 있는 상태였다.

"다케모토 과장님은? 연필심이 부러졌다는 것은 배송에서 문제가 있었다는 거라고, 분명히."

"휴가 내셨어."

"휴가인 건 알고 있어. 사정을 설명하고 나오시라고 하는 거야. 그 때문에 관리직 수당을 받고 있는 거잖아."

"안됐지만."

아사코는 고개를 저었다.

"다케모토 과장님은 오늘 결혼식 주례를 서기로 되어 있어요. 그걸 내팽개치고 나올 리가 없잖아."

"이런! 이거야말로 사면초가로군!"

"오모리 과장님은……."

"안 돼! 그 허약한 과장님은 이야기를 듣기만 해도 즉시 복통을 일으킬 거라고."

하세가와는 한숨을 쉬면서 말했다.

"이렇게 되면 최후의 수단밖에 없어."

"그게 뭔데?"

료코가 물었다.

"사장님한테 전화하는 거야."

료코는 눈을 동그랗게 뜨고 말했다.

"이 사실이 사장님한테 알려지면 그거야말로 불벼락을 각오해야 하는 상황이 된다고요!"

"하지만 저쪽에서는 〈책임자〉를 보내라는 거잖아. 우리 M문구의 최고 책임자는 미즈카미 사장님이 아닌가."

"이치를 따지자면 그렇지만……."

아무래도 내키지 않는 듯한 료코에게 히사코가 말했다.

"료코, 그 밖에 다른 방법이 없어. 그렇다고 네가 특별히 잘못한 것도 아니니까 괜찮아. 게다가 사장님한테 알리지 않고 숨기려다가 나중에 들키면 그게 더 큰 문제라고."

"그렇긴 하지만……."

히사코는 하세가와를 쿡쿡 찔렀다.

"전화 걸어 줘."

"내가 사장님한테?"

"남자잖아. 게다가 당신은 혼나는 것에도 어느 정도 단련되어 있잖아."

하세가와는 쓴웃음을 지었다.

"생각하고 싶지 않은 일을 명확히 말해 주는군. 알았어, 알았다고. 자택이 몇 번이지?"

"내가 돌려 줄게요. 사장님께서 받으시면 대신 얘기해 줘요."

히사코가 눈앞에 보이는 전화의 다이얼을 돌렸다.

"아, 사모님이십니까? 회사의 서무입니다. 쉬시는데 정말 죄송합니다만 급하게 사장님의 결정이 필요한 사항이 생겨서요. 사장님께서는 댁에 계신가요? 네? 아니요, 하지만……. 예, 알겠습니다."

복잡한 표정으로 수화기를 내려놓는 히사코에게 하세가와가 물었다.

"미야, 표정이 왜 그래? 사장님은 안 계셔?"

"그게 말이야, 사모님께서 받으셔서……."

"그래서?"

"사장님은 출근하신다고 평소처럼 집을 나가셨대."

히사코, 료코, 하세가와 세 사람은 서로의 얼굴을 번갈아 바라보았다. 세 명 모두 세상 물정 모르는 어린아이들일 리는 없다. 그 사실이 무엇을 의미하는지 유추해 내는 데에 그렇게 많은 시간이 필요하지도 않았다.

"이거야 낭패로군! 사장님은 분명히 지금쯤 어딘가 호텔에서……."

"어떤 여자와……."

히사코가 말을 이었다.

"사장님이 아무것도 모른다는 얼굴로 집에 돌아가시면 큰일이야. 내일은 누가 집에 전화를 했는지 노발대발하며 찾아낼 게 틀림없다고."

"엄청난 일을 저지르고 말았어. 제기랄!"

하세가와가 손들었다는 모습으로 그렇게 말했을 때, 접수처 쪽에서 날카로운 목소리가 들려왔다.

"사장님을 만나게 해 줘요!"

무심코 그쪽으로 고개를 돌린 세 사람은 아연실색하고 말았다. 눈앞에 벌어지고 있는 광경이 잠시 동안은 믿기지 않았다.

대충 잡아도 스무 명은 되어 보이는 주부들이 접수처의 카운터 앞을 메우고 있었다. 그들은 모두 다스키*를 질끈 매고 있었고, 〈M문구를 고발한다!〉라는 선명한 붉은색 글자가 쓰인 어깨띠를 두르고 있었던 것이다.

"그럼, 다음은……."

* 다스키 : 일본 옷을 입고 일을 할 때 옷소매를 걷어올려 매는 끈.

서류 다발을 끈으로 묶어서 들어 올린 시마모토가 고개를 들었다. 산처럼 쌓였던 낡은 장부와 전표들을 나카에와 시마모토는 먼지투성이가 되어서야 겨우 정리를 끝냈다.

"꽤 말끔해졌네요."

시마모토는 이마의 땀을 닦으며 허리에 손을 대고 분투한 성과를 바라보았다.

"이야, 고맙네, 시마모토 군. 덕분에 빨리 정리할 수 있었어. 언젠가 정리 한번 하자고 생각은 하면서도 계속 미루어 두었던 일이었는데 말이야. 정말 수고했어."

나카에는 시마모토를 약간 다시 보게 되었다. 젊은 녀석들은 편한 일만 하려 한다고 생각하고 있었고, 시마모토도 그런 류일거라고 생각했었는데 그가 일하는 태도는 의외였다. 게다가 서류 더미에 끈을 묶을 때에도 그 힘의 차이가 역력했다. 나카에는 순간순간 자신이 젊지 않다는 사실을 깨달아야 했다.

시마모토는 시마모토대로 이런 단순한 작업이라면 실수할 걱정도 없기 때문에 오히려 편했다. 게다가 학생시절에 했던 포장 아르바이트가 도움이 됐다고 생각하니 한층 더 기분이 좋아졌다.

그래서 한술 더 떴다.

"이 캐비닛도 정리해 버리는 게 어때요?"

"거기는 과장님 전용이야."

"하지만 버리지 않고 정리만 해둔다면 괜찮지 않습니까?"

"그래도 손대지 말라고 했거든."

"하지만 여기도 분명 먼지투성이일 거라고요. 깨끗하게만 해 둔다면 괜찮잖아요."

시마모토는 이미 정리할 태세에 들어가 있었다.

"그건 그렇네."

나카에는 주저했다. 자신이 책임져야 할 일이 생기면 바로 결단력이 둔해지고 만다.

뭐, 청소만 해 두는 정도라면 특별히 뭐랄 일도 없을 거야.

"그럼 위치가 바뀌지 않도록 주의하라고!"

"물론이죠. 일 밀리미터도 틀리지 않도록 하겠습니다. 열쇠, 가지고 계세요?"

"어, 이 중에 하나가 맞을 거야."

나카에는 서랍에서 열쇠 다발을 꺼내 시마모토에서 건넸다. 시마모토는 몇 개인가를 시도한 끝에 캐비닛이 열리자, 안에 있는 파일들을 의욕에 넘쳐서 꺼내기 시작했다. 나카에가 함께 하자고 해도 사양했다.

"아, 괜찮습니다. 좀 쉬세요. 제가 할 테니까요."

나카에는 쓴웃음을 짓고는 한 걸음 물러서서는 시마모토가 연이어 꺼내서 쌓아 놓는 파일과 장부를 적당히 분류해 나갔다. 그러던 중에 장부 사이에서 얇은 노트가 한 권 툭 떨어졌다.

무심결에 노트를 집어 든 나카에는 책장을 훌훌 넘겨 보았다…….

사장과 비서의 육체적 관계 따위는 너무나 통속적이어서 전혀 재미있을 것도 없다. 게다가 현실적으로 볼 때 그런 사례가 생각보다 그리 많지 않은 게 분명하다. 일본의 경우, 사장이란 대체로 노인이고 남성적인 매력은 오래 신어서 낡아빠진 신발 굽처럼 사라져 버리는 게 보통이다. 거기에 일본의 경영자는 나이가 들면 갑작스레 도덕군자로 변해서는 무엇이든 훈계를 하려는 습성이 생긴다. 그렇게 되면 마음도 더불어 낡아 버려서 여자를 상대로 무언가 하겠다는 마음도 사라져 버리고 만다.

예순 살의 미즈카미 사장은 그런 면에서 보면 진기한 인종에 들어갈 것이다. 그렇긴 해도 체력이 떨어지는 것은 어쩔 수 없는 일이어서 이 날도 11시 20분이 지나서 제1라운드를 시작해서 11시 45분 경에는 잠시 동안의 휴식을 취하지 않으면 안 되었다.

"거참……."

미즈카미는 늘어지기 시작한 배를 어루만졌다. 쉰 살을 넘겨서도 다른 보통의 중년들처럼 살찌지 않는다는 자신이 있었는데…….

"지쳤어?"

유아사 도시에가 위로를 하려는 듯 미즈카미의 가슴에 키스를 하면서 말했다. 도시에도 젊고 왕성할 때라고만 할 수는 없는 나이였다. 〈살집 좋은 몸〉에서 〈살찌려는 몸〉으로 미묘하게 변해 가는 때였다.

"나도 이제 나이가 됐어."

"약한 소리는."

"너무 지쳐서 돌아가면 안사람이 눈치챈다고."

"사모님…… 정말 모를까?"

"당연하지."

미즈카미는 자신에 넘쳤다.

"정말 확실한 거죠? 난 정말 싫어, 싸움이 나는 것은 말이야."

"괜찮아. 그런 일이 일어나도록 놔둘 리 없잖아."

"그래? 그런데 언제였더라, 여기 영수증을 당신이 지갑 속에 넣는 걸 봤어."

미즈카미는 웃으며 말했다.

"사업을 오래 하다 보면 자기도 모르게 영수증을 받아서 챙기는 습관이 생긴다고. 다른 때는 확실하게 처리하니까 걱정 말라고."

그때 순간적으로 미즈카미의 머릿속에 불안감이 피어올랐다. 요전에 이곳 영수증을 내가 처리했던가? 기억에 없다. 언제나 찢어서 버려 버리는데, 그때는 찢었는지 어쨌는지 생각이 나지 않는다. 뭐, 괜찮겠지. 무의식적으로 버렸을 게 분명하다고…….

"지금 몇 시지?"

"슬슬 열두 시."

도시에가 침대 옆 탁자에 놓인 시계를 보고 말했다.

"다들 점심을 어디에서 먹을까 생각하고 있을 때야."

"오늘은 회사의 관리직들이 전원 휴가를 냈기 때문에……."

"그런 핑계 대기 좋은 일이 있을 리가 있나요?"

날카로운 목소리로 하세가와의 변명을 딱 자른 것은 〈M문구를 고발하는 모임〉의 회장이라고 한 이노우에라는 여성으로 날카롭게 날을 세운 여우 같은 얼굴을 하고 있었다. 게다가 팽팽하게 좌우로 솟구쳐 오른 은테 안경을 써서 슬쩍 보기만 해도 〈성가신 유형〉의 여자라는 걸 알 수 있었다.

"저희가 여기에 온다는 얘길 듣고 모두 피한 거 아닌가요?"

"그래요!"

"누굴 바보로 알아!"

다른 여성들도 소리를 높였다. 하세가와는 이마의 땀을 닦았다.

"뭐라고 말씀하셔도 사실은 사실입니다. 아무리 기다리셔도 사장님과는 만나실 수 없습니다."

"그렇습니까?"

이노우에라는 여우가 말투를 바꾸었다.

"그러면 신문사에 직접 이야기를 할 수밖에 없겠네요."

하세가와는 일순 여우에게 목덜미를 물린 듯한 표정을 지었다.

"M문구는 저희 지역 주민들의 호소를 문전박대했다고 신문사에 전화를 하겠습니다. 그래도 괜찮겠지요?"

"그, 그건……."

"여기 계신 부회장 마나베 씨의 남편은 A신문사의 기자입니다."

하세가와는 얼굴이 창백해졌다. 만일 이게 정말 신문사에 알려지기라도 하면 M문구의 이름은 손상을 입게 될 것이다. 그렇게 되면 그 책임은……. 과장에게 혼나는 정도로 끝날 일이 아니다.

"저, 저기, 일단 여러분, 이야기를 좀 들어봐야 할 것 같습니다. 자 다들 이쪽 회의실 쪽으로. 히사코 씨! 이분들께 드릴 차 좀 부탁해요!"

"예!"

히사코는 하세가와의 인도로 부인들이 회의실로 사라지는 것을 멍하니 지켜보고 있다가 고개를 절레절레 흔들며 한숨을 쉬었다.

"오늘은 정말 엉망진창이야."

"차 내가는 거 도울까요?"

료코가 물었다.

"아, 고마워. 벌써 점심시간인데……."

두 사람은 급하게 차 끓일 물을 올렸다. 하세가와가 차를 준비하는 휴게실로 허둥지둥 뛰어 들어왔다.

"가타오카 씨! 저 사람들에게 뭔가 배달이라도 시켜 줘."

"네에? 도대체 뭐라는 거예요, 저 사람들?"

"그걸 잘 모르겠어. 지금부터 천천히 들을 거야. 이거야 원, 엉뚱한 데서 불이 났어."

"뭘 시킬까요?"

"응, 뭘 한다……. 너무 구두쇠처럼 보이면 기분을 나쁘게 할 거고, 그럼 상황이 더 나빠질 테니까 스시라도 시키라고."

"〈상〉으로요?"

"〈보통〉이면 돼."

하세가와는 성난 말투로 내뱉었다.

그때 접수처 쪽에서 누군가가 부르는 소리가 들려왔다.

"누구 아무도 없습니까?"

"네!"

히사코가 급하게 가보니 양복을 차려 입고 서류가방을 든 남자가 예의 바르게 서 있었다.

"저, 무슨 일이신가요?"

"저는 이런 사람입니다만……."

남자가 내민 명함에는 〈JCR레지스터주식회사 영업부장/구리바야시 구니오〉라고 씌어 있었다.

"이번에 저희 회사에서 발매한 신형 탁상계산기에 대해서 경리 되시는 분께 꼭 말씀을 드리고 싶어서……."

"그렇습니까……. 지금 점심시간이어서 경리를 보는 사람들이 모두 나가 버렸습니다만……."

그렇습니까? 혹시 가능하다면 기다려도 되겠는지요?

"예, 그럼 이쪽으로 오세요."

"감사합니다."

접수창구 한쪽에 놓인 긴 의자에 남자는 자리를 잡았다. 히사코가 가 버리자 남자는 서류가방을 조금 열어서 안에 손을 집어넣었다. 서류 아래쪽을 뒤지자 금속성 시한장치의 차가운

감촉이 느껴졌다. 그리고 뒤이어 다이너마이트의 건조한 느낌이 전해졌다. 그 순간 남자의 얼굴에 미소가 흘렀다.

히사코와 료코는 스물다섯 개의 찻잔에 서둘러 차를 따르고 있었다.

"맞다, 료코!"

"뭐?"

"K초등학교 일은 어떻게 할 거야?"

"으응……. 어떻게 해야 좋을까."

"참 난처하게 됐네. 하지만 할 수 없잖아. 그냥 내버려 둬. 내일, 이가야 과장님이 나오시면 보고해. 그러면 될 거야. 어쩔 수 없는 일이잖아. 아무도 없는데."

히사코가 쟁반에 올려놓을 수 있는 만큼의 차를 들고 가 버리자 료코는 생각에 잠겼다. 아무도 없다……. 분명히 아무도 없다. 자기 자신 이외에는 아무도 없는 것이다.

K초등학교와 거래가 중지된다면 이가야 과장에게 책임이 돌아갈 것이다. 료코는 이가야가 네 명의 과장 중 가장 연장자이면서도 그 누구보다 냉대받고 있다는 사실을 잘 알고 있었다. 이가야는 영업부에는 그다지 맞는 성격이라고 할 수 없었다. 다른 사람과 경쟁하는 것을 싫어하고 언제나 얼굴에 미소가 사라지지 않는 온화한 사람이다. 여사원들한테도 자주 과자를 사와서 나눠 주곤 했다. 그래도 상사는 상사. 언제나 둘이서만 사무실을 지킬 때면 숨이 막힐 것 같아서 견딜 수 없는 것은 사실

이었지만 료코도 이가야를 싫어하는 것은 아니었다. 오히려 젊고 수완 있는 부하들에게 바보 취급 당하고 있는 것을 알고 안됐다고 생각할 정도였다.

이번 건으로 이가야 과장의 입지는 더욱 좁아질 것이다. 료코는 자기 자리로 돌아와서는 잠시 생각에 잠겼다. 그러다 벌떡 일어서서는 전표가 놓인 서랍에서 외출허가서를 한 장 꺼내어 볼펜으로 적기 시작했다.

〈이름 / 미네기시 료코, 외출하는 곳 / K초등학교, 용건 / 불량 상품에 대한 사죄를 위해……〉

“이봐, 아줌마! 도대체 무슨 생각인 거야?”

게이이치는 매점 여자에게 따져 물었다.

“알려준 대로 걸어가다가 다시 물었더니 정반대라고 하잖아. 일부러 거짓말을 한 거지?”

여자는 기가 꺾이는 기색도 없이 말했다.

“어지간히 좀 까불라고!”

“뭐, 뭐라고?”

“여기는 파출소도 관광안내소도 아니라고. 길을 물을 거면 뭔가 사면서 묻는 게 당연한 거 아냐? 아무것도 안 산 주제에 뭘 잘했다고 떠드는 거야! 그런 것도 모르면 엄마 젖이나 다시 먹고 오라고!”

게이이치는 완전히 압도당하고 말았다.

“아, 알았다구……. 뭔가 사면 된다는 거지?”

그는 잔뜩 찌푸린 얼굴로 캐러멜을 하나 샀다.

"이젠 됐지? 가르쳐 줄 건가?"

"그럼, 그럼. 이 길을 쭉 가다가 보면 왼편에 있다고. 육교에서 조금 덜 가서."

게이이치가 걸음을 옮기자 "항상 감사합니다!"라는 여자의 목소리가 쫓아왔다.

"제기랄! 뭐가 항상이야!"

게이이치는 캐러멜을 마구 뜯어서 입속에 집어넣었다.

3

"여러분이 요청하시는 것이 우리 회사의 트럭이 통학로를 횡단하는 게 위험하니까 그렇게 하지 않도록 해 달라는 겁니까?"

하세가와는 조심조심 물었다.

"요청한다 정도로 간단히 말해 버릴 일이 아니라고요!"

이노우에 부인이 날카로운 목소리로 소리치면서 책상을 쾅쾅 두드렸다. 하세가와는 회의실 책상이 부서지면 수리하는 데에 얼마 정도 들까라는 서무다운 생각을 했다.

"사고는 오늘이라도 일어날지 모른다고요! 즉시 트럭의 출입을 중지하도록 요구합니다!"

다른 주부들이 일제히 고개를 끄덕였다. 하세가와는 꿀꺽 하고 침을 삼켰다. 스물다섯 명이나 되는 여자들이 노려본다면 대개 저항할 의욕 따위는 잃어버리고 말 것이다.

하지만, "알겠습니다" 같은 대답을 하면 사표를 내야 한다는 것도 역시 불 보듯 뻔한 사실이었다.

"그러니까…… 하시는 말씀은 잘 알겠습니다. 여러분의 심정은 이해합니다만…… 이 문제에 대해서는 저 같은 말단 직원으로서는 대답해 드리기 곤란한 점이 있습니다만……."

"도망갈 구멍을 찾고 있는 거라고!"

다시 여우 부인이 책상을 쾅쾅 두드렸다.

"확실한 대답을 듣고 싶습니다, 저희 쪽에서는요!"

"하지만 말이죠……."

"당신 이름은 뭐죠?"

"예, 하세가와입니다만."

"하세가와 씨, 만일 내일 어떤 아이가 이 회사의 트럭에 치여서 죽는다면 당신이 책임질 수 있습니까?"

"아, 그건……."

"분명히 해 주시면 좋겠네요."

"하지만…… 제가 여기에서 일한 지 십 년이 됩니다만 그런 사고는 단 한 번도……."

"지금까지 없었다고 해서 앞으로도 없을 거라고 말씀하시는 건가요?"

"말도 안 돼!"

"그래 맞아, 그런 소린!"

연이어 다른 주부들도 소리를 높였다. 하세가와는 입술에 침을 발랐다. 도대체 어떻게 하면 좋은가? 순순히 대답할 수도 없는 일이다. 그러나 그렇게 하지 않으면 어떻게 이들을 돌려보낼 수 있단 말인가. 그때 히사코가 얼굴을 내밀었다.

"저…… 하세가와 씨."

"응? 잠시 실례하겠습니다."

마침 잘됐다는 생각으로 회의실을 나왔다.

"아아, 이거 참 큰일났어! 죽고 싶을 정도야, 제기랄!"

"주문한 스시가 왔는데요."

"그래, 그럼 모두에게 갖다 줘. 그 사이만이라도 좀 쉬어야겠어."

"도대체 뭐라고들 하는 거예요?"

하세가와는 대략의 요지를 설명했다.

"뭐가 어찌 되었든 확답을 하라는 거야. 완전히 막무가내라고!"

"왜 갑자기 그런 말들을 하는 거죠?"

"내가 알게 뭐야! 분명히 저 이노우엔가 뭔가 하는 여자가 부추긴 걸 거라고. 가타오카 씨, 어찌 되었건 과장님한테 연락해 주지 않겠나?"

"열이 나서 누워 있다고 했어요. '어떻게든 손을 써!' 라고 호통을 칠 게 불 보듯 뻔하다고요."

"저 아줌마들한테 주리 틀리는 것에 비교하면 과장님의 잔소리는 자장가라고."

하세가와는 한숨을 내쉬었다.

"자네한테도 점심시간을 이렇게 허비하게 해서 미안하네."

"아닙니다. 어차피 해야 할 일이니까요. 스시를 나눠 주고 차를 다시 끓이겠습니다."

"부탁해. 나는 한숨 좀 돌리겠네."

하세가와가 고개를 저으면서 자기 자리로 돌아가는 것을 바라보던 히사코는 휴게실로 가면서 "뭔가 이상해……"라고 중얼거렸다. 이전부터 그런 항의가 있었다든가 계기가 될 만한 사고가 있었다면 모르지만 갑자기 집단으로 와서 항의를 한다는 것은 아무리 생각해 봐도 이상했다.

분명히 트럭이 출입하는 곳은 초등학교 통학로와 맞닿아 있어서 위험이 없다고는 할 수 없다. 하지만 트럭이 짐을 싣고 나가는 시간은 9시 반쯤이다. 그 시간이면 등교하는 학생들도 없을 시간이므로 위험할 거라고 생각하기 어렵다. 그리고 트럭이 돌아오는 건 저녁 시간이라서 하교 시간이 늦어진 학생들이 좀 있을 뿐이다.

그렇다고 해서 오늘 내일이라도 사고가 일어날 수 있는 위험이 있다고는 상식적으로 생각하기 어렵다. 위험하다고 하면 학교 앞에 있는 국도의 횡단보도를 건너는 것이 훨씬 더 위험하다.

히사코는 차를 끓이던 손을 갑자기 멈췄다. 그리고 무엇인가 생각난 듯이 급히 휴게실에서 뛰쳐나갔다.

나카에는 언제나 점심을 먹고 나면 바로 회사로 돌아가 신문을 읽는 습관이 있었다. 그러나 그날만은 회사에 돌아가지 않고 일부러 회사에서 조금 떨어진, 동료들이 그다지 드나들지 않는 찻집에서 커피를 마셨다. 습관을 바꾸지 않는 나카에에게는 좀처럼 있지 않을 법한 일이었다.

나카에는 오모리 과장의 캐비닛에서 발견한 노트를 넘겨 보고 있었다. 이마에 깊은 주름이 새겨졌다. 고개를 저어 가며 한숨을 내쉬고 있을 때였다.

"나카에 씨!"

여자의 목소리에 고개를 든 나카에는 깜짝 놀랐다.

"사모님!"

오모리 과장의 부인, 미유키였다.

"안녕하세요? 오랜만입니다."

"저쪽 큰길을 걷다 보니까 나카에 씨의 모습이 보여서……."

"좀 앉으시겠습니까? 커피라도? 여기 커피요!"

"댁은 모두 안녕하시죠?"

미유키가 물었다.

"예, 아들놈은 벌써 중학생입니다. 저보다 키가 클 정도랍니다."

"어머, 벌써 그렇게……. 시간이 빠르네요."

"예, 정말 그래요."

나카에는 미유키를 보는 것이 괴로웠다. 그럴 만큼 그녀는 야위고 안되어 보였다. 전에 과장집을 방문했을 때가 4년 정도 전이었을까. 그때 그녀는 아직 통통하고 밝은 주부로, 남자들이 하는 대화에도 끼어들어 남편을 웃게 만들곤 했다.

"사모님, 빙빙 돌려 말하는 것은 그만두지요. 도대체 무슨 일이 있으신 겁니까?"

느닷없이 미유키의 두 볼에 눈물이 흘러내렸다.

"남편이…… 없어졌어요."

"없어졌다니…… 언제부터입니까?"

"어젯밤, 한밤중에 나간 것 같아요. 회사에는……."

"오시지 않으셨습니다."

"역시, 그렇군요."

"무슨 일이 있었던 겁니까?"

"이상했어요. 벌써…… 최근 이 년 동안, 완전히 사람이 변해 버려서……."

"어째서 그렇게?"

"도박에 손을 댄 것 같아요. 저도 모르는 사이에 은행 계좌가 텅텅 비어 버리고, 빚이 산처럼 쌓였더군요. 그래도 어떻게든 돌려서 막아 왔었는데……. 급기야 그것도 길이 막혀 버려서……."

"무슨 일이 있었습니까?"

"일주일 정도 전쯤에 알았어요. 그 사람이 집을 저당 잡히고 돈을 빌렸다는 것을요. 도박에서 잃어서 이번에야말로 사면초가로 막혀 버린 것 같아요. 제 앞에서 손을 모으고 빌었어요. 그리고 한밤중에 집을 나가 버렸어요. 사방으로 찾아보았지만 찾을 수가 없어서……."

"사모님."

나카에는 힘을 북돋워 주려는 듯 말했다.

"분명 괜찮을 겁니다. 저도 짐작 가는 곳이 있으면 찾아보도록 하겠습니다."

"죄송합니다."

"제가 늘 신세를 지고 있으니까요. 집에 돌아가서서 좀 쉬지 않으시면 안 되겠어요. 나중에 연락하겠습니다."

"예……. 그리고 한 가지 더."

"뭡니까?"

"남편이 요전에 불쑥 흘린 말이 자꾸 신경 쓰여서."

"그건 또 무슨?"

"그 사람이 혼잣말로 중얼거리듯 말했어요. '내 퇴직금은 받을 수 있게 해 줄게. 그것만 처리하면……' 이라고."

"〈그것〉이라고 하면?"

"그게 뭔지 저도 잘 모르겠어요. 그냥 이유 없이 자꾸 불안해져서……."

나카에는 미유키의 손을 잡고 말했다.

"이제 아무것도 생각하지 마세요. 뒷일은 저한테 맡겨 주세요."

"감사합니다. 정말 죄송해요."

"사모님, 저는 남편의 부하입니다."

"남편은 나카에 씨에게 꽤 차갑게 대했을 텐데요……."

"그런 소리 마십시오! 과장님 같은 유능한 분 앞에 저 같은 사람은 그저 얼어 버려서 아무것도 못할 뿐입니다."

나카에는 미소를 지었다.

오모리 부인을 배웅하고 회사로 발걸음을 돌리면서 나카에는 마음이 무거웠다. 오모리 과장의 상태가 이상하다는 것은 나카에도 조금씩 느끼고 있었던 사실이다. 하지만 그 정도까지가 있을 줄은 상상도 하지 못했다.

오모리가 〈그것〉이라고 한 것이 무엇인지 나카에는 짐작이 갔다. 지금 손에 들고 있는 이 노트이다. 이것은 오모리가 적어 놓은 숫자의 일람으로 그 숫자는 오모리가 회사 돈에 손을 댔다는 것을 보여주고 있다. 그의 부인은 모를 수도 있지만 오모리는 집안의 저축만으로는 모자라 회사 공금에까지 손을 대고 말았던 것이다. 그것이 알려지게 된다면 오모리가 설령 병을 이유로 퇴직한다 하더라도 퇴직금을 받을 수 없을 것이다. 그래서 '이것만 처리하면' 이라고 말했을 것이다. 하지만 이 노트를 처리한다고 해도 장부를 꼼꼼히 조사하면 그 일은 반드시 발각될 것이다. 오모리도 그 정도는 당연히 알고 있을 텐데. 그렇게 많은 장부를 전부 가지고 나올 수는 없는 일이고 불이라도 나서 전부 타 버리지 않는 이상 어떻게 그것을 전부 처리할 생각일까?

나카에는 오모리 과장이 벌써 죽은 게 아닌가 싶은 생각이 들었다.

나카에는 회사 입구 쪽에서 안을 들여다보고 있는 점퍼 차림의 젊은 남자를 발견했다.

"무슨 용건이라도 있으십니까?"

말을 건네자 상대는 풀썩 뛰어오를 듯 놀랐다.

"아, 아니요, 별일은……."

고개를 저으며 황급히 다른 곳으로 달려가 버렸다. 이상한 녀석이라고 생각하면서 나카에는 회사 안으로 들어갔다. 슬슬 오후 업무가 시작되는 한 시 벨이 울릴 때이다.

게이이치는 전봇대에 기대어 뛰는 가슴이 진정되기를 기다렸다.

"제길! 겁주고 있어!"

잔뜩 화가 나서는 중얼거렸다. 말을 걸어온 남자에게가 아니라 자기 자신에게 화가 난 것이다.

"이렇게 쭈뼛거려서 일을 처리하겠어? 마음을 가라앉히라고!"

스스로에게 말했다. 조금 전 한 남자가 내 얼굴을 봤다. 기억하고 있을까?

"설마!"

슬쩍 본 게 전부다. 게다가 권총을 들고 들이닥치면 내가 아까 본 그 남자라고 생각할 정신도 없을 것이다. 게이이치는 점퍼 주머니 안에서 검게 칠한 장난감 총을 꽉 움켜쥐었다.

"좋았어, 가자!"

막상 M문구 건물 쪽으로 걷기 시작했지만 무릎은 부들부들 떨리고 심장이 밖으로 튀어나올 것만 같았다.

"무, 무섭지 않아……. 전혀 무서울 것 없다고……."

스스로에게 주문이라도 걸 듯이 입 밖으로 내뱉으려 했지만 목소리가 나오지 않았다. 식은땀이 관자놀이를 타고 내려오는 것이 느껴진다. 장난감 총을 잡고 있던 손을 놓고 얼굴의 땀을 닦았다. 이거야 원, 이렇게까지 열이 올라갈 줄은 몰랐네. 하지만 이제 와서 뒤돌아서 도망갈 수는 없어!

맞은편에서 세 살 정도 되는 남자아이가 엄마 손에 이끌려 걸어왔다. 그 남자아이가 게이이치를 보자 갑자기 빙글빙글 웃기 시작했다.

"뭐야, 저 녀석은……."

남자아이가 엄마에게 뭐라고 말하자 엄마 쪽도 게이이치의 얼굴을 봤다. 그리고 풋 하며 웃음을 참지 못하고 쿡쿡거리는 것이다. 게이이치는 핏발이 확 서는 것을 느꼈다.

"어이, 뭐야, 사람 얼굴을 보고 웃고 자빠졌어! 내 얼굴에 뭐라도 묻었냐고!"

그가 윽박지르자, 엄마 쪽은 여전히 웃음을 억지로 참아가면서 말했다.

"예에, 묻었어요."

게이이치는 멍해져서는 모자가 급한 걸음으로 사라져 가는 것을 보고 있었다. 그러다 문득 무언가 생각난 듯 주머니 속에서 손을 꺼냈다. 땀으로 흥건한 손이 매직잉크로 새까맣게 변해 있었다. 이 손으로 얼굴을 닦은 것이다…….

"그러면 오모리 과장님과 오늘 만나기로 약속하셨다는 건가요?"

나카에가 묻자 탁상계산기 세일즈맨이 대답했다.

"예, 지난번에 전화로 오늘이라면 사무실에 계실 거라고 말씀하셔서……."

"그렇습니까? 이거 정말 죄송합니다만 오늘은 회사에 안 나오신다고 하셨습니다."

"그렇군요. 그러면 내일이라도 전화한 후에 다시 찾아뵙겠습니다."

"수고를 끼쳐 드리게 되었습니다."

"아닙니다. 천만에 말씀을요. 저야말로 찾아뵙기 전에 전화로 확인을 했어야 했습니다."

세일즈맨은 사람 좋은 웃음을 지으며 말했다.

"아, 그런데 혹시 괜찮으시다면……."

"뭡니까?"

"이 서류 가방을 맡겨 놓아도 괜찮겠습니까? 안에 팸플릿이 들어 있어서 내일 오모리 과장님께서 오시면 전해 주셨으면 합니다만……."

"예, 물론 괜찮습니다."

"죄송합니다. 실은 오늘 다른 곳에서 물건을 받기로 한 건이 있어서요. 맡아 주신다면 정말 감사하겠습니다. 잘 부탁드립니다."

세일즈맨이 가 버리자 나카에는 "기분 나쁠 정도로 좋은 인상이야"라고 중얼거렸다. 그때 히사코가 숨이 넘어갈 듯이 급하게 들어왔다.

"오오, 히사코 씨."

"네, 무슨 일이세요?"

"숨 넘어가겠네. 무슨 일이야?"

"잠시 뭐 좀 사 가지고 오느라고요. 무슨 일이시죠?"

"이 서류 가방 말인데, 잠시만 저쪽 아무 데나 좀 놔둘 수 있겠어? 지금 시마모토 군이 캐비닛을 정리하느라 온통 먼지투성이라서."

"예, 그럼 접수처 옆에 놔 두겠습니다."

"나중에 가지러 갈게."

자기 자리로 돌아온 나카에는 전화기를 끌어다 앞에 놓고 수첩의 전화번호 페이지를 펼쳤다. 오모리 과장의 행방을 알 만한 사람은…… 그리 쉽게 떠오르지 않았다. 오모리는 사람들과의 관계가 그리 나쁜 사람은 아니었다. 그러나 이렇게 곰곰이 생각해 보니 마음을 터놓고 사귀는 친구는 한 사람도 없다는 사실이 명확해졌다. 만일 오모리가 평사원이었다면, 그리고 언제라도 술집에서 상사들의 험담을 늘어놓으며 쌓인 피로를 툴툴 털어놓을 수 있는 사람이었다면, 이런 상황까지는 오지 않았을지도 모른다. 나카에는 생각했다. 상사라는 것은 고독한 종족인 것이다.

그러나 일단은 눈에 띄는 대로 전화를 돌리는 것이 우선이라고 나카에는 생각했다.

"이야, 잘 먹었다!"

미즈카미 사장은 가득 차오른 배를 두드렸다.

"이제 힘이 좀 났어?"

도시에가 놀리듯이 물었다.

"이백오십 그램이나 되는 비프스테이크라고. 힘이 안 나면 어쩌겠어!"

"그거 믿음직스러운데."

"아아, 이 상태로 이 회전 만에 끝낼 순 없지. 삼 회, 아니 사 회전까지 해 주지."

"쉿!"

당황한 도시에는 레스토랑 안을 둘러보며 말했다.

"다른 사람들이 들으면 창피하잖아."

"뭐야, 신경 쓸 거 없다고. 지금 몇 시지?"

"한 시 반. 세 시에는 돌아오겠다고 말하고 왔으니까 두 시 반에는 나가야 해."

"사정이 있어서 늦어진다고 전화하면 되지 뭘. 다섯 시까지 돌아가면 돼."

"뭐야, 그게 사장님이 하실 말씀이신가?"

도시에는 살짝 웃었다.

"가 볼까?"

"으응."

두 사람은 레스토랑을 나와 큰길을 건너 바로 건너편에 있는 호텔로 돌아갔다. 미즈카미가 도시에의 허리에 팔을 두르고 호텔로 들어가는 모습을 노상에 주차한 차에서 망원렌즈가 잡고 있었다.

셔터가 빠르게 몇 번인가 눌려지고 두 사람의 모습이 사라지자 카메라를 들고 있던 젊은 남자가 옆자리에 앉은 부인 쪽으로 몸을 돌렸다.

"찍었습니다, 사모님."

"수고했어. 나올 때도 찍어 둬. 나는 이제 돌아가야겠어."

"알겠습니다."

젊은 남자가 내리자 미즈카미 사장 부인은 직접 핸들을 잡고 그 자리를 떴다.

4

찻집에 들어선 남자는 가장 안쪽 자리에서 오모리의 모습을 발견했다. 방심한 듯한 눈으로 식은 커피를 내려다보고 있던 오모리는 남자가 눈앞에 나타나자 성급하게 고개를 들었다.

"어땠어?"

종업원에게 뜨거운 우유를 시킨 남자는 득의양양하게 고개를 끄덕였다.

"모든 일이 예정한 대로야. 앞으로 한 시간만 있으면 그 서류 가방이 당신 책상 근처에서 폭발할 거야."

"사람들한테 피해는?"

"어느 정도는 어쩔 수 없다고. 하지만 캐비닛 안에라도 넣어 준다면 폭발할 때의 힘도 상당히 줄여 줄 수 있을 텐데. 상처나 화상 정도로 끝날 거라고."

"그래……. 그 정도라면 됐어."

오모리는 중얼거리듯 말했다.

"그럼, 이제 나머지 오십 만 엔을 받아 볼까."

"돈은 없어."

"뭐라고?"

"이미 준 오십 만 엔이 전부야. 이제 동전 한 푼 없어."

남자는 험악한 표정이 되었다.

"제정신이야? 그걸로 끝날 거라고 생각한 건 아니겠지?"

"없는 걸 낼 도리가 없지 않나."

오모리는 딱 잘라 말했다.

"어이, 이 자식……."

남자는 오모리를 확 덮칠 듯 몸을 일으키고는 낮은 목소리로 말했다.

"나를 그리 만만히 보지 말라고. 죽고 싶어?"

"그래."

남자는 어이가 없는 듯 오모리를 쳐다보았다.

"뭐라고?"

"나는 죽고 싶다고. 편하게 죽여주면 정말 고맙겠어."

남자가 주저하는 듯한 모습으로, 내뱉었다.

"미친 거야!"

"그래. 분명 미쳐 버렸어. 어때? 단숨에 탕 해주지 않겠나? 답례를 할 수는 없지만."

남자는 기분 나쁜 벌레라도 보는 듯한 눈빛으로 오모리를 바라보았다.

"까, 까불지 마! 난 청부살인자가 아니야. 폭탄 전문가일 뿐이라고."

"그런가. 그거 안됐군……."

오모리가 한숨을 쉬었다.

"그럼 어쩔 수 없지. 강에서 뛰어내려 볼까 해도 요즘에는 강이라고 할 만한 강도 별로 없어서 말이야. 전철로 뛰어들면 시체가 엉망진창이 될 거고……. 어쩔 수 없지. 방법을 생각해 봐야지."

오모리는 식은 커피를 전부 들이마시고는 말했다.

"아, 그리고 안됐지만 이 커피값 좀 내주지 않겠나? 정말 한 푼도 없다고. 부탁하네. 신세가 많았네."

오모리는 가게를 나갔다.

종업원이 따뜻한 커피를 가져와서 눈앞에 내려놓을 때에서야 남자는 간신히 정신을 차렸다.

"뭐 저런 놈이 다 있어!"

섬뜩하게 몸이 떨려와 급하게 따뜻한 우유를 마셨다.

"정말 미친놈이군!"

"그냥 그만둘까……."

게이이치는 적어도 스무 번 정도는 M문구 앞을 왔다 갔다 하고 있었다.

강도질을 하기에는 자신이 너무도 소심한 남자라는 사실이 절절히 느껴져서 맥이 쭉 빠져 있었던 것이다.

"그렇지만 오늘 저녁은 어떻게 한담? 내일은? 누구도 돈을 빌려주지 않을 거라고."

배가 고파서 아파트 구석에 처박혀 초라하게 누워 있는 자신의 모습을 떠올리자 다시 한 번 해야겠다는 결심이 샘솟았다.

"좋았어, 하자고!"

게이이치는 주머니 속에서 장난감 총을 꽉 쥐고, 결연한 자세로 〈M문구주식회사〉라고 금색 글자가 쓰여진 유리문을 밀었다.

짧은 복도가 있고 그 안쪽에 〈접수처〉 안내판이 있는 카운터가 있었다. 게이이치는 성큼성큼 걸어 들어가서는 재빠르게 카운터 너머로 장난감 총을 들이밀었다.

"소리 내지 마! 돈을 꺼내!"

이렇게 말하겠다고 생각했다. 그러나 접수처에는 아무도 없었다. 사무실 안쪽 사람들은 모두 일을 하고 있어서 접수처에 있는 게이이치에게 아무도 신경을 쓰지 않았다. 큰 소리를 내는 것도 뭔가 뒤가 꺼림칙하고 해서 게이이치는 누가 없나 하고 두리번두리번 근처를 살피며 서 있었다.

"정말 손님이 오면 어쩌려는 거야? 뭐 이런 덜 떨어진 회사가

다 있어."

투덜투덜 중얼거리고 있자니 뒤에서 "무슨 용무이신가요?"라는 여자의 목소리가 들려왔다. 깜짝 놀란 게이이치는 장난감 총을 냉큼 점퍼 속으로 감추었다. 젊은, 사무실 제복 차림의 여자가 카운터 안으로 들어갔다.

"기다리시게 하여 죄송합니다. 무슨 일이시죠?"

"저, 저기……."

목소리가 잠겨서 나오지 않았다. 게이이치는 '오홍' 하고 기침을 했다. 그때 전화벨이 울렸다.

"잠시 실례하겠습니다."

접수처의 여자는 수화기를 집어 들었다.

"예, M문구입니다. 아, 도시에 씨. 어떻게 된 거야? 어머, 그렇게 길어질 것 같아? 응, 알았어. 수고해."

여자는 수화기를 내려놓았다.

"정말 실례했습니다."

그리고는 게이이치를 향해서 물었다.

"무슨 용건이십니까?"

게이이치는 뭔가 타이밍이 어긋난 기분에 실행할 마음을 잃고 말았다. 하지만 여기까지 와서 이대로 물러설 수는 없었다. 어찌 됐든 간에 장난감 총을 살짝 보이면서 위협을 하면…….

"히사코 씨!"

뒤에서 남자의 헐레벌떡거리는 목소리가 들려왔다. 접수처의 여자가 급하게 대답했다.

"하세가와 씨, 왜 그러세요?"

"큰일 났어! 빨리 회의실로 와 줘!"

"아, 하지만, 손님이 ——"

"빨리! 급하다고!"

"네, 네! 손님, 정말 죄송합니다. 곧바로 돌아오겠습니다……."

여자는 뛰어가 버렸다. 게이이치는 멍하니 그 모습을 바라보며, 투덜거렸다.

"사람을 바보로 아는 거야! 손님을 도대체 어떻게 대우하는 거야, 제길!"

이 상태로는 꽝이다. 그런데 장난감 총을 주머니에 집어넣고 되돌아가려고 하던 순간, 눈에 확 들어오는 것이 있었다. 카운터 안쪽에 놓여 있는 서류 가방이었다. 게이이치의 눈빛이 반짝였다. 재빨리 사무실 안을 둘러보았다. 아무도 이쪽을 보는 이가 없다. 게이이치는 카운터로 쭈욱 몸을 숙이고 손을 뻗어 서류 가방을 집었다.

이거 운 좋은데. 아무도 눈치채지 못했어. 게이이치는 빠르게 복도를 지나 M문구 건물 밖으로 나왔다.

"이거야, 참……."

어깨에 힘이 풀리며 안도의 한숨이 흘러나왔다. 이 서류 가방에 뭐가 들어 있는지는 모르지만 돈이 될 만한 물건 한두 개 정도는 들어 있을 것이다. 아무것도 없더라도 이 서류 가방을 전당포에 맡기면 오늘 밤 밥값 정도는 나올 것이다.

누군가 눈치채고 쫓아오면 귀찮아진다. 게이이치는 빠른 걸음으로 M문구에서 멀어져 갔다.

히사코가 회의실로 들어가자 주부들이 웬일인지 웅성거리면서 떠들어 대고 있었다.

"어떻게 된 거죠?"

하세가와에게 물었다.

"모르겠어. 갑자기 책상에 쿵하고 엎드려서는 잠들어 버렸어."

히사코는 주의 깊게 살펴보았다. 예의 그 〈여우〉 이노우에 부인이 잠버릇 나쁘게 입을 벌리고는 심하게 코를 골고 있었다. 다른 부인들이 팔을 잡아당긴다거나 등을 친다거나 "이노우에 씨!"라고 불러 댔지만 전혀 미동도 하지 않았다.

"어떻게 된 거야?"

하세가와가 어찌 할 바를 몰라서 중얼거렸다.

"너무 많이 마셨나."

히사코가 말했다.

"으응, 정말로……."

하세가와가 히사코를 보았다.

"지금 뭐라고 했어?"

"저분의 차에 수면제를 넣었거든요. 양이 좀 많았던 것 같네요. 하지만 생명에 지장이 있을 정도는 아니에요. 걱정 마세요."

다른 부인들이 눈을 동그랗게 떴다.

"어머! 도대체 무슨 짓을!"

"그래요! 이건 범죄 행위라고요!"

부인들이 떠들어대는 것을 히사코가 막았다.

"여러분! 조용히 해 주세요! 여러분이 꼭 들어주셨으면 하는 이야기가 있습니다. 그것을 위해서는 이분이 잠시 조용히 계셔 주셔야 했기 때문에 어쩔 수 없는 방법을 쓸 수밖에 없었습니다. 그럼 다들 자리에 앉아 주세요!"

주부들은 영문을 모르겠다는 듯 의자에 앉았다. 하세가와도 그저 멍하니 서 있을 뿐이었다. 히사코가 말을 이었다.

"여러분, 여러분들은 〈S공업〉이라는 회사에도 이번 경우와 마찬가지로 트럭 운전을 안전하게 해 달라는 내용으로 항의를 한 적이 있었죠?"

주부들 중 몇 명인가가 고개를 끄덕였다. 히사코는 말을 이어갔다.

"제가 가끔씩 점심을 먹으러 가곤 하는 가게에 그 S공업 사람도 오곤 해서 친해진 여자 사원이 있어요. 그 사람에게서 여러분이 그런 요구를 해 왔으며, 이 이노우에라는 분을 선두로 S공업에 몰려들었다는 이야기를 들었습니다."

"요구는 정당한 것이었다고요!"

부인 한 명이 소리를 높였다.

"여러분의 심정은 이해합니다. 만일 제가 여러분의 입장이었다고 하더라도 같은 행동을 했을지 모르니까요. 사고가 일어날 가능성이 있는 이상 뭔가 대책이 필요하다고 생각합니다.

요구하시는 내용에 대해서는 사장님의 이름으로 빠른 시일 안에 반드시 답변을 드릴 것을 약속드립니다."

하세가와가 끼어들어 뭐라고 말하려다가 생각을 바꾼 듯 입을 다물었다. 히사코는 주부 중 한 사람에게 물었다.

"S공업과의 이야기는 어떻게 되었습니까?"

"그쪽에서 튕기는 바람에 신문사에 직접 알리기로 했습니다. 그런데 이노우에 씨가 한 번 더 이야기해 보겠다며 혼자서 S공업으로 가서 트럭이 드나드는 시간에 두 사람의 감시원을 두도록 약속을 받았습니다."

히사코가 고개를 끄덕이고는 말했다.

"그거 잘됐네요. 하지만 그때 이노우에 씨가 S공업에서 돈을 받았다는 사실도 알고 계십니까?"

주부들 사이에 당혹해 하는 분위기가 퍼져 갔다.

"……그런, 거짓말이야!"

누군가가 말했다.

"안됐지만 사실입니다."

히사코가 말했다.

"이노우에 씨는 두 번째로 혼자서 S공업으로 갔을 때, '신문사에 투고하는 것을 그만두도록 할 테니까' 라고 하면서 삼십만 엔의 사례금을 요구했습니다. S공업도 신문에 그런 사실이 실리면 곤란하기 때문에 마지못해 돈을 내주고 여러분이 행동을 그만둘 것을 부탁했습니다. 전에 그런 이야기를 들었던 것이 기억이 나서 확인해 보고 싶었습니다. 그래서 이렇게까지

하고 말았습니다. ……이노우에 씨가 깨어나시면 물어봐 주세요. 만일 부인하신다면 S공업에 문의해 보시면 될 거구요."

긴 침묵이 흘렀다. 이윽고 한 주부가 일어나더니 다스키를 풀고 회의실 밖으로 나갔다. 이어서 한 사람, 또 한 사람……. 뒤를 이어 썰물이 빠져나가듯이 모두 사라져 버리고, 이노우에 부인 단 한 사람만이 책상에 얼굴을 묻은 채로 시끄럽게 코를 골고 있었다.

"이거야 원."

하세가와는 안도의 숨을 내쉬었다.

"히사코 씨, 덕분에 살았어! 이걸로 사장님한테는 들키지 않고 끝나겠어."

"어머, 무슨 말씀이세요? 하세가와 씨, 사장님한테 확실히 이야기해 주세요!"

"뭐?"

"저는 저분들한테 분명히 약속을 했으니까요!"

"이런 일은 그냥 내버려 두면 된다고. 저쪽에서도 아무 말도 해오지 않을 거라고"

히사코는 갑자기 열이 오른 듯 하세가와를 노려보았다.

"하세가와 씨! 저는 약속했다고요. 확실히 사장님한테 전해 주지 않으면 사표를 쓸 거라고요!"

"이봐! 정말 진심으로……."

"진심이라고요!"

"알았어……. 말해 볼게. 사장님이 어떻게 말할지는 모르지만.”

“자신의 일처럼 열의를 갖고 어떻게 좀 해주세요. 그러면…….”

“뭐야?”

“하세가와 씨를 다시 봐 드리죠.”

이렇게 말하고 히사코는 회의실에서 나갔다.

“흐음…… 다시 봐준다…… 에효.”

빙글대며 중얼거리던 하세가와는 불현듯 얼굴을 찌푸렸다.

“그럼 지금까지는?”

접수처에 돌아간 히사코는 ‘앗!’ 하고 입을 손으로 막았다.

“어떻게! 아까 그 손님…… 어디로 가셨지?”

료코는 K초등학교의 물품 수납 책임자 앞에서 고개를 떨어뜨리고 서 있었다.

“도대체 이렇게 무책임한 회사가 어디에 있어요?”

사쿠라이 미치오라는 성깔도 나빠 보이는 중년 여인은 벌써 몇십 번째나 같은 불평을 반복하고 있다.

“주거래처에 결함이 있는 상품을 납품하고도 고작 이런 말단 여사원을 사과하러 보낸다니 말이 되냐고요!”

“그러니까 말씀 드렸잖아요. 오늘은 사정상 과장님이…….”

“그런 말도 안 되는 게 이유가 된다고 생각해요? 사람을 바보로 아나!”

“정말 죄송합니다.”

"구겨진 체면은 아무리 사과한다고 해도 되돌려지는 게 아니라고!"

"예……."

그때 책상 위의 전화벨이 울렸다.

"사쿠라이입니다. 네, 알겠습니다. ……그럼, 교장 선생님께 직접 가시죠."

료코는 심호흡을 가다듬으면서 땅딸막한 체격의 그 중년 여인의 뒤를 따라갔다. 〈교장실〉이라고 쓰인 문을 열고 안으로 들어가자 안쪽에 묵직한 책상에 백발의 노신사가 앉아 있었다.

"여어, 사쿠라이인가. 그쪽 분은……?"

"그 연필을 납품한 M문구 사람입니다. 책임자에게 사과하러 오라고 했는데 이런 여자를 보내서는……."

료코는 한 발 앞으로 나가서는 깊이깊이 머리를 숙였다.

"이번에 저희 회사의 부주의로 폐를 끼쳤습니다. 정말 뭐라 말씀 드릴 수 없을 만큼 죄송합니다. 오늘은 과장님이 사정이 있어서 휴가를 내신 바람에 제가 대신 용서를 빌러 왔습니다. 내일 과장님이 다시 오셔서 사죄를 드릴 겁니다만……."

사쿠라이 미치요가 입을 삐죽거렸다.

"그런 식으로 적당히 일 처리하는 곳에는 이제 다시는 맡기지 않을 거라고!"

"어떻게 그 부분은 다시 한번 선처를 부탁드립니다. 그리고 지금까지처럼 거래를……."

"너 같은 말단 여사원이 뭘 안다고!"

"자, 잠시 기다리게!"

교장이 말을 막았다.

"그런데 사쿠라이!"

"예, 무슨 일이십니까?"

"어떤 학생한테서 이런 이야기를 들었는데 말일세. 당신이 창고의 물품 수납장에서 물건을 내리려고 하다가 지금 말한 그 연필이 들어 있던 박스를 떨어뜨리고 말았다고 말이야."

사쿠라이 미치요의 얼굴이 파랗게 변했다.

"그, 그런…… 터무니없는 소리입니다! 상습적으로 거짓말을 해 대는 학생일 거라고요, 분명히!"

"그걸 본 건 내 손자인 후루히코였는데!"

사쿠라이 미치요는 이마의 식은땀을 닦았다.

"교, 교장 선생님……."

목소리가 떨리고 있었다. 교장은 이어서 말했다.

"게다가 당신은 가끔씩 학교 물품을 집으로 가져가서 사용하고 있는 모양이던데, 그건 이후에 다시 묻도록 하지. 그럼 나가 보도록."

사쿠라이 미치요는 비틀거리는 걸음으로 교장실을 나갔다. 교장은 멍하니 서 있는 료코에게 말했다.

"앉아요."

"네……."

가까이에 있는 의자에 앉았다.

"이쪽 실수로 너무 실례가 많았네. 많이 힘들었겠군. 정말 미안하네……. 홍차라도 좀 들도록 하지."

불현듯 료코는 두 눈에서 눈물이 쏟아져 나오는 것을 느꼈다. 참으려고 해도 참아지지 않고 눈물이 두 볼로 떨어져 내렸다. 료코는 얼굴을 숙이고 흐느껴 울었다.

그러다 문득 어깨에 누군가의 손이 닿는 것을 느꼈다. 고개를 드니 교장이 아버지와 같은 미소를 띠고 내려다보고 있었다.

"제기랄!"

게이이치는 할 수 있는 모든 방법을 다 써서 서류 가방을 열려고 했지만 열리지 않자 불쑥 화가 치밀었다. 인적 드문 공원 벤치에서 30분 가까이 어떻게든 열어 보려고 했지만 유독 단단히 채워진 잠금 장치는 꿈쩍도 하지 않았다. 뭔가 도구가 없으면 안 될 듯했다.

게이이치는 펜치나 송곳 같은 것을 구해 올 생각으로 자리에서 일어섰다. 하지만 서류 가방을 든 채로는 이상하게 보일 것 같았다. 그래서 서류 가방을 근처 풀숲에 숨겨 놓고는 빠른 걸음으로 공원을 나왔다.

그 순간, 뭔가가 터지는 엄청난 소리가 났다. 방금까지도 게이이치가 앉아 있던 벤치가 날아가 버렸다. 꿈이라도 꾸는 듯한 얼굴로 멍하니 서 있던 게이이치의 몸 위로 흙과 나뭇가지, 나뭇잎들이 비처럼 쏟아져 내렸다.

"긴자에 마시러 갈까?"

미즈카미는 넥타이를 매면서 도시에에게 말했다.

"어머, 좋아라! 그런데, 괜찮아?"

"집사람? 주거래처 사람들 접대라고 말하면 그만이라고. 어차피 너도 회사에는 못 들어간다고 연락을 해 두었지?"

"으응. 그럼 화장 고치고 올게."

"어, 그래. 그 사이에 집에 전화해 두지."

미즈카미는 침대 옆에 놓인 전화로 외선용 번호를 돌리고 집 전화번호를 돌렸다.

"여보세요? 나요. 오늘은 거래처 접대가 있어서 늦어질 거야. ……뭐라고? ……무슨 소리를 하는 거야?"

"다 알고 있다고요. 비서와 호텔에 있다는 것쯤은. 당신도 그런 일을 하려면 좀 더 용의주도하게 처리하는 게 좋을 텐데 말이에요. 코트 주머니에 러브호텔 영수증을 넣어 둔 채로 벗어 두다니. 좋아요. 마음껏, 천천히 이 시간을 즐기도록 하세요. 그것도 오늘이 마지막일 테니까요."

마지막 한 마디에 그 무엇과도 비교할 수 없을 만큼의 잔혹함을 남기고 전화가 끊겼다. 미즈카미가 수화를 든 채로 실성한 듯이 서 있는 사이 도시에가 화장을 고치고 돌아왔다.

"자, 됐어요. 가요! ……무슨 일이에요?"

"아니……. 아무 일도 아니야. 가자고!"

미즈카미는 호텔을 나오면서 도시에에게 건넬 수표의 액수는 얼마로 해야 좋을지 생각하기 시작했다.

"아, 과장님. 몸은 좀 어떠십니까?"

하세가와는 미쓰하시 과장에게서 온 전화를 받으며 과장이 앉듯이 그렇게 깊숙이 의자에 앉았다.

"그거 다행이네요. 네? 회사 말입니까? 네에, 좀……. 하지만 그렇게 큰일은 없었습니다. 내일 보고하겠습니다. 그럼 편히 쉬세요……."

수화기를 내려 놓고 히사코와 눈이 마주쳤다. 두 사람은 그저 웃음을 주고 받았다.

시간은 4시 55분이 되고 있었다.

금주를 결심한 날

1

세키구치 가즈히코는 술을 끊어야겠다고 생각했다.

단지 그냥 끊어야겠다고 생각했을 뿐이다. 경제 사정이 어려워졌거나 간이 나빠졌거나, 혹은 주사가 심해서 실수를 자주 한다거나 등의 이유가 있어서가 아니다. 술을 마시는 것이 죄악이라고 믿는 종교적인 깨달음이 있어서는 더욱 아니다. 정말로, 그저 막연하게 술을 끊자고 생각했을 뿐이다.

그런 결심을 한 것은 출근하는 전철에서였다. 평소와 마찬가지로 앉을 자리는 꿈도 못 꾼 채 몸은 이리저리 밀리고 발은 꾹꾹 밟히며 손잡이도 잡을 수 없는 아침이었다. 신문을 펼치거나 잡지를 뒤적일 공간조차 없었기 때문에 할 수 있는 일이라고는 생각하는 일뿐이었다. 그렇다고 철학자도 아닌 주제에 무언가 깊이 생각할 것도 없었다. 그저 무엇을 생각할까에 대해서 생각하는 정도의 웃기지도 않은 생각을 한다.

그러다 불현듯 술을 끊어 보자고 생각한 것이기 때문에 언제까지 이어질지도 알 수 없는 일이었다. 스스로도 기껏 사흘 정도가 아닐까 생각하고 있었다. 그 정도 수준의 결심이었기 때문에 부담도 없고 마음도 가벼웠다.

세키구치는 매일 저녁을 먹으며 반주로 한 잔, 그 외에는 일주일에 두 번 정도 동료들과 술을 마실 뿐 그리 많이 마시는 편은 아니었다. 주로 맥주와 청주. 위스키도 마시지만 와인이나 칵테일류는 마시지 않는다.

특별히 술이 센 것도 아닌데 애주가라고 불리는 것은 취해도 얼굴에 전혀 변화가 없고 태도도 그다지 달라지지 않기 때문일 것이다. 말수가 조금 많아지고 명랑해지기는 하지만 그렇다고 도에서 벗어난 행동을 하는 일도 없고 여자를 희롱하거나 상사에게 시비를 거는 일도 없었다. 적당히 마시는 것을 꾸준히 지키는 것이, 술버릇이라면 술버릇이라고 할 수 있었다.

이런 술버릇은 특별히 실수나 문제를 일으키지는 않지만 그런 만큼 끊기도 어렵다. 세키구치도 회사에 다다랐을 쯤에는 '뭐, 오늘 하루 정도만 끊어 보도록 하지' 라는 생각이 벌써 들 정도였다.

"안녕하십니까!"

4월에 입사한 새파란 신입사원 미야다가 기운차게 인사를 했다.

"어, 그래. 왔어!"

세키구치는 낮은 목소리로 중얼거리듯 대답하고 자리에 앉았다. 〈서무과/문서계장〉 세키구치의 직위였다. 부하 직원은 단 네 명, 그중 타이피스트인 두 사람은 다른 방에 있기 때문에 결국 눈앞에 있는 미야다와 곤도 유리코라는 스무 살짜리 여직원이 전부였다. 그래도 〈계장〉임에는 틀림없었고 서른일곱이라는 나이는 회사 안의 계장 중에서 가장 젊었다.

그렇다고 세키구치가 출세가도를 달리는 엘리트인가 하면 전혀 그렇지 않았다. 오히려 젊은 나이에 이미 출세하기를 포기하기로 약속한 것이나 마찬가지인 직위였다. 어차피 그가 계장이 된 것도 전 계장이 정년으로 퇴직했기 때문이다. 문서계장이 된다는 것은 미래의 출세는 포기하라는 명령서를 받는 것이나 마찬가지였다.

세키구치가 일하는 〈도미나가물산〉은 식료품이나 잡화 등을 폭넓게 다루는 회사로 그렇게 널리 알려진 회사는 아니었지만 설립자인 도미나가 사장의 헌신적인 수완 덕분에 상당한 수익을 올리고 있었다.

70여 명의 사원은 '영업부'와 '총무부'로 이분되어 있었고, 이들은 각각 세 개의 과로 다시 나뉘어 있다. 그중에서 영업부의 '개발과'가 가장 열정적인 사원들이 모인 엘리트 집단으로, 이곳을 회사의 중추부라고 한다면 총무부 서무과의 문서계는 중심에서 거리가 먼, 후미진 변두리 같은 곳이라고 할 수 있다.

원래 성격이 낙천적인 세키구치는 아득바득 달라붙어 일하는 스타일과 무관한 남자였다. 개발과의 엘리트 사원들이 잔업이나 휴일 출근 등을 하면서 의욕에 넘쳐 일하는 것을 보면 무섭다고 느낄 정도였다. 그렇게 일해서 결국 뭘 얻을 수 있을까? 그러다 몸을 망쳐도 회사에서 해 주는 것은 아무것도 없다. 그저 차갑게 그 사람을 교체해 버릴 뿐이다. 사람에게는 건강이 최고인데……. 물론 회사 측에서도 이런 생각을 가진 남자를 출세시킬 계획은 없을 것이다. 그런 이유로 세키구치는 지금의 환경이 더욱더 만족스러웠다.

"세키구치!"

타이피스트인 가가 요시코가 빠르게 달려오고 있었다. 그녀는 세키구치를 '계장님' 이라고 부르지 않는다. 세키구치와 입사동기이기도 하고 나이도 그렇게 차이가 나지 않는 베테랑이기 때문이다.

"여어, 웬일이야?"

세키구치는 반사적으로 인감 쪽으로 손을 뻗었다. 가가 요시코가 문서계를 찾아 오는 일은 대부분 휴가신청서에 도장을 받기 위해서이기 때문이다. 그런데 오늘은 아무 서류도 들고 있지 않았다.

"들었어?"

"뭘?"

"오쓰카 부장님이 그만둔대."

"그래?"

가가 요시코는 정보통이라고 불리고 있다. 실제로 어딘가에 도청장치라도 설치해 놓은 게 아닌가 할 정도로 어떤 정보든 그녀의 귀에 가장 먼저 들어갔다.

"요전에 수술하고는 몸이 나빠진 모양이야. 일하다가 무리해서 다시 쓰러지느니 건강할 때 은퇴하려고 하나 봐."

오쓰카는 영업부장이다. 즉 엘리트들의 대장이라고 할 수 있다. 현재 도미나가 사장에게는 뒤를 이을 아들이 없었기 때문에 다음 사장 후보로 오쓰카 부장이 가장 유력했다. 그런데 정작 사장 본인이 여전히 건강했기 때문에 당분간 쓰러질 일도 없어 보였다. 그러다 보니 오쓰카가 결국 포기하고 만 것이다.

"일이 재밌게 됐어. 안 그래?"

가가 요시코는 눈을 반짝거리며 말했다.

"그런가?"

"세키구치는 흥미 없어? 누가 오쓰카 부장의 후임이 될지?"

"없는 건 아니지만……."

세키구치는 애매한 말투로 말했다.

"안 돼! 좀 더 야심을 가지지 않으면. 당신도 지금보다 [illegible]아."

"난 지금 이대로도 좋아."

세키구치는 쓴웃음을 지었다.

같은 부장이라고 해도 총무부의 부장보다는 영업부의 부장 쪽이 높다. 서열을 생각한다면 현재 총무부의 야기 부장이 영업부장으로 가는 것이 당연하지만 그게 좀 미묘한 상황이다. 영업부 사람들 입장에서 보면 야기는 어차피 책상에 붙어 앉아 사무나 보는 사람일 뿐이다. 그런 사람이 자기들의 대장이 된다는 것에 상당한 반감을 갖고 있을 것이 틀림없다.

영업부에 있는 세 명의 과장 중에서는 개발과의 모토무라 과장이 가장 주목받고 있다. 오쓰카 부장의 뒤를 잇는 것이 야기가 될지 모토무라가 될지, 직접적인 관계가 없는 평사원들에게 이런 일은 무엇과도 비교할 수 없는 흥미진진한 사건이었다.

점심시간쯤 되자, 이 소식이 회사 안에 쫙 퍼져서 두 명 이상이 모이면 누구나 모토무라인지, 야기인지 점치기에 바빴다.

"야기는 영업 쪽의 경험이 없으니까."

"아니야, 옛날에 해 봤을 거라고."

"하지만 십 년도 더 된 일이잖아. 지금의 비장한 영업 세계에선 안 통해."

"게다가 영업 부원들의 의욕에도 영향을 줄 거고."

"하지만 모토무라는 수완이 좋은 만큼 싫어하는 사람도 많아."

"그렇지, 사람됨으로 치면 역시 야기 쪽이지."

"너무 물러. 사람 됨됨이 가지곤 장사 못해 먹는다고."

"모토무라는 다른 과장들한테도 미움을 받고 있지만, 어찌됐든 같은 과장급 중에선 완전히 한 등급 위라고 할 수 있으니깐."

"근데 영업 쪽에서도 모토무라를 싫어하는 직원들이 있대."

"정말이야?"

"부하의 공적을 전부 자기 근무 평점 올리는 데 이용한다고 말이야. 그러니까 부하들의 입장에서 보면 자기가 아무리 열심히 일해도 좋은 건 다 모토무라가 가져가 버린다는 말이지."

"그렇겠군. 개발 쪽 녀석들 보면 몸을 망쳐서 종종 입원하곤 하잖아."

"최근 이삼 년 사이에 몇 명이야? 오가와, 무라야마, 마키노……."

"몸 바쳐 일하고 몸져눕는다 이거군."

"에효, 난 개발과 따위 가고 싶지 않아."

"정말이야. 서무로 만족해!"

세키구치는 이런 이야기에 끼는 것을 그다지 좋아하지 않았다. 흥미가 없는 것은 아니었지만 결국은 험담이나 악담으로 끝나 버리는 경우가 많으니까. 더울 때 "덥다, 더워!" 아무리 난리를 쳐도 시원해지지는 않는다. 파벌 같은 것에 휘말리고 싶지도 않았다.

"세키구치 씨!"

"응? 무슨 일이야?"

얼굴을 드니 서무과 업무계의 젊은 사원인 미조구치가 무슨 일인지 종이와 연필을 돌리고 있었다.

"또 무슨 설문 조사라도 하는 거야?"

업무계장인 오구라는 무슨 일인가 생기면 바로 투표를 하거나 좌담회를 열거나 어떻게든 일을 벌이기를 좋아했다. 화장실의 타일 색깔로 어떤 것이 좋은지, 볼펜은 빅이 좋은지 제브라가 좋은지까지 전 사원에게 설문지를 돌린다. 하지만 그 결과가 발표된 적은 한 번도 없다.

"오늘은 아니에요."

미조구치는 웃으며 말했다.

"계장님 지시가 아니고 좀 개인적인 일입니다만."

"뭐지?"

"실은 지금 예상을 하고 있어요. 하나 참가하시는 게 어때요?"

"예상? 무슨?"

"오쓰카 영업부장님 뒤를 누가 이을지, 야기 부장님과 모토무라 과장님을 두고 모두들 내기를 하고 있거든요. 하나에 오백 엔입니다. 어떠세요?"

세키구치는 어이가 없어서 말도 나오지 않았다. 그때 마침 전화벨이 울렸다.

"됐어, 나는."

손을 저으며 수화기를 들었다.

"세키구치입니다."

"사장실입니다만."

여비서의 목소리.

"사장님께서 부르십니다."

"알겠습니다."

사장님이 나를 부르다니 무슨 일이지? 세키구치는 고개를 갸우뚱거리며 사장실로 향했다. 도미나가 사장을 만날 일은 그다지 없다. 송년회 때 술잔을 부딪치는 경우는 있었지만 일 때문에 불려 가는 일은 지금까지 한 번도 없었다.

"뭔가 잘못한 일이라도 있나……."

'그다지 칭찬 들을 일을 한 것 같지는 않은데' 라고 이상하다고 생각하면서 사장실의 문을 열 때는 다소 우울해지기까지 했다.

"부르셨습니까……."

기운 없이 낮은 목소리로 세키구치가 말을 건네자 도미나가 사장이 고개를 들었다.

"여어, 바쁠 텐데 미안하네."

"아닙니다."

도미나가 사장은 벌써 예순여섯 살 정도는 되었을 텐데 겉모습은 예순 살도 안 되어 보인다. 햇볕에 그을린 건강한 얼굴에는 윤기가 돌았고 머리카락은 많이 빠졌지만 조금도 늙었다는 인상을 주지 않았다. 정력적으로 일하는 태도는 아직도 한창 때라고 해도 과언이 아닐 정도였다.

"특별한 일이 있어서는 아닌데……."

도미나가는 하얀 봉투를 내밀었다.

"실은 오늘밤, 청주업자의 초대를 받았네."

"예에."

"그런데 나는 일이 있어서 못 가게 되었네. 좋은 술을 마시고 싶은 만큼 마음껏 마실 수 있네. 누가 가도 상관없는 없는 자리인데 이런 기회를 그냥 버리는 것도 아깝고 해서. 자네는 술을 좋아하지 않나?"

"예에, 그렇기는 한데……."

"어떤가, 가 보지 않겠나? 잔업수당이 나오는 것은 아니지만 말이야. 원하는 만큼 좋은 술을 마실 수 있다고."

세키구치는 마음이 놓이는 한편 웃음이 나오는 것을 참을 수 없었다. 어지간히 술 마시는 것을 좋아하는 녀석이라고 소문이 난 모양이다. 그건 그렇다 치더라도 이거야 원, 평화 그 자체가 아닌가. 남들은 부장이 어쩌네 하고 있는데 마음껏 술을 마실 수 있다니. 뭐, 사장님도 일단 나에 대해서 기억은 하고 있다는 얘기로군.

그때 세키구치는 아침에 술을 끊겠다고 결심한 것이 생각났다.

"어떻게 하겠나? 무슨 볼일이라도 있나?"

"아니요, 특별히는……."

"그럼, 갔다 오게."

세키구치는 주저했다. 모처럼의 호의를 거절했다가 심기를 상하게 하는 것은 아닐까? 그렇다고 해도 어차피 출세할 생각이 있었던 것도 아니지 않은가.

"생각해 주신 것은 감사합니다. 그런데 실은 제가 지금 술을 끊은 상태여서……."

도미나가는 깜짝 놀란 듯 세키구치를 바라보았다.

"무슨 일이지? 간이라도 상했나?"

"아니요, 그렇지는 않습니다."

"으음, 언제부터 끊었지?"

"오늘부터입니다."

도미나가는 웃음을 터트렸다.

"그렇군. 그렇다면 계속 권하는 것도 부담되는 일이군. 알았네. 나가도 좋아."

"실례하겠습니다."

자리로 돌아가는 길에 세키구치는 마음속으로 생각했다.

'결국 내가 이러니까 출세할 수 없는 거라고…….'

다섯 시가 되어 퇴근할 준비를 하는데 늘 함께 술을 마시러 가는 입사 동기 하루키가 그날도 술을 마시러 가자고 청했다.

그러나 "지금 금주 중이야"라고 거절했다. 오늘의 술자리는 분명히 야기나 모토무라냐에 대한 품평이 안주가 될 것이라는 것은 안 봐도 뻔한 일이었다. 세키구치는 그런 이야기를 그다지 즐겨 하는 편이 아니었다.

어쨌든 오늘 하루 정도는 마시지 말고 돌아가자. 사장님의 청도 거절했으면서 동료와 마시러 갈 수도 없는 일이 아닌가. 세키구치는 좀처럼 없는 일이지만 케이크를 샀다. 그리고 집으로 가는 길을 재촉했다.

"술은 됐어, 오늘은."

세키구치의 말에 아내 유코는 당황한 듯했다.

"그럼 맥주라도?"

"아니, 술을 좀 끊어 볼까 하고 있어."

석간신문을 보면서 말하니 유코는 걱정스러운 듯 얼굴을 빤히 보며 물었다.

"어디가 안 좋은 거야?"

"아니, 그런 건 아니야."

세키구치는 쓴웃음을 지어 보이며 말했다.

"특별히 나빠진 게 아니라도 술 정도는 끊을 수 있잖아."

"그런데 기분이 좀 그렇네."

유코는 진지한 표정으로 말했다.

"그냥 한번 해 보겠다는 생각이 좀 들었을 뿐이야."

"그래……."

유코는 서른두 살. 세키구치가 모든 일에 느긋하고 수더분한 편이라면 유코는 그와 반대로 좀 화려한 편이었다. 가끔 놀러 오는 동료들 사이에서는 상당한 미인이라고 평판이 자자했다. 젊어 보이는 것은 아이가 없기 때문일 것이다. 결혼한 지 2년째 되었을 때 유산을 하고 그 뒤로 아이가 생기지 않고 있지만 세키구치도 유코도 그렇게 아이를 원하는 편은 아니었으므로, 그리 큰 문제가 되지는 않았다.

"회사에서 무슨 일 있었어?"

"아니, 별로. 아, 오쓰카 부장이 그만둔다네."

"어머, 영업부장님이잖아?"

"응."

"그럼 후임은 누가?"

"총무부장인 야기 씨나 개발과장인 모토무라 씨나, 둘 중 하나지. 뭐, 어느 쪽이 되든 나랑은 상관없는 일이지만."

세키구치는 밥공기를 내밀었다.

"뭐야, 또 먹으려고?"

"술이 안 들어간 만큼 먹어 둬야지."

세키구치는 진지한 얼굴로 말했다.

다음 날 아침, 평소와 마찬가지로 7시 40분에 남편이 출근하고 나자 유코는 진정하지 못하고 전화 다이얼을 돌렸다.

"아, 여보세요. 유코예요. 미안해요, 이런 때. 실은 남편이 좀 이상해져서요. 그런 건 아니지만 갑자기 술을 끊었다고 하는 거예요. 아무 말도 안 하지만 걱정이 돼서. 혹시 우리 사이를 눈치챈 건 아닐까 하고……."

세키구치는 하품을 하면서 역에서 나와 회사로 향했다. 건널목을 건너려는데 누군가 그를 불렀다.

"세키구치 군."

돌아보니 도미나가 사장이 자가용 벤츠의 창밖으로 얼굴을 내밀고 있었다.

"아, 안녕하세요."

"차에 타게. 잠시 할 얘기가 있네."

"네?"

당황스럽기는 했지만 달리 거절할 수도 없었다. 세키구치는 사장의 말대로 잔뜩 움츠린 채 벤츠에 올라탔다. 도미나가가

운전기사에게 고개를 끄덕이자 벤츠는 조용히 움직이기 시작했다.

2

벤츠는 서둘러 회사로 발걸음을 옮기는 샐러리맨들을 뒤로하고 마루노우치 거리를 빠져 나왔다. 그리고 얼마 가지 않아 아카사카미츠케 사거리에서 N호텔으로 향했다.

"자네는 오늘 오전 중에 외근으로 되어 있으니까 걱정할 것 없네."

"예에……."

사장은 그렇게 말했지만 세키구치는 진정이 되지 않았다.

도대체 무엇 때문에 사장이 보잘것없는 만년 계장을 이런 곳으로 데려온 것일까. 자르려 한다 해도 굳이 이런 호텔에 불러서 말할 필요는 없다. 자리이동이나 승진? 전근일 리는 없다. 지점이랄 것이 없으니까. 그렇다고 해도 사장의 지나칠 정도의 다정한 표정은 그리 마음이 편하지 않았다. 다정하게 대할 만한 위치에 있지 않은 사람이 다정해졌을 때는 분명 무엇인가 다른 마음이 있기 때문이다.

이런저런 생각을 하는 사이에 벤츠는 호텔 앞에서 멈췄다. 세키구치는 도미나가의 뒤에 바짝 붙어서 호텔 로비를 지나 엘리베이터에 올라탔다.

"여기는 내가 개인적으로 쓰고 있는 집무실이라네. 자, 편하게 있으라고."

그곳은 호텔룸이기는 했지만 트윈룸에 책상과 응접세트 같은 것들을 구비해 놓아 사무실 풍으로 바꾼 곳이었다.

"아침부터 술은 좀 무리지? 아니, 자네는 술을 끊었다고 했지. 룸서비스로 아침 메뉴라도 좀 들게나."

"아, 아닙니다. 아침은 먹고 와서……."

"아침으로 뭘 먹고 다니지?"

"예에? 토스트하고 우윤데요."

도미나가는 고개를 저으며 말했다.

"그것만 먹고 점심때까지 잘도 일하는구만! 나는 아침부터 고기를 먹지 않으면 정신을 차릴 수가 없다구."

그러더니전화로 조식 메뉴 2인분을 주문했다.

"오렌지 주스, 햄에그, 삶은 계란 세 개랑 샐러드. 최소한 이 정도는 먹어 줘야지. 함께 먹자고."

"면목 없습니다……."

세키구치는 점점 더 알 수가 없었다.

"저기, 사장님, 무슨 일로 저를……."

"음, 물론 용무가 있으니까 데려온 거지. 자네는 지금 하는 일에 만족하나?"

갑자기 그런 질문을 받고 세키구치는 당황스러웠다. 만족하지 않는다고 말하면 어딘가 다른 부서로 발령을 내려고 하는 것인가? 문서계라면 다른 어떤 부서로 옮겨지더라도 확실히 영전(榮轉)이라고 부를 수 있을 것이다. 하지만 만일 개발과에라도 가게 되는 날이면 어떻게 해야 하나. 동료를 밟아 제치고 위로 올라가는 것만 생각하는 엘리트들 사이에 섞여서 일하다니, 생각만 해도 위가 뒤틀리는 기분이다. 어차피 나는 출세와는 관계없는 남자니까, 라고 언제나 생각하고 있던 차였다.

"만족하고 있습니다."

세키구치의 말에 도미나가는 고개를 끄덕였다.

"그런가? 그다지 출세하고 싶어하지 않아 보이는군."

"그럴 리가 있겠습니까만, 원래 아득바득 일할 만한 재능이 없는 게으름뱅이라서요. 죄송합니다."

"사과할 거 없네."

도미나가는 웃었다.

"사람에게는 누구나 적성이라는 게 있어서 맞는 일이 있고, 맞지 않는 일이 있는 법이지. 모든 사람이 다 분골쇄신 일한다면 회사는 전쟁터가 되고 말 거야. 묵묵히 자기 일을 해 주는 사람도 필요한 거지. 아니, 자네가 그런 사람이라고 생각했기 때문에 이렇게 얘기를 좀 나눠 볼까 하고 보게 된 거라네."

"네에."

여전히 이해할 수 없다는 사실에는 변함이 없었다.

"자네도 오쓰카가 그만둔다는 사실은 들어서 알겠지?"

"네."

"후임자는 총무부의 야기 부장이나 개발과의 모토무라 과장이라네. 둘 중 누가 좋을지, 나로서도 선택하기 힘든 문제라네.

인품으로 말한다면 야기 부장 쪽이 인망이 있지. 나도 그 사람을 좋아한다네. 하지만 모토무라 과장은 누가 뭐라고 해도 우리 회사에서 가장 수완이 좋은 사람이야. 지금 같은 불황이라니, 회사 입장에서는 그의 능력이 필요할 수도 있다네. 게다가 모토무라 과장은 야심가인데 이번에 부장이 되지 못하면 상당히 좌절할 걸세. 그런데 한편으로는 그 야심가라는 게 자꾸 걸린다네. 어딘가 책략가라는 게 좀 눈에 띄고, 그게 좀 걸린다는 걸세."

세키구치는 말없이 도미나가의 이야기를 듣고 있었다. 사장이 계장 앞에서 간부에 대한 평가를 한다는 것 자체가 보통은 생각할 수도 없는 일인 것이다.

"자네를 부른 이유는 말이지."

도미나가는 한숨을 쉬고 나서 말을 이었다.

"야기 부장인가 모토무라 과장인가, 그 선택을 자네에게 맡기고 싶어서네."

세키구치는 잠시 상대방이 무슨 얘기를 하는지 이해할 수가 없었다.

"지금, 뭐라고 하셨죠?"

"다음 영업부장을 자네가 결정해 주었으면 좋겠다고 말하는 거라네."

"농담이 지나치시네요."

"난 진심이네."

도미나가는 담담한 어투로 말했다.

"사장이 정말로 사원들에 대해서 제대로 파악하고 있다고 생각하나? 그건 있을 수 없는 일이라네. 나에게 사원이란 숫자에 불과해. 근속 몇 년, 잔업 몇 시간, 휴가를 며칠 썼나, 남은 휴가는 며칠인가, 회사에서 빌린 주택자금은 얼마나 갚았나…….

하지만 그런 것들을 알고 있다고 해도 사원들 개인에 대해서는 전혀 알 수 없네. 그저 닥치는 대로 일하는 사람을 우수한 사원이라고 말할 수도 없고. 물론 쉬는 날까지 출근해서 일하는 개발과 사원들에게는 고마워하고 있네. 그러나 그것이 곧 관리능력이 뛰어나다는 것을 증명해 주는 것은 아니지. 나는 남은 휴일이 며칠인지 자랑하는 녀석들에게는 관심이 없네. 늘어날 줄만 아는 고무줄은 결국 약해져서 끊어져 버리고 마는 법이니까. 필요할 때는 늘어나고, 지쳤다 싶으면 좀 줄어들 줄 아는 고무줄 같아야 하네. 그렇지 않으면 오래 버틸 수가 없어.

자네한테 이런 얘기를 하기는 좀 뭣하지만, 자네는 그런 엘리트 코스에서 살짝 벗어난 존재지. 하지만 그런 만큼 누구의 인맥에도 섞여 있지 않고 누가 출세를 하든 직접적인 이해관계도 없어. 총무부의 젊은 사원들의 기분도 잘 알고 있을 거고. 게다가 자네는 이런 중요한 일을 맡는다고 해도 그것을 자기 출세의 발판으로 삼으려는 사람이 아니라고 나는 믿네."

그런 거였군. 세키구치는 생각했다. 이런 기회를 이용해서 야기나 모토무라 그 누군가와 '밀약'을 맺을 수도 있는 일이다.

"그런 것까지는 생각도 못해 봤습니다."

"그럴 거네. 그러니까 바로 자네가 필요한 거라고."

도미나가는 모든 것이 자기 뜻대로 되어 만족스럽다는 듯한 표정을 지었다.

"일주일 동안 시간을 주도록 하지. 그 사이에 자네 나름대로 생각을 정리해 놓도록 하게."

"하, 하지만 최종 결정은 사장님께서……."

세키구치는 자기도 모르게 말을 더듬으며 말했다.

"물론이네."

도미나가의 대답에 안심한 것도 잠시뿐이었다.

"하지만 그건 내 책임 하에 발령을 한다는 의미지 선택하는 것은 자네라네."

세키구치는 새파랗게 질렸다. 어쨌건 책임을 떠맡는 것에는 익숙하지 않았으니까. 아무리 도미나가가 책임을 진다고 해도, '그럼 적당히 사다리라도 타서 누군가를……' 이라고 할 수도 없는 일이다. 자신의 선택에 회사의 장래가 달려 있다고 생각하면 엄청난 부담을 지는 게 당연한 일이다. 회사의 사원이 전부 70여 명이고, 그들에게 각각 세 명의 가족이 딸려 있다고만 쳐도 280여 명의 생활이 걸린 문제니까.

"사장님, 아무래도 저로서는……."

세키구치는 거절할 생각이었다. 그러나 도미나가는 도무지 자기 뜻을 되돌리지 않았다. 원맨 사장의 문제는 바로 자신의 아이디어에 스스로 빠져 버려 반대 의견은 전혀 귀에 담을 생각을 하지 않는다는 점이다. 특히 세키구치와 같은 일개 계장에게 중대한 인사를 맡겨 놓고는 그거야말로 자신이 원맨 사장이 아니라는 증거라고 생각하며 자기만족에 젖어 버리고 마는 것이다. 그런 이유로 세키구치가 아무리 자신의 능력 이상의 일이라고 말해도 사장은 도통 들으려 하지 않았다.

세키구치는 드디어 포기했다.

"알겠습니다. 그럼 일주일 후에……."

"기다리겠네."

그때 마침 두 사람 분의 아침 식사가 준비되었다. 식욕은 없었으나 먹지 않을 수도 없어서 세키구치는 억지로 입을 우물거렸다.

"사장님."

"무슨 일인가?"

도미나가는 정력적으로 햄에그를 양 볼에 우겨 넣었다.

"어째서……, 저 같은 사원한테 그런 큰일을……."

"자네가 어제 술 모임을 거절했지? 거기에 좀 감격했네. 그렇지 않은가. 보통은 사장한테 그런 말을 듣고서 '지금 술을 끊어서요' 라는 말로는 거절하지 못하는 법이지."

세키구치는 한숨을 내쉬며 삶은 계란을 덥석 물었다. 술을 끊지 말았어야 했는데…….

세키구치는 오후에 회사에 나가기는 했지만 일이 손에 잡히지 않았다. 그것도 어쩔 수 없는 일이 아닌가. 사장과 마주보고 식사를 한 것만으로도 긴장이 되어 음식이 어디로 들어가는지 모를 판인데 거기에 그 엄청난 문제까지.

확실히 세키구치가 권력에 집착하는 인간이었다면 이런 기회를 적절하게 이용할 것이다. 그렇지만 세키구치는 권력과 함께 따라오는 책임이 더 무겁게 느껴졌다. 계장 직위에서는 있는지 없는지도 모를 정도의 책임이 있을 뿐이다. 스스로 결정하여 도장을 찍을 수 있는 일은 휴가, 조퇴, 지각 등에 관한 정도였고, 그 외에는 서무과장의 승인을 얻어야 한다. 그 정도면 위도 아프지 않고 끝낼 수 있는데…….

"큰일 났네."

야기인가, 모토무라인가. 일주일 동안 결정하지 않으면 안 된다. 사장님의 제멋대로인 성격도 정말 대책이 없다. 하지만 일단 내뱉은 말은 다시 거두는 법이 없는 사람이다. 세키구치는 깊이 한숨을 내쉬었다.

"무슨 일 있는 거야, 세키구치?"

타이피스트인 가가 요시코가 갑자기 말을 걸어와 세키구치는 깜짝 놀랐다. 눈앞에 와 서 있을 때까지 전혀 눈치채지 못했던 것이다.

"꽤 심각한 얼굴인데."

"아, 아니야, 별일 아니야. 무슨 일인데?"

"휴가 서류에 도장 좀 찍어 달라고."

"아아, 알았어."

세키구치는 서둘러 도장을 찍었다. 나에게는 이 정도가 가장 어울리는데, 라고 생각하면서…….

"어머, 세키구치도 한 표 찍은 거야?"

세키구치의 손 밑을 바라보던 가가 요시코가 유쾌한 듯이 목청을 울렸다.

"뭐, 무슨 얘길 하는 거야?"

"야기 부장하고 모토무라 과장의 내기 말이야."

"내기?"

"그래, 영업부장 자리를 놓고 두 사람이 경쟁하잖아. 그 내기."

"그, 그런 거하고 나하고는 관계없어."

"어머, 그럼 그건 뭐야, 그 메모는?"

세키구치는 자기가 적어 둔 메모를 보고는 순간 섬뜩했다. 야기, 모토무라, 야기, 모토무라……. 적어도 열 번 이상은 두 사람의 이름이 적혀 있었다. 자기도 모르는 사이에 무의식적으로 적어 놓은 것이다.

"이, 이건 아무것도 아니야……. 잠시, 좀……."

"괜찮아. 모두 흥미진진하게 생각하고 있는데, 뭐. 당신도 다른 사람들만큼 관심 있다는 걸 보니 좀 안심이 되네. 여하튼 애당초 욕심이란 게 없는 사람이니까."

관심 정도가 아니라고. 세키구치는 가가 요시코의 뒷모습을 보면서 중얼거렸다. 그때 전화벨이 울렸다.

"외부 전화입니다."

전화교환원의 목소리였다. 독특하게 높은 목소리가 이어서 들려왔다.

"여보세요, 세키구치 씨? 나카사토입니다."

"아, 웬일이세요? 오랜만이네요."

세키구치는 전화를 건 상대방에게 반갑게 인사를 했다. 예전부터 알고 지내던 사이인 나카사토 아키코였다. 나카사토 아키코는 이전에 세키구치의 옆집에 살던 여성으로 남편을 일찍 잃고 고등학생인 딸과 둘이서 살았다. 몸집이 크고 다부진 여성으로 남의 집 일을 하면서 생계를 꾸리고 딸까지 공부시키는 여성이었다. 딸의 학교 문제가 있어서 이사를 간 것이 일 년 전의 일이었던가.

"실은 얘기할 게 좀 있는데……. 지금 회사 앞에 와 있는데 시간을 좀 내줄 수 있을까요?"

"예, 괜찮습니다. 이제 곧 세 시네요. 곧 휴식 시간이니까 내려가겠습니다……."

나카사토 아키코의 어투가 왠지 모르게 주저하는 듯하다는 생각을 하면서 전화기를 내려놓았다.

"뭐라구요?"

찻집에 있다는 사실도 잊어버리고 세키구치는 저도 모르게 큰 소리를 냈다. 그러자 나카사토 아키코는 당황해서 몸을 일으켰다.

"조용히! 침착하세요."

하지만 세키구치가 흥분했다고 탓할 수도 없는 노릇이었다. 누구라도 아내가 바람을 피운다는 얘기를 갑작스럽게 들으면 깜짝 놀랄 것이다.

"나카사토 씨, 그건 도대체……."

"저도 어떻게 할지 내내 망설였어요. 이런 말을 하는 게 좋을지 어떨지 하고요."

말을 내뱉고 나서 아무리 그런 얘기를 한다고 해도 이미 쏟아진 물이다.

"가끔 이 근처에 일이 있어서 지나가다가 오늘은, 역시 그냥 모르는 척하고만 있어서는 안 되겠다는 생각이 들어서……."

"도대체 무슨 얘깁니까? 좀 자세하게 얘기해 주세요."

나카사토 아키코는 기침을 한 번 하고는 말을 이었다.

"제가 지금 가정부 일 때문에 메구로 쪽에 다니고 있거든요. 의사 선생님 댁에서 일하고 있는데, 거기에서 역까지 가는 지름길에 러브호텔이 늘어선 거리가 있어요. 지난주……, 그러니까 금요일이었던 것 같아요. 저녁 때 일을 마치고 역으로 가는 길이었어요. 물론 지름길인 그 호텔 거리를 지나가던 중에 갑자기, 한 호텔에서 부인이 나오셨어요."

세키구치는 입 밖으로 튀어나오려는 말을 억지로 참으며 물었다.

"틀림없이 집사람이었습니까?"

"전에 친하게 지냈잖아요. 절대로 잘못 봤을 리가 없어요. 죄송하네요."

세키구치는 필사적으로 자신을 억제했다.

"함께 있었던 남자는……."

"모르겠어요. 호텔 바로 앞에서 택시에 타던 중이었어요. 남자 쪽은 먼저 택시에 탔고, 호텔에서 나온 부인이 뒤따라 택시에 올라타는 모습을 본 거였어요. 남자는 택시 창문을 통해서 뒷모습만……. 어떤 사람이었는지 볼 수가 없었어요."

세키구치는 몸에서 힘이 쭉 빠져나간 듯 고개가 털썩 떨어졌다. 나카사토 아키코는 결코 함부로 거짓을 얘기할 사람은 아니었다. 그녀가 봤다고 하면 틀림없는 사실일 것이다.

"그렇게 낙담하지 마세요……. 부인과 한번 얘기해 보면 반드시……."

"감사합니다……. 일부러 이렇게."

"왠지 나쁜 일을 한 것 같네요."

"아닙니다. 천만에요……. 그런 일은 분명히 하지 않으면 안 되는 거죠. 감사합니다."

낙담하지 말라고 해도 이 일이 어떻게 낙담하지 않을 수 있는 일인가. 세키구치는 일이 손에 잡히지 않아 퇴근 시간이 다 되도록 아무 일도 할 수가 없었다. 오늘 하루는 결국 업무를 하나도 보지 못한 셈이었다.

"뭐 이런 날이 다 있어, 제기랄!"

업무 종료를 알리는 벨 소리를 들으며 자기도 모르게 중얼거렸다. 이런저런 생각을 하면서도 자기가 의사가 아니어서 다행이라는 생각이 들었다. 만일 의사였다면 이런 날 환자 한두 명은 죽이고 말았을 거라고!

집으로 돌아가는 발걸음이 무거웠다. 도대체 이런 경우 남편이라는 사람은 어떻게 해야 하는 것일까? 갑자기 두세 대 내리치면서 자백을 받아야 하는 것인가? 세키구치는 결혼해서 이제까지 부인에게 손을 댄 적이 없었다. 아무리 화가 나도 막상 유코가 눈앞에 나타나면 때릴 수 있을 것 같지도 않았다. 그렇다고 할 이야기가 있다며 차분히 자리에 앉아 사실을 물어봤자 유코가 순순히 나카사토 아키코의 말이 사실이라고 수긍할 리도 없다. 세키구치 역시 유코를 추궁할 만한 절대적인 증거를 갖고 있는 것도 아닌 상태였다. 이런 상황에서 입씨름을 하게 되면 유코 쪽이 더 강하게 나올 것이라는 사실을 경험으로 알고 있었다.

그런데 시간이 지나면서 충격에서 차츰 벗어나고 보니 세키구치는 아내가 바람 피운다는 사실을 나름 평온한 기분으로 받아들일 수 있었다. 적어도 질투에 눈이 멀어 고함을 질러 댈 기분은 들지 않았다. 유코는 화려한 것을 좋아하는 여자다. 근래에 들어서는 예전에 종종 보이던 히스테리도 거의 일으키지 않았고 기분도 상당히 좋아 보인다고 생각했는데, 그게 불륜에 대한 보상 의식 때문이었다니……. 그래서 되도록 기분 좋게 그를 대하고 있었던 것인가…….

실제로 세키구치는 아내의 부정에 대해서 화가 난다기보다는 아내가 바람을 피우도록 방치한 자기 자신이 한심스러워서 화가 날 따름이었다. 이러니까 아내가 바람이나 피우는지 모른겠지만…….

유코에게 어떤 식으로 말해야 할지 생각하는 사이에 집에 도착했다. 현관문을 열고 안으로 들어가니 전화 통화를 하는 유코의 목소리가 들려왔다. 세키구치는 현관에 선 채로 몸이 뻣뻣하게 굳어 버리고 말았다.

"어머! 다녀왔어요!"

부엌에 들어서자 유코는 움찔한 듯한 모습으로 뒤를 돌아보았다.

"언제 온 거예요? 몰랐어요."

"으응……."

"오늘은 다른 때보다 좀 빨리 왔네."

유코는 미소를 지어 보였다.

"오늘 저녁 반주는 어떻게 할까?"

"필요 없어."

"알았어. 그럼 금방 밥상 차릴게……."

세키구치는 양복을 벗고 넥타이를 풀면서 현관에서 훔쳐 들었던 유코의 말을 몇 번이나 되씹어 보았다. 유코는 전화 상대에게 이렇게 말했다.

"당신이 오쓰카 부장의 후임으로 영업부장이 될지도 모른다면서요?"

3

"당신 정말 술을 끊은 거야?"

유코가 두 공기째 밥을 퍼 주며 세키구치에게 물었다.

"으음, 아직까지는."

"몸에도 좋으니까. 좀 더 노력해 봐."

애교 있게 웃는 아내를, 세키구치는 복잡한 심경으로 바라보았다. 나는 네가 바람피우고 있다는 걸 알고 있는데 너는 내가 아무것도 모른다고 생각하고 여전히 싱글거리고 있구나. 이거 꽤 기분 좋은걸.

세키구치는 기묘한 우월감에 빠졌다. 아내가 바람을 피운다는 것에 대한 분노와 자신의 한심스러움에 대한 자괴감이, 이렇게 한 발 떨어져서 객관적으로 보니 오히려 우월감으로 바뀌는 것이었다. 남편을 배신하고 있다는 미안함에서 남편에게 한층 더 애교스럽게 대하는 아내를 세키구치는 비꼬는 듯한 눈초리로 바라보았다. 하지만…….

그렇다. 바람을 피우는 상대는 야기 부장이거나 모토무라 과장이었던 것이다. 그들의 미래는 지금 자신의 손에 달려 있다. 이것이야말로 하늘이 만들어 내려 준 절묘한 구조라는 것이 아닐까.

아내가 전화로 대화를 나눈 상대가 바람을 피우는 파트너라는 것을 세키구치는 믿어 의심치 않았다. '다음 영업부장이 될지 모르는' 것은 야기나 모토무라 둘 중 하나밖에 없고, 그 둘 중 누구와 이야기를 한다고 해도 남편의 상사에게 '당신' 이라는 단어는 사용하지 않을 것이 분명하니까. 게다가 세키구치가 집에 돌아왔을 때의 아내의 태도를 떠올리면……. 틀림없다.

그러나 도대체 두 사람 중 누구일까? 야기 부장인가, 모토무라 과장인가? 세키구치는 천천히 차를 마시면서 유코의 모습을 살폈다. 정면에서 추궁한다고 해도 솔직하게 자백할 리는 없겠지. 그럼 어떻게 해야 할까? 어떻게 하면 유코가 바람 피운 상대가 누구인지 알 수 있을까…….

"오늘, 사장님한테 불려 갔었어."

욕실에서 나온 세키구치는 TV 드라마를 보면서 별일 아닌 듯 말했다.

"어머, 무슨 일이 있었어?"

유코는 TV 화면에서 눈을 떼지 않은 채 물었다. 두 남자와 사랑을 나누며 흔들리는 부인……. 유코는 이런 종류의 드라마를 매우 좋아한다. 세키구치는 늘 비슷한 패턴의 연애드라마가, 약간의 권태로움에 빠져 있는 세상 모든 아내들의 바람기를 부채질하는 것은 아닌가 하는 생각이 들었다. 제멋대로 바람을 피워 놓고 자신이 무슨 비극의 여주인공인 듯한 분위기를 풍기는 것이다. 바람을 피우는 것도 어쩌면 일종의 자아도취인지 모른다.

세키구치가 아무 말도 하지 않자 유코는 TV 화면에 두었던 시선을 남편에게 돌렸다.

"무슨 안 좋은 이야기라도?"

"그런 건 아니지만……. 상황이 좀 곤란하게 됐어."

"무슨?"

"이건 누구한테도 말해선 안 된다는 명령을 받아서……."

아내의 호기심을 돋우려는 듯 일부러 과장해서 대답했다.

"너무해. 나는 특별하잖아. 안 그래?"

'나는 특별하잖아' 라니……. 세키구치는 내심 쓴웃음을 지었다.

"그렇지 특별하지……."

"무슨 일이었는데?"

"그 있잖아, 오쓰카 부장의 후임에 관해서."

"그게 당신이랑 무슨 관계가 있는데?"

"야기 부장하고 모토무라 과장 중에 누가 적임자인지 나한테 의견을 묻더라고."

"어머나!"

반신반의의 표정이었던 유코는 세키구치가 도미나가 사장의 말을 그대로 전하자 겨우 믿는 눈치였다.

"책임이 아주 무겁다고, 정말."

세키구치는 탄식을 했다. 유코는 잠시 뜸을 들이고는 물었다.

"그래서 당신은 어느 쪽으로 정했어?"

"아직 결정 못 했어. 다음 주 오늘까지 결론을 내야 하는데……. 여차하면 제비뽑기라도 해서 결정하지 뭐."

일부러 농담투로 말했다.

"그 남자는 여주인공하고 무슨 관계야?"

이것은 TV 드라마 이야기다.

"어? 아, 시동생이야……."

"그래? 전혀 모르겠어."

세키구치는 엎드린 채 TV를 보면서 슬쩍 유코의 상태를 훔쳐보았다. 다른 때라면 눈을 반짝이며 화면 속으로 빨려 들어갈 태세였는데 오늘은 어딘지 정신을 다른 곳에 두고 온 듯한 모습이었다. 세키구치는 그런 아내의 모습에 자기도 모르게 웃음이 나왔다. 유코는 틀림없이 이 이야기를 바람피우는 상대에게 전할 것이다. 야기나 모토무라나……. 여하튼 묵묵히 침묵을 지키고 있지만은 않을 것이다. 어떤 형태로든지 누군가 접근해 올 것이 분명하다.

그렇게 되면 조사해 보고 어쩌고 할 것도 없어진다. 둘 중 누가 유코의 불륜 상대인지 자연스럽게 밝혀질 것이다.

세키구치 자신의 느낌으로는 모토무라일 것 같았다. 야기도 모토무라도 유코와 만날 기회가 그다지 없었다는 면에서는 오십보백보다. 연말마다 사원들이 가족 단위로 참여하는 파티가 있어서 거기에서 인사는 했으니까 얼굴 정도는 알고 있을 것이다. 그렇지만 그 외에 깊이 사귈 만한 기회가 있었는지는 알 수가 없다. 어쩌면 외출하기를 좋아하는 유코가 어딘가에서 우연히 그 상대와 만났을지도 모른다. 뭐, 만날 기회라고 하면 그 정도일 것이다.

야기는 온후하고 성실한 성격이다. 그다지 남의 부인과 바람을 피울 것 같은 이미지는 아니다. 모토무라 쪽은 일도 열정적으로 하지만 술, 여자 등 꽤 화려하게 논다는 평판이 있다. 그렇게 보면 모토무라가 아닐까 하는 생각이 든다. 하지만 이런 일에 있어서만은 확신하기가 어렵다. 세키구치도 개인적으로는 야기나 모토무라에 대해서 잘 알고 있다고 말하기는 어려웠기 때문이다.

TV 화면에서는 기모노 차림의 여주인공이 "안 돼요!"라고 말하면서도 불륜의 정사에 몸을 맡기고 있었다. 오비*가 풀리고 바닥에 떨어진다. 그 장면이 클로즈업되면서 드라마는 '계속'이라는 글자를 마지막으로 끝이 났다…….

"슬슬 자야겠다. 당신은?"

TV를 끄고 유코가 기지개를 켰다. 세키구치는 네글리제 차림의 유코를 바라보았다. 이 몸으로 다른 남자에게 안겼다니……. 그렇게 생각하자 돌연 피가 거꾸로 솟는 것 같았다.

세키구치는 갑자기 유코를 끌어안고 그녀의 입술에 자신의 입술을 겹쳤다. 유코는 당황한 표정으로 몸을 빼면서 더듬더듬 말했다.

"당신…… 오늘은 좀 피곤해…… 여보……."

세키구치는 들은 척도 않고 그대로 유코를 이불 위로 넘어뜨렸다.

"말씀하신 회의 노트입니다."

"고마워요."

세키구치는 노트를 펼치며 지난주 금요일 부분을 찾았다. 나카사토 아키코가 러브호텔에서 남자와 나오는 유코를 봤다는

* 오비 : 일본 옷, 기모노를 입을 때 허리에 두르는 띠.

날이다. 그 금요일 저녁에 야기나 모토무라 중 누군가가 회의에 참석했다면 남은 한 사람이 불륜의 상대가 된다.

상대가 움직이기를 기다리겠다는 생각이 바뀐 것은 전날 밤 오랜만에 아내를 안았기 때문이다. 아내가 바람 피운다는 사실을 알았을 당시에는 느끼지 못했던 끓어오르는 듯한 질투를 그때 느낀 것이다. 이게 어떻게 상대방 남자에 대해 모른 척 넘길 일인가. 땀으로 젖은 유코의 살에 얼굴을 묻은 채 세키구치는 생각했다.

야기와 모토무라는 외부에서 손님이 오거나 외출하는 일이 잦아서 일일이 기록하지 않기 때문에 그들의 출입에 대해서 모두 조사하기는 힘들다. 하지만 회의에 관한 부분은 일단 이 노트에 기록을 남기도록 정해져 있다.

금요일, 오후 3:00. '판매조사 보고회(개발)' 로 되어 있었다.

세키구치는 자기도 모르게 고개를 저었다. 판매조사 보고회는 한 달에 두 번 열리는 개발과의 정기회의다. 모토무라는 과장으로서 당연히 참석하지 않으면 안 된다. 만일 일이 생겨서 모토무라가 참석하지 못하면 회의 자체를 다른 날로 연기하도록 되어 있었다. 그렇다면 모토무라는 유코의 상대가 아니라는 말이다.

"야기 씨인가……."

세키구치는 자리에 돌아가서도 잠시 멍한 상태로 앉아 있었다. 그 후덕하고 사람 좋은 야기가……. 세키구치도 호감을 갖고 있었다. 그런데 그런 그가 자기의 아내를 빼앗았다니…….

다행히 야기는 외출 중이었다. 그렇지 않았다면 세키구치의 분노에 찬 시선과 맞부딪쳐야 했을 것이다.

그러나 세키구치는 공정한 남자다. 자기 스스로가 싫을 정도로 너무나 성실한 사람이었다. 오전 내내 도무지 풀 수 없는 분노에 안절부절못하며 시간을 보내다가 겨우 점심시간이 되어 회사를 빠져나갔다. 일부러 회사 사람들이 그다지 가지 않는, 회사에서 조금 떨어진 곳에서 메밀국수를 먹고 자신의 마음을 어느 정도 진정시킨 후에 돌아왔다.

세키구치는 자신에게 이렇게 자문하지 않을 수 없었다.

'너는 개인적인 원망으로 다음 영업부장을 결정하려는 것인가? 칠십 명이 넘는 사원들과 그 가족의 미래를 이런 개인적인 원한으로 결정하려 하는 것인가……. 분명히 부하의 아내를 빼앗아 관계를 맺는 인물에게 요직을 맡길 수는 없다. 이것은 다른 어떤 것보다도 명분 있는 이유가 된다. 하지만 부부 사이, 남녀 사이는 타인의 입장에서는 이해할 수 없는 일이 아닌가. 유코가 바람을 피운 것 역시 너에게 책임이 없었다고 잘라서 이야기할 수 있는가…….'

기업의 임원 정도가 되면 애인이 한 명 정도 있다고 해도 이상할 게 없는지도 모른다. 그런데 그것을 이유로 승진의 길을 막아 버린다면 결국 인재를 없애 버리는 일일 수도 있다.

다음 영업부장을 결정하는 일은 어디까지나 유코의 불륜 문제와 별개의 것으로 다루어야 한다. 세키구치는 그렇게 생각했다. 하지만 머릿속에서 떠나지 않는 질투의 감정은 가슴 깊은 곳에 납처럼 무겁게 가라앉아 있었다.

메밀국수를 먹고 시간이 좀 남은 세키구치는 눈앞에 보이는 찻집으로 들어갔다. 좀 시끌벅적하기는 했지만 회사 사람은 거의 보이지 않았다. 빈 테이블을 발견하고 자리에 앉아 손님이 놓고 나간 듯한 스포츠 신문을 펼쳤다. 떠들어 대는 소리, 웃는 소리, 거기에 누군가가 TV 게임을 하는 듯 금속성 신호음이 뒤섞여 들려왔다.

"여어, 세키구치 씨 아닌가?"

보는 둥 마는 둥 신문을 한 페이지 한 페이지 넘기는데 누군가 말을 걸었다. 고개를 드니 모토무라 과장이 싱글거리며 있었다.

"아, 과장님."

"앉아도 되겠어?"

모토무라는 대답도 듣지 않고 테이블 맞은편에 앉았다.

"어이! 여기 커피!"

가게 안의 소음은 저리 가라 할 정도의 큰소리로 외쳤다.

"여기에는 항상 오나?"

"아니, 우연히……."

"그렇군. 매번 같은 가게만 가려니 질리기도 하고 해서 한번 와 봤네. 요즘 바쁜가?"

"아니, 늘 그렇죠 뭐."

"뭐, 서류만 들여다보는 것도 지칠 거야. 일이라는 건 말이야 목표를 정하고, 그 성과가 숫자나 눈에 보이는 그 무엇인가로 확실하게 나왔을 때, 그제야 충만감을 느낄 수 있는 거라고. 그 어느 것도 없다면 나 같은 사람은 도대체 무엇 때문에 일을 해야 하는지 알 수 없게 될 거야."

모토무라는 유쾌한 듯 웃었다. 세키구치는 당황했다. 도대체 이게 어찌 된 일인가? 일부러 평소에 오지 않는 찻집까지 온 건데, 과연 이걸 우연이라고 할 수 있을까? 하지만 우연이 아니라고 하면…….

"난 말이지 전부터 자네를 눈여겨보고 있었네."

모토무라가 말했다.

"문서계에만 묻어 놓기에는 아깝다고 말이야, 자네는."

"아, 아니, 말도 안 됩니다. 저는 지금 일하는 곳이 딱 맞습니다."

"아니! 자네는 일단 하겠다고 하면 하는 남자라고!"

모토무라는 강하게 밀어붙이며 말했다.

"문서 관련 일에 가장 필요한 것이 무엇이라고 생각하나?"

"글쎄요……."

세키구치는 잠시 생각에 잠겼다.

"근성…… 아닐까요?"

"바로 맞췄어!"

"네?"

"영업에 있어서도 가장 중요한 게 근성이라고. 거절당해도 다시 방문할 수 있는 근성, 끈기. 이게 필수불가결한 요소라고."

"하지만……."

모토무라는 세키구치가 되받아 하려는 말을 막았다.

"자네는 자기 자신을 과소평가하고 있어. 자네는 본인이 생각하는 것보다 훨씬 능력이 있다고. 단지 지금은 실력을 발휘할 만한 위치가 아닐 뿐이지. 거기에 너무 오래 있다 보니까 자기 능력을 그 정도라고만 여기게 된 것뿐이야. 그렇지 않은가? 자네한테 맞는 지위가 주어진다면 자네도 분명히 하는 일이 즐거워질 거라고."

"예에……."

상대의 입장을 전혀 배려하지 않는 일방적인 모토무라의 말에 세키구치는 그저 고개를 끄덕일 뿐이었다.

"어떤가? 내 밑으로 오지 않겠나? 확실하게 단련시켜 주지."

"그, 그건…… 제가 결정할 문제가 아니라서……."

"뭐야 원하기만 하면 길은 열리기 마련이라고. 자네가 할 마음만 있다면 임원회의에서 자네를 원한다고 제안할 수도 있어."

세키구치는 당황했다.

"자, 잠깐만…… 생각할 시간을 주세요."

"지금 당장에 대답하라고는 하지 않겠네. 게다가 개발과에 오게 되면 확실히 바빠지기도 하고. 일요일도 접대 골프, 밤에는 술자리, 뼛속까지 후들거릴 정도로 피곤에 지치지. 뭐, 자네 부인한테도 '저희 남편을 돌려주세요!' 라고 원망을 들을 게 뻔하고 말이야. 천천히 생각해 보게."

모토무라는 막 나온 뜨거운 커피를 설탕도 우유도 넣지 않고 한입에 마시고는 세키구치가 말릴 새도 없이 계산서를 들고 가버렸다.

"어떻게 된 거야, 도대체……."

세키구치는 귀신에 홀리기라도 한 듯 멍하니 한숨을 내쉬었다. 모토무라가 이런 식으로 말을 걸어올 거라고는 단 한 번도 생각해 본 적이 없었다. 게다가 그를 개발과로 데려가고 싶다는, 말도 안 되는 소리까지 하고 있다. 하지만 개발과로 오라는 모토무라의 권유는 분명 그가 할 수 있는 최고의 호의를 품은 표현일 것이다. 혹시 모토무라가 세키구치가 찾고 있는 사람이 아닐까?

아무리 그렇다고 해도, "자네 부인한테도 '저희 남편을 돌려주세요!' 라고 원망을 들을 게 뻔하고 말이야" 라는 말은 불륜을 저지른 입장에서는 입에 담기 어려울 정도의 대담한 말이 아닌가. 난처한 것은 다른 사람이면 몰라도 모토무라라면 이 정도의 말을 할 수 있을 것 같다는 사실이다.

세키구치는 점점 더 깊은 미궁에 빠지는 기분이었다.

오후 세 시 휴식시간이 되자 세키구치는 화장실로 숨어들었다. 세면대 앞에서 개발과의 신세대라고 할 수 있는 니시야마가 머리를 빗고 있었다.

"바쁜가?"

세키구치는 아무렇지도 않은 듯 말을 건넸다.

"예에."

니시야마는 당연한 걸 묻냐는 표정으로 대답했다.

"개발과 사람들은 거의 쉬는 날도 없지? 힘들겠어."
"어쩔 수 없지요."
"모토무라 씨가 거의 안 쉬는 사람이니까 말이야."
세키구치는 고개를 저으며 말했다.
"아픈 적도 없지 않나, 그 사람?"
니시무라는 유쾌한 듯 고개를 끄덕였다.
"과장님이라면 감기 바이러스한테도 '영업소 돌고 와!' 라고 지시할 거예요, 분명히."
"정말이야."
세키구치는 웃으며 슬쩍 물었다.
"회의에 빠지는 일은 절대로 없겠지?"
"그거야 물론 그렇지요. 회의 때 저희한테 잔뜩 기합을 넣을 때가 가장 즐거워 보이니까요."
니시야마는 그렇게 말하고는 문득 떠오른 듯 말을 이었다.
"그런데 요전에는 이런 일도 있구나 했었어요."
"무슨 일이 있었나?"
"요전에 판매조사 보고회 때 말이죠, 과장님이 속이 안 좋다고 하더니 회의를 시작하자마자 조퇴를 했어요. 십오 분도 안 돼서 나갔죠. 그때는 정말 모두 다 놀랐어요. 뭐, 그 뒤에는 그냥 편하게 잡담을 하면서 회의를 끝냈죠. 이런 경우는 십 년에 한 번 있을까 말까 한 일 아니냐고들 하면서 말이죠. 오랜만에 어깨에 힘을 뺄 수 있는 시간이었어요."
세키구치는 자리로 돌아가면서 반쯤은 안심, 나머지 반쯤은 화가 나는 듯한 이상한 감정에 휩싸였다. 안심했다는 것은 역시 처음 생각했던 대로 모토무라인 듯하다는 게 맞았기 때문이고, 화가 났다는 것은 그 모토무라가 그렇게 뻔뻔한 얼굴로 자기 앞에 모습을 드러냈다는 사실 때문이다.

그러나 그것만으로 모토무라라고 확정 지을 수는 없었다. 세키구치는 진중한 남자였다. 역시 무엇인가 발뺌하지 못할 결정적인 증거를 붙잡지 않으면 안 된다. 그것은…….

"그 수밖에 없어."

확실하기는 하지만 아무래도 내키는 방법은 아니었다. 유코와 그 상대가 만나는 장면을 직접 눈으로 확인하는 것이다. 그것밖에 방법이 없다. 하지만 두 사람이 어떻게 연락을 하고, 어디에서 만나는지 전혀 짐작이 가지 않았다.

"뭔가 좋은 방법이 없을까……."

세키구치는 야기와 모토무라의 비어 있는 두 자리에 시선을 던지며 생각에 빠졌다.

4

"내일 하루는 쉴까 해."

월요일 저녁, 세키구치는 집에 돌아오자마자 유코에게 말했다.

"어머, 무슨 일 있어?"

저녁 준비를 하던 유코가 뒤돌아보며 물었다. 세키구치는 웃으며 대꾸했다.

"뭐야, 안 돼? 가끔은 쉬는 것도 좋잖아."

"그건 그렇지. 어디 갈 거야?"

"아니, 그냥 집에서 빈둥거릴까 해. 방해가 될까?"

세키구치는 옷을 갈아입고 식탁에 앉아 신문을 펼치며 아무렇지도 않은 듯 유코의 모습을 살폈다. 유코는 요리하던 쪽으로 다시 몸을 돌리며 말했다.

"그럴 리가 있겠어……. 하지만 모처럼만에 얻은 휴가인데 어디 외출하는 것도 좋지 않을까 싶어서."

"그건 그렇지."

세키구치는 유코의 말투에서 어딘가 어색한 분위기가 느껴졌다. 나가 주면 좋겠다는 듯한 말투였던 것이다.

"모처럼만에 동생 집에라도 가 볼까."

"그래, 오랜만이니까 반가워할 거야."

유코는 잘됐다는 듯 찬성했다.

"같이 갈래?"

"내가? 나는 안 가는 게 좋겠어. 가끔은 남매끼리 지내는 것도 좋고……. 내가 있으면 마음 놓고 얘기할 수도 없잖아."

유코는 농담을 섞어서 말했다. 세키구치는 신문으로 시선을 돌렸다.

다음 영업부장을 야기 부장으로 해야 할까, 모토무라 과장으로 해야 할까. 도미나가 사장에게 대답을 해야 하는 것은 수요일, 내일모레다. 주말 내내 생각해 봤지만 결론이 나오지 않았다. 아무리 별개의 문제라고 스스로에게 다짐을 해도 아내와 바람 피운 상대가 누구인지 모르는 상태로는 도저히 결정할 수가 없었다.

하지만 그 상대방을 찾을 만한 방법도 없고, 어느새 월요일이 되어 버린 것이다. 싫어도 이틀 뒤에는 대답하지 않으면 안 된다. 결국 세키구치는 내일 하루 휴가를 얻어 아내의 반응을 살피기로 했다. 어찌 되었든 운 좋게도 상대가 걸려든 것 같다…….

"당신 술 끊고 벌써 일주일째네."

저녁상을 차리면서 유코가 말했다.

"그런가?"

"지난주 화요일이었잖아. 오늘로 딱 일주일째야. 대단해. 기껏해야 작심삼일일 거라고 생각했는데."

세키구치는 말 없이 미소를 지었다. 지금 그런 건 중요하지 않다. 적어도 이 일주일에는 말이다.

"다음 부장님 건도 슬슬 사장님한테 보고해야 하지 않아?"

"내일모레까지는."

"결정했어?"

"아니, 아직. 아무리 생각해도 누가 좋을지 모르겠어. 뭐, 결정 못하면 십 엔짜리 동전이라도 던져야지. 둘 중 누가 되든 나하고는 관계가 없는 일이니까."

"그건 그렇지."

유코는 애매하게 미소를 지으며 한마디 덧붙였다.

"구름 위에서 일어나는 일이라고 해야 하나."

'침대 위에서 일어나는 일이겠지' 라고 세키구치는 마음속으로 중얼거렸다.

다음 날은 늦게까지 자다가 12시가 넘어서야 집을 나섰다. 물론 동생 집에 갈 생각은 없다. 현관에서 나와 100미터 정도 걷다가 허름해 보이는 스낵바에 들어갔다. 커피는 밍밍하고, 식사 역시 맛이 없었지만 버스정류장 앞이라서 장사는 어느 정도 되는 듯했다.

메뉴를 봐도 그다지 주문할 만한 것이 없어서 커피를 시키고는 생각에 잠겼다. 여기에서 얼마나 지키고 있어야 하는 것일까? 긴 시간 불편한 의자에 앉아 있을 생각을 하니 벌써부터 허리가 아파오는 듯했다. 한 시간 정도라면 괜찮겠지만 두 시간, 세 시간을 여기에서 지키고 있을 수만은 없는 일이다. 이곳에 오래 살아서 얼굴도 어느 정도 알려져 있는 상태라 계속 앉아 있으면 주인도 이상하게 생각할 것이고, 시간이 지나면 커피도 더 시켜야 할 것이다. 하지만 이곳 커피는 한 잔 이상 마시는 것 자체가 무리다.

그런데 그렇게 오래 기다릴 필요가 없었다. 들어온 지 30분도 안 되어 말끔한 정장 차림의 유코가 가게 앞을 지나간 것이다. 세키구치는 스낵바를 나와 유코의 뒤를 쫓았다.

사람을 미행한다는 것은 의외로 그리 어렵지 않은 일이라고 세키구치는 생각했다. 누군가 미행할 거라는 생각을 하지 않을 때는 걸어가면서 절대로 뒤를 돌아보지 않는 듯했다. 전철을 기다리면서, 그리고 전철 안에서 들킬까 싶어 등줄기가 서늘해진 적이 두세 번 있었지만 결국은 아무 일 없이 미행을 할 수 있었다.

그러다 세키구치는 맥이 풀리고 말았다. 유코가 신주쿠에서 내려 지하도를 건너더니 I백화점으로 들어간 것이다.

"뭐야, 그냥 쇼핑을 하러 나온 건가……."

하지만 쇼핑 후에 누군가와 만날 약속을 했을 수도 있었다. 일단 집요하게 뒤를 쫓아보기로 했다. 여성복 매장, 구두 매장, 특별 매장 등 한 시간 정도 세키구치를 끌고 다닌 유코는 다시 지하로 내려갔다. 지하 식품 매장에서 저녁 장을 보고 집으로 돌아간다면 세키구치는 헛걸음한 셈이 되고 만다. 휴가까지 내서 힘겹게 미행했는데…….

진열장을 둘러보며 걷는 유코의 뒤를 쫓던 세키구치는 커다란 기둥을 돌아서서는 걸음을 멈췄다. 유코의 모습이 사라져 버린 것이다. 방금까지도 이삼십 보쯤 앞에서 걸어가고 있었는데…….

제길! 어디로 가 버린 거야? 세키구치는 그리 눈에 띄지 않는 구석에 자리 잡은 작은 찻집을 발견했다. 유코가 사라졌다고 생각한 것은 그녀가 그곳으로 들어가 버렸기 때문이었다. 세키구치는 찻집 입구에 다가가서 조심스럽게 안을 살폈다. 손님은 겨우 열 명 정도밖에 없는 비좁은 곳이었다. 유코는 가장 안쪽 자리에 앉아 있었다. 그녀와 마주 앉아 유코가 하는 말에 귀를 기울이고 있는 사람이 있었다. 야기 부장이었다…….

세키구치는 홀로 신주쿠 거리를 걸으면서 '이럴 때 남편은 어떻게 해야 하는 것일까' 라고 생각했다. 상대방을 두들겨 패기라도 해야 하는 것일까, 그렇지 않으면 두 사람이 러브호텔에 들어가는 장면을 사진으로 찍어야 하는 것일까. 그러나 세키구치는 그렇게 화가 나지도 않았고, 또 그렇게 계산이 빠른 사람도 아니었다. 유코의 상대가 야기였다는 사실을 안 것만으로도 만족했다. 그 다음 일 따위는 생각할 여유가 없었다…….

두 사람이 백화점에서 만난 것도 이상할 것은 없다. 도미나가물산은 그 백화점에도 물건을 납품하고 있었고 야기는 정기적으로 그곳을 돌아보고 있었던 것이다. 두 사람은 그 뒤로 어디로 갔을까. 메구로의 호텔은 너무 멀다. 오쿠보나 시부야 근처일까…….

세키구치는 무거운 마음을 안고 동생집으로 향했다. 유코에게 일단 그렇게 말했으므로 얼굴이라도 내비쳐야 했다. 하지만 생각할수록 이상한 일이다. 배신당한 자신이 외출할 구실을 생각하며 신경을 쓰고 있다니……. 이유는 알 수 없었지만 세키구치는 자신이 나쁜 짓을 하는 것같이 느껴져 견딜 수 없었다…….

유코는 빨간 전화의 다이얼을 돌렸다.

"여보세요, 모토무라 과장 좀 바꿔 주세요. 저는 친척인데요. ──아, 나예요. 생각대로 잘 됐어요. 야기 씨와 만나는 모습을 마침 남편이 보았어요. ──응응, 괜찮아요. 원래 그런 사람이잖아요. 아무 말도 안 할 거예요. ──네? 야기 씨라면 괜찮아요. 남편한테 비밀로 하고 나온 거라고, 나랑 만난 것은 남편에게 숨겨 달라고 말했으니까요. 정말 좋은 사람이라니까요, 야기 씨 말이에요. 다음 영업부장으로 딱 안성맞춤일 텐데, 호호호……. 당신으로 결정되겠지만 말이에요. ──응응, 그럼 3시 반에 호텔에서 기다릴게요."

유코는 수화기를 내려놓고 택시 정류장으로 발걸음을 옮겼다. 어젯밤 휴가를 냈다고 말했을 때 남편이 무슨 일인가를 꾸미고 있다는 사실은 금방 알아차렸다. 세키구치라는 사람은 생각한 것이 얼굴에 그대로 드러나는 사람이다. 자신을 미행할 생각이라는 사실을 알아챈 유코는 모토무라와 이야기한 끝에 야기가 I백화점을 둘러볼 시간에 맞춰서 만날 약속을 정한 것이다.

택시에서 모토무라와 만날 호텔로 향하며 유코는 미소를 지었다. 이것으로 영업부장의 자리는 모토무라의 것이다.

솔직하게 말하자면, 남편이 처음 그 이야기를 했을 때는 자신의 불륜을 눈치채고 만들어 낸 이야기라고 생각했다. 그러나 모토무라가 사장의 운전기사에게서 실제로 사장이 세키구치를 호텔로 데리고 갔다는 사실을 듣고는 겨우 믿게 되었다. 그리고 이 상황을 반대로 이용할 수 있는 방법을 생각해 낸 것도 유코 쪽이었다.

위험했던 것은 모토무라가 떳떳하게 세키구치를 자기 과로 오라고 청했을 때였다. 모토무라는 그런 미묘한 심리를 풀기에는 좀 모자란 남자였다.

하지만 이제는 괜찮다. 영업부장이 되면 모토무라에게는 다음 사장 자리가 내정되는 것이나 마찬가지다. 유코는 부장 부인 자리에 관심이 있는 건 아니었다. 신경도 써야 하고 이런저런 까다로운 일들도 많아질 뿐이다. 세키구치도 남편으로서는 그다지 나쁘지 않다. 가끔 모토무라와 불장난을 즐기면서 무엇인가를 선물 받을 수 있다면 그것으로 만족할 뿐이다…….

유코의 머릿속은 잠시 후 가질 모토무라와의 정사에 대한 생각으로 가득했다. 집에 돌아온 남편이 뭐라고 할지 그게 좀 마음에 걸리기는 했지만, 뭐 일단은 괜찮을 것이다. 유코는 '그 사람이 뭐라고 말할 리가 없어' 라고 중얼거렸다. 그리고 그 예상은 적중했다.

책상 위의 전화가 울렸다. 세키구치는 수화기를 들었다.

"세키구치입니다."

"도미나가다."

"안녕하십니까?"

"아, 그래. 일주일이 지났다네."

"네, 알고 있습니다."

"그럼, 결정했나?"

"네."

"다행이네. 그럼 점심이라도 함께 하면서 이야기를 듣도록 하지 건너편 건물에 '샤토' 라는 레스토랑을 알고 있나?"

"네, 알고 있습니다."

"점심시간이 되면 그쪽으로 오게."

"알겠습니다."

세키구치는 수화기를 내려놓고 깊은 한숨을 내쉬었다. 야기도 모토무라도 외출한 상태이다. 외출인가. 호텔이라도 간 건가…….

"무슨 일이야?"

타이피스트인 가가 요시코가 말을 걸어왔다.

"도살장에 끌려가는 짐승 같은 표정을 하고 있어."

"그런 기분이야."

"왜 그러는 거야. 기운 내."

"가가도 내기에 걸었어?"

"응? 아, 그 내기? 물론이야."

"어느 쪽에 걸었어?"

"비밀, 이것만은 말이지."

요시코는 득의양양하게 말을 이었다.

"이것만은 절대로 자신 있거든. 따면 한잔 살게."

그때 마침 지나가던 하루키가 말을 걸었다.

"가가 씨, 세키구치 씨는 지금 금주 중이에요."

"어머, 그랬어?"

가가 요시코는 눈을 동그랗게 떴다.

"왜, 어디가 안 좋아?"

세키구치는 묵묵하게 쓴웃음을 지었다. '왜, 어디가 안 좋아' 라고? 정말 난 미쳐 버린 것 같다. 아내가 바람을 피우고 돌아와도 아무 말도 하지 못했다. 오히려 내 쪽에서 뭔가 미안해서 안절부절못하고만 있었다. 그러나 결론은 확실하게 맺자.

세키구치는 미조구치에게 가서 5천 엔짜리 지폐를 던졌다.

"나도 넣어 줘."

"예!"

미조구치는 큰 웃음을 지으며 물었다.

"그럼, 이 중에서 얼마나?"

"전부 다."

"괜찮겠어요? 대단하네요! 그래서 어느 쪽에?"

미조구치는 목소리를 낮춰 물었다.

"모토무라다."

그렇게 대답하고 세키구치는 자기 자리로 돌아왔다.

레스토랑 '샤토' 의 안쪽 테이블에서 도미나가 사장이 기다리고 있었다.

"여어, 기다리고 있었네. 앉으라고. 스테이크를 주문해 놓았네. 중간 정도로 구워 달라고 했는데 그걸로 됐나?"

"예, 괜찮습니다."

도미나가는 의자에 엉덩이를 밀어 붙이고는 여유 있게 앉아 있었다.

"지난 일주일 간, 자네는 그 어느 때보다 머리가 지끈거리는 시간을 보냈을 거네. 나는 덕분에 편하게 지냈지만 말일세. 생각해 보면 자네한테 당치도 않은 큰 짐을 지운 것 같아서 미안한 생각은 들었네."

큰 짐이라고? 정말로 얼마나 무거운 짐이었는지 사장은 짐작도 하지 못할 것이라고 세키구치는 생각했다.

"하지만 일단 맡긴 이상 자네의 결정에 따르려고 하네."

도미나가는 잠시 말을 끊었다. 그리고는 물끄러미 세키구치를 바라본 끝에 물었다.

"자네는 어느 쪽을 선택하겠나?"

"야기 부장입니다."

도미나가는 천천히 고개를 끄덕였다.

"오늘 오후에 발표하도록 하지. 수고했네. 그럼 스테이크가 왔으니 들자고."

세키구치는 갑자기 심장이 경직되는 듯한 느낌이 들었다. 자신을 조여 매고 있던 보이지 않는 끈이 갈기갈기 찢겨져 나갔다. 몸 안에서 불은 붙지 않고 연기만 내던 그 무언가가 지금은 갑자기 활활 타올라 재가 되어 훌훌 날아가는 것만 같았다.

갑자기 엄청난 식욕을 느낀 세키구치는 스테이크를 남김없이 먹어 버렸다.

"자네는 좋은 사람이라네."

도미나가는 웃으며 말했다.

"정말로, 지금 자리에 만족하나?"

"네."

"그런가……. 이제 가도 좋네. 나는 좀 더 있다가 천천히 가지."

"그럼……. 잘 먹었습니다. 실례하겠습니다."

세키구치는 인사를 하고 레스토랑을 나왔다. 회사로 돌아오니 야기도 모토무라도 자기 자리를 지키고 있었다. 좀처럼 없는 일이었다. 이상하게 야기를 봐도 그다지 화가 나지 않았다.

그것으로 됐다고 생각했다. 야기는 유코에게서 틀림없이 사정을 들었을 텐데도 세키구치의 생각을 돌리기 위해서 아무런 공작도 하지 않았다. 야기와 유코의 관계는 그것과는 다른 문제다. 야기는 공정하고 좋은 사람이다. 영업부장, 사장으로도 적당한 인물이다…….

단지 일이 이렇게 되고 보면 모토무라는 정말로 자신을 개발과로 투입시키려 할지도 모른다. 당치도 않은 이야기다. 그것만은 무슨 일이 있어도 거절할 거라고 세키구치는 결심했다.

오후 두 시 반이 지났을 때, 전 사원이 회의실로 불려 갔다. 모두들 소곤소곤 '모토무라다, 야기다'라는 잡담을 나누며 자리에 앉았다.

세키구치는 벌써 무슨 이야기가 나올지 알고 있었기 때문에 약간 질리는 기분이었다.

"여러분을 급히 불러 모은 것은……."

목소리를 듣고 세키구치는 '이거 뭐야' 라는 생각이 들었다. 이야기하고 있는 것은 오쓰카 부장이었다. 자세히 보니 도미나가 사장의 모습이 보이지 않는다. 오쓰카 부장에게 발표를 미룬 것인가…….

"너무도 갑작스러운 일이……."

오쓰카 부장은 어렵게 주저하며 말을 이었다.

"……사장님께서 돌아가셨습니다."

회의실은 찬물을 끼얹은 듯 갑자기 조용해졌다.

"점심식사 후 갑자기 쓰러지셔서 병원에 옮기기는 했지만 뇌출혈로…… 의식이 돌아오지 않은 상태로 한 시 삼십이 분에 돌아가셨습니다. 모두들…… 과장 이상은 남아 있고 나머지 사원들은 연락을 기다리도록 ……. 검은 양복과 넥타이 등 신경을 쓰도록……."

세키구치는 꿈을 꾸는 듯했다. 회의실에서 나오면서 겨우 현실로 돌아왔다. 새로운 사장은 누가 될 것인가, 그 밑의 영업부장은 누가 될 것인가, 모든 것이 백지 상태가 되었다. 세키구치는 자기도 모르게 피식하고 웃음이 나왔다.

자리로 돌아오는 도중에 하루키와 나란히 걷게 되었다.

"난처하게 되었군, 세키구치."

하루키가 말했다.

"어어, 정말이야."

"상갓집인데 말야."

상갓집이라면……. 세키구치는 생각했다. 그렇다, 상갓집에

가서는 아무 생각 말고 마시자. 웬일인지 갑자기 술을 마시고 싶다는 생각이 간절해졌다.

꽃다발이 없는 송별회

1

이런 일이 있어도 되는 건가.

나는 한껏 고조된 기분으로 낯익은 마루노우치의 빌딩 거리를 바라보았다. 일주일만에 보는 풍경이었다.

"출장 다녀오셨어요?"

나고야에서 신칸센을 타고 오는데 옆에 앉아 있던 남자가 말을 걸어왔다. 뭔가를 파는 세일즈맨인 듯 느낌이 꽤 좋은 남자였다.

"예에, 일주일 동안이요."

나는 대답했다.

"지금 돌아가는 길입니다."

"그거 피곤하시겠네요. 어디로 가셨었나요?"

"규슈, 시코쿠를 한 바퀴 돌고 오는 길입니다."

"바쁘셨겠네요, 그거."

"아니요, 그게 사실은 일이라고 할 만한 일은 한 게 없어요. 단지 지사에 서류를 전달하는 것뿐이었으니까요."

"음, 그 정도라면 우편으로도 시간을 맞출 수 있었을 텐데요."

"그렇습니다. 저도 그렇게 말하기는 했습니다. 하지만 중요한 서류니까 꼭 직접 가지고 가지 않으면 안 된다고 하는 겁니다……. 하지만 용건은 그것뿐이었습니다. 네 곳의 지사에 서류를 전달하는 거요. 얼굴을 내민다고 해도 삼십 분도 걸리지 않는 일이고, 그 이후로는 시내 구경이나 했죠. 밤에는 지사 사람이 술을 산다고 해서 술판을 벌였고, 그 외 남은 일정은 여유롭게 관광이나 즐겼습니다."

"그거 참 우아한 출장이었군요."

"예에. 회사 돈으로 놀고 온 기분입니다."

"출장이 많은가요?"

"아니요. 거의 없습니다. 있다고 해도 오사카 쪽에 갔다가 그날로 돌아온다든가, 규슈에 간다 해도 하루를 묵는 게 다인데……. 아무리 생각해도 이번 출장은 뭔가 잘못된 게 아닌가 하는 생각이 들 정도입니다……. 아, 도착했네요. 자, 그럼."

도쿄역의 승강장에 내린 나는 커다랗게 숨을 들이마셨다. 기막히게 좋은 봄날이었다. 손목시계를 보니 아직 2시가 좀 지났을 뿐이었다.

오늘까지는 출장으로 쳐주기 때문에 굳이 회사에 들를 필요는 없다. 그럼 어떻게 해야 할까? 이대로 아파트로 돌아가는 건 왠지 아깝다. 영화라도 볼까? 뭐, 어찌됐든 일단 점심부터 먹자. 나는 여행가방을 끌고 걷기 시작했다.

일단은 역 근처의 레스토랑에 들어가 여유롭게 식사를 했다. 시간에 쫓기며 급하게 먹는 게 습관이 되어 그런지 너무 천천히 먹는 것이 오히려 불편했다. 정말이지 샐러리맨이라는 자는 불행하기 짝이 없는 존재군.

내 이름은 하야마 아키히코, 곧 서른 살이 되지만 아직은 독신. 사립대학교 문학부라는 그 어디에도 쓸모가 없는 곳을 나와 그나마 연줄이 좀 있어서 지금 다니는 〈K상사〉에 운 좋게 입사, 어느새 7년이 지났다.

직급이 높지는 않다. 일개 영업부의 평사원에 지나지 않지만 그런대로 일을 즐기면서 하고 있는 편이다. 회사는 주로 부동산 거래를 하는 곳으로 중간 정도의 규모를 가진 기업이다. 눈에 띄는 수익은 없지만 견실한 운영으로 안정되었다는 평가를 받고 있다. 월급도 아주 좋은 편은 아니지만 그렇다고 나쁘다고 할 정도도 아니다.

동료와 술을 마시면 상사에 대한 험담, 상사와 술을 마시면 동료에 대한 비판, 그런 식으로 숨을 돌리는 경우도 한 주에 보통 한 번. 그것으로 울분을 풀 수 있다면 그 뒤의 한 주간은 비교적 기분 좋게 보낼 수 있다. 이 정도라면 뭐 대체로 직장에

만족하고 있다고 말할 수 있지 않을까…….

그렇다고 해도 이번 일주일! 정말이지 이렇게 끝나고 있기는 하지만 자신이 겪은 일이라고는 믿을 수 없었다. 최고급 호텔 앞에 서서 두 눈을 휘둥그렇게 뜨고는 혹시 잘못 찾아온 것은 아닌지, 같은 이름의 다른 호텔이 있는지, 누군가의 실수로 숙소가 잘못 예약된 것은 아닌지 몇 번이나 주소를 확인했다. 더불어 지사 쪽에서도 그에 뒤지지 않을 확실한 접대를 준비해 놓고 있었다. 그야말로 융숭한 대접을 받았다.

나를 사장님으로 착각하고 있는 것은 아닌지 지사 직원에게 직접 물어봤을 정도였다. 하지만 어쨌든 끝났다. 어쩌면 출장이라는 명목으로 근속 표창인가 뭔가를 대신하여 여행을 시켜 준 것인지도 모른다.

"뭐, 어찌 되었건 좋았어."

나는 점심을 먹고 난 후에 커피를 마셨다. 천천히 마실 생각이었는데 30분도 지나지 않아 다 마셔 버렸다. 그리고는 쓴웃음을 지으며 레스토랑을 나섰다.

회사에 얼굴이라도 비치자. 그렇게 결정한 것은 영업부 동료들에게 줄 선물이 상하기 쉬운 과자였기 때문이었다. 회사에 일단 나가면 일을 하지 않으면 안 되는 것 아닌가 하는 생각도 들었지만 그건 뭐 그것대로 괜찮다. 이만큼 놀았으니까. 솔직한 말로 일을 하고 싶은 기분이 약간 들기도 했다.

K상사는 도쿄역에서부터 마루노우치 빌딩이 있는 거리를 3분 정도 걸어가면 나온다. 물론 빌딩 하나를 전부 K상사가 쓰

고 있는 것은 아니다. 묵직하게 자리 잡은 10층 빌딩의 3층을 빌려 쓰고 있었다.

건물 입구에 들어서자 어딘지 모르게 집에 돌아온 듯한 기분까지 들었다.

엘리베이터를 향해 걷는데 마침 문이 열렸고 경리부의 아직 새파란 여사원인 마츠나가 와카코가 나왔다.

"여어, 마츠나가 씨."

나는 웃으며 말을 건넸다. 물론 '잘 다녀오셨어요!'라는 대답이 돌아오기를 기대하면서……. 그러나 그녀는 조금 당황한 듯한 모습으로 걸음을 멈췄다.

"안녕하세요……."

혼잣말이라도 하듯 낮은 목소리로 인사를 하고는 종종걸음을 치며 그대로 사라져 버렸다. 나는 순간 멍해져서는 마츠나가 와카코의 뒷모습을 바라볼 뿐이었다.

"무슨 일이라도 있는 건가……."

또 입 험한 부장님한테 혼이라도 난 게 아닐까라는 생각을 하며 엘리베이터를 타고 3층으로 올라갔다.

엘리베이터에서 내려 홀을 가로 질러 회사 이름이 박힌 유리문을 밀고 안으로 들어갔다. 〈접수처〉에는 세키타니 교코가 언제나처럼 호감 가는 얼굴로 손님을 맞이하고 있었다. 나는 그 손님의 뒤쪽을 지나가면서 그녀에게 슬며시 미소를 건넸다. 순간 그녀의 얼굴에서 영업용 미소가 사라지고 놀란 듯한 표정이 나타났다.

하지만 나는 그것에 대해 이상하다고 생각할 여유도 없이 사무실로 발걸음을 옮겼다.

좁은 복도를 중심으로 양쪽으로 나뉜 사무실은 각 부서별로 방을 따로 쓰고 있었다. 영업부는 왼쪽 첫 번째 문이다. 나는 부러움에 가득 찬 동료들의 얼굴을 상상하면서 문을 열었다.

"여어!"

영업부 사람들은 외근하는 경우가 많다. 그래서 낮에는 부장님과 여자사원만 남는 일이 그다지 신기한 일도 아니었다. 하지만 오늘은 15명의 부원 중 절반 가량이 자리에 있었다. 그리고, 그 누구도 내 목소리에 응답하는 이가 없었다.

모두, 일제히 내 쪽으로 쳐다보았다. 하지만 그 시선은 기묘한 것이었다. 그렇다. 마치 유령이라도 보고 있는 것 같은…….

"갔다 왔어!"

나는 그렇게 말하고는 모두의 얼굴을 훑어보았다.

"무슨 일이야? 그런 이상한 얼굴들을 하고. 부장님, 지금 막 돌아왔습니다."

나는 정면에 앉아 있는 고바야시 부장에게 인사를 하고 우선 내 자리로 향했다. 그리고 그대로 돌처럼 굳어 버렸다. 내 자리에 단 한 번도 본 적 없는 남자가 앉아 있었다.

아직 젊다. 아마도 스물서넛 정도일 것이다. 하얀 와이셔츠에 무늬 없는 넥타이, 아직 그런 정장 차림이 몸에 익숙하지 않은 듯했다. 내 쪽으로는 시선을 돌리려 하지도 않고 서류 정리에 여념이 없었다. 〈신입사원〉이라는 명찰을 목에 걸고 있었다.

나는 옆 자리의 동료 이와하라에게 말을 건넸다.

"이봐, 자리 이동이 있었던 거야?"

이와하라는 묵묵히 내 시선을 피했다.

"어떻게 된 거야? 내 자리는 어디지?"

나는 두리번두리번 실내를 둘러보았다. 그때 고바야시 부장이 입을 열었다.

"자네 자리는 없네."

나는 천천히 부장 쪽으로 고개를 돌렸다.

"……뭐라고요?"

스스로도 깨닫지 못한 사이에 그런 말이 튀어나왔다.

"당연하잖아."

부장은 밋밋한 어투로 말했다.

"그만둔 사람한테 자리가 있을 리 없지."

나는 갑자기 내 몸이 어디론가 다른 차원의 세계로 빨려 들어가 버린 느낌이 들어 잠시 얼어붙은 듯 서 있었다.

얼마나 지났을까? 10초? 아니면 한 시간인가? 어쨌든 정신이 들었을 때 나는 부장의 책상 앞에 서 있었다.

"그만뒀다고요? 내가 말입니까?"

"그래. 왜 그러는데? 잊어버린 건가?"

"말도 안 돼요! 묻고 싶은 것은 저라고요!"

나는 몸을 앞으로 내밀었다.

"내가 회사를 그만두다니, 도대체 무슨 생각으로 그런 헛소리를 하는 겁니까? 저는 출장을 갔다 왔다고요! 지금 막 돌아왔다니까요!"

"출장이라고?"

"그래요. 부장님이 명령하셨잖습니까!"

"내 명령으로 출장을 갔다 왔다고?"

"그럼요. 시코쿠와 규슈의 지사에요. 일주일간 출장을 마치고 지금 막 돌아온 거라구요!"

"바보 같은 소리 하지 말라고! 우리 회사에서는 일주일간 출장을 가는 일 자체가 없어. 전국의 지사를 다 돌아본다고 해도 사흘이면 충분해!"

"하지만 부장님이……."

"하야마 군……."

부장은 자리에서 일어서서는 달래듯 말했다.

"자네는 분명 피로가 쌓인 걸 거야. 아직 여기에서 일하고 있다는 착각에 빠져 있는 거라고."

"착각이라고요?"

"그렇지. 자, 돌아가서 푹 쉬라고. 여행을 하고 돌아온 것 같은데 수면부족인 건 아닌가?"

"농담은 이제 그만 두십시오! 저는 확실히 지사를 돌면서 서류를 전했습니다."

고바야시 부장은 어깨를 움칫했다.

"그렇게까지 확인하고 싶다면……."

부장은 지사로 전화를 걸기 시작했다.

"……여보세요, 본사의 고바야시입니다. ……최근에 본사 직원이 그쪽에 간 적이 있습니까? ……아니, 그보다 더 최근에. 요 일주일간……. 그렇습니까?"

고바야시 부장은 수화기를 든 채로 말했다.

"최근 보름 동안 아무도 온 적이 없다고 하는군."

"거짓말!"

나는 수화기를 낚아챘다.

"여보세요! 전화 받는 분은 누구시죠?"

"지점장 대리인 미야가와입니다만."

"미야가와 씨! 저예요. 본사의 하야마라구요."

"하야마 씨? 실례지만 누구신지……."

"지난주 수요일, 아니 목요일에 찾아뵀잖아요? 저기, 서류를 전하러……."

"글쎄요……."

"밤에는 요정에 데리고 가셨잖아요. 저……그래, 〈스즈우메〉라는……."

전화 건너편에서 높은 웃음소리가 들려왔다.

"그런 일은 없었습니다. 저희 지사에서는 〈스즈우메〉 정도의 고급 술집에서 대접할 정도의 접대비를 사용할 수 없습니다. 뭔가 잘못 알고 계신 거겠죠."

나는 내동댕이치듯이 전화를 끊었다. 다른 지점에 전화를 걸어 확인할 마음도 들지 않았다. 어차피 모두 같은 대답일 것이다.

"이제야 알겠나?"

나는 부장을 노려보았다.

"알겠어, 나를 자르려고 하는 거로군. 이런 더러운 방법으로……."

"이봐, 하야마 군."

"이대로 순순히 잘릴 줄 알고! 이대로 참고 모든 것을 단념하고 넘어가지는 않을 거라고!"

나는 영업부를 뛰쳐나왔다. 그 순간 복도를 지나던 광고부의 마키노와 부딪칠 뻔했다.

"여어, 하야마잖아."

"마키노! 자네 혹시……."

마키노는 K상사의 노동조합 위원장이었다.

"조합에 제소하겠어! 소송할 거라고!"

"뭘 한다고?"

"마키노, 조합은 조합원 한 사람 한 사람의 권리를 지키기 위한 거지? 내 일도 올려 줘! 일방적으로 이런 비상식적인 취급을 받을 수는 없다고."

"하야마, 잠깐 기다려 봐."

마키노는 애매한 웃음을 지으며 말했다.

"조합은 물론 조합원의 이익을 지키기 위해 존재해. 그건 말 그대로야. 하지만 조합원이 아닌 사람에 대해서는 뭘 어쩔 수 없잖은가?"

나는 침을 꿀꺽 삼켰다.

"조합원이 아니라니?"

"그래. 아무리 뭐래도 여기 사원이 아닌데 조합에만 들어가 있을 수는 없잖아. 게다가 자네는 직접 사직서를 내고 회사를 그만두었잖아."

"내가 사직서를?"

"그래. 도대체 왜 그러는 건데?"

나는 미쳐 날뛰듯 연이어 광고부, 경리부, 조사부에 달려들었다. 하지만 나를 맞아주는 것은 똑같은 냉담한 반응과 갑작스런 침입자를 보는 듯한 당황한 시선뿐이었다.

나는 비틀거리며 좁은 복도를 나와 입구 쪽으로 발을 옮겼다. 접수처에 있던 세키타니 교코가 다른 모두와 같은 눈으로 나를 바라보았다.

"나를 놀리는 게 그렇게 재밌나!"

나는 성을 냈다. 세키타니 교코는 벌떡 일어서서는 화장실로 도망쳤다.

"제길! 어떻게 된 거야?"

나는 한쪽 벽에 기댄 채, 머리를 쥐어뜯었다. 그리고 번뜩 정신을 차리고 보니 스기타 가네코가 입구에 서서 나를 보고 있었다.

"가네코……."

나는 기분이 가라앉는 느낌이었다. 스기타 가네코는 내가 유일하게 동료 이상으로 사귀고 있는 여자였다. 미인이라고 할 수는 없지만 작은 몸집에 애교가 있었다. 도쿄 출신으로 시원

시원한 성격의 스물세 살이었다.

"가네코, 가르쳐 줘. 도대체 무슨 일이 있었던 거야? 어째서 내가 이런 일을 당해야 하는 거지? 부탁이야. 당신만이라도 나를 속이지 말아 줘!"

그 순간 문득 내 머릿속을 스쳐 지나가는 생각이 있었다. 그녀의 눈빛에서 다른 사원들과는 다른 무언가가 빛나고 있는 듯했다.

"하야마 군."

그때, 고바야시 부장의 목소리가 들려 돌아보았다.

"잊고 간 물건!"

부장은 여행가방을 내 발밑으로 던졌다.

"이걸 보면 좀 진정이 되려나?"

그리고는 한 통의 봉투를 내밀었다.

"자네 사표라고."

나는 봉투에서 내용물을 꺼내 펼쳤다.

"사직서. 저는 일신상의 문제가 있어 사직하게 된 것을 알립니다. 하야마 아키히코……."

글씨는 내 필적을 꼭 닮았다. 그리고 이름 밑에 인감도. 나는 불끈 성이 나서 그것을 마구 찢어 버렸다.

"찢어도 괜찮네."

고바야시 부장은 아무렇지도 않게 나를 바라보고 있었다.

"복사본이 있으니까. 그런다고 해서 자네가 그만둔 사실이 달라지지는 않아."

"이대로 물러서지는 않을 거라고!"

나는 여행가방을 집어 들며 큰소리를 내뱉고는 회사를 뛰쳐 나왔다.

밖으로 나오니 방금 있었던 모든 상황들이 한바탕 악몽처럼 느껴졌다. 거리를 달리는 자동차, 바쁘게 걸어가는 사람들, 눈앞에 서 있는 건물들……. 회사에 들어가기 전에 봤던 모습과 조금도 달라진 것이 없었다. 그런데 도대체 어떻게 된 일이란 말인가? 무슨 일이 일어난 것인가?

나는 회사 빌딩에서 나와 잠시 그대로 서 있었다. 금방이라도 회사 동료들이 몰려나올 것 같았다.

"깜짝 놀랐지? 모두 자네를 놀리려고 한 농담이었다고! 진짜로 믿은 거야?"

그렇게 말해줄 것만 같았다. 그러면 웃으면서 용서해 줄텐데…….

"아키히코 씨"

뒤돌아보니 스기타 가네코가 서 있었다. 나는 너무 기쁜 나머지 온몸이 부르르 떨릴 정도였다. 그녀가 와 주었다! 그녀만은 웃어주고 있어!

"가네코……."

그녀는 내 손에 작은 라이터를 쥐어 주었다. 여기저기 다니면서 자주 잃어버렸기 때문에 회사에 두고 다니던 라이터였다.

"이거 당신이 회사를 그만둘 때 잊어버리고 간 거야."

그렇게 말하고는 가네코는 회사로 되돌아갔다.

나는 비틀거리는 발걸음으로 걷기 시작했다. 나를 지탱해 주던 마지막 보루마저 무너져 버린 듯한 무기력감이 전신으로 퍼져 갔다…….

2

"여어, 하야마 아냐! 오랜만이네. 들어와."

나는 다른 때와 변함없는 시가의 웃음을 보니 안심이 되었다. 겨우 정상적인 세상으로 돌아온 기분이었다.

"정신없지만 적당히 대충 앉으라고."

시가는 르포라이터이다. 결코 잘 팔리는 작가라고 할 수는 없다. 하지만 세상을 떠들썩하게 할 만한 화제를 다뤄 매스컴에 이름을 팔고는 그 화제가 진부한 것이 되면 곧바로 다른 곳으로 옮겨가 버리는, 그런 작가들과는 달랐다. 재미없는 문제라도 필요하다고 생각하면 몇 년에 걸쳐 공들여 취재하는 것을 신조로 삼은 남자였다.

대학 동기인 녀석의 아파트는 대학 때부터도 난잡하기로 유명했다. 르포라이터라는 직업을 달고부터는 한층 더 심해져서 방에 들어서기가 무서울 정도였다. 옛날 신문, 잡지, 서류 복사본, 확대한 흑백 사진 등의 더미가 빼곡히 쌓여 있어서 말 그대로 발 디딜 틈이 없었다.

"그쪽 책들을 한쪽에 쌓으면 앉을 정도의 여유는 생길 거야……. 무슨 일이야? 무슨 일이 있는 거야? 심하게 의기소침해 있는데?"

자기 방과 딱 어울리는 구김이 간 점퍼에 면도 안한 얼굴을 한 시가는 걱정 없는 태평한 웃음을 띠었다. 원래도 손님이 왔다고 차를 내거나 대접할 생각을 할 남자도 아니었다.

"지금, 내가 어디에서 왔는지 알아?"

내가 말했다.

"가게 이름까지는 모르겠지만 알코올을 섭취할 수 있는 장소에서라는 사실은 냄새로 알 수 있겠는데."

"그것만이 아니야. 난 말이지. 4차원 세계에서 왔다구!"

"그거 재밌겠는데. 나도 데려가 줘, 르포 좀 쓰게."

"농담이 아니라구, 지금 하는 말은."

"갑자기 그런 얘기를 하면……. 무슨 일이 있었던 거야? 얘기해 봐."

나는 지금까지 일어난 모든 일을 얘기했다. 일주일간의 우아한 출장에서 돌아오자 회사에 자신의 자리가 사라졌다는 것, 자기도 모르는 사이에 자신의 사표가 제출되어 있었고 사원들은 한 명도 빠짐없이 자신이 회사를 그만두었다고 한다는 것…….

그런데 이야기를 하면서 내가 하는 이야기가 지어낸 이야기 같다는 느낌이 드는 것을 어쩔 수 없었다. 이렇게 다른 사람에게 얘기하다 보니 자기 자신도 그게 실제로 일어난 일이라고는 믿어지지 않는 것이었다.

"대충 이렇다고……."

나는 시가가 피식 웃든지, 아니면 미심쩍은 눈빛으로 술 취한 사람 취급하면서 날 노려볼 거라고 추측했다. 시가는 알코올을 한 방울도 하지 않는 남자였다.

하지만 시가는 극히 평범한 태도로 말했다.

"그거 참 묘한 이야기군."

"믿어주는 거지?"

"넌 원래 상상력이 제로에 가까운 녀석이야. 그런 엄청난 허풍을 칠 거라는 생각은 안 드는데."

칭찬하는 말로는 들리지 않았지만 어쨌든 지금 한 말을 믿어준다는 것만으로도 엄청 고마웠다.

"어떻게 생각해? 도대체 왜 이런 일이 일어난 거지?"

"잠깐만!"

시가는 갑자기 벌떡 일어섰다.

"이 상황은 커피 한 잔 정도의 가치는 있을 듯하군."

아파트 가까이에 있는 작은 찻집에 자리를 잡자 시가는 숨을 크게 들이 내쉬고 말했다.

"그럼 시작해 보자고. 네 이야기는 크게 두 가지로 해석이 가능해. 하나는 너희 회사에서 어떤 이유에선가 네가 자발적으로 퇴직한 듯 꾸몄다는 해석. 그리고 다른 하나는 너 자신이 이상하다는 것, 그 이야기는 곧 회사에서 말한 것이 전적으로 사실이라는 거지……."

"이봐! 난 제정신이라고!"

"자기 입으로 자기가 정신 빠진 놈이라고 말할 사람은 세상에 없다고. 뭐, 하지만 네가 말한 게 사실이라고 가정해서 생각해 보면……."

"물론 사실이고말고! 나는 틀림없이 시코쿠, 규슈를 돌아다니며 팸플릿도 다 받아 놨다구."

"그건 니가 여행한 증거는 되도 회사의 명령으로 출장 갔다는 증명은 되지 못해."

"제길!"

"어쨌든, 단지 너를 자르는 게 목적은 아니었던 것 같아. 그냥 자르기만 하려고 했다면 그렇게 번거롭게 출장을 가게 하거나 거짓말은 하지 않아도 되거든. 무슨 이유인가를 들어서 해고해 버리면 그만이라고. 노동조합이 있다고는 해도 얌전한 편이잖아. 우선 확실한 사실은 니가 일주일간 출장을 가야 할 필요가 있었다는 거지. 그렇지 않으면 어느 날 갑자기 니 자리가 없어져도 문제가 될 건 없었으니까 말이지. 즉 니가 니 스스로 사표를 냈다는 상황을 꾸며 내기 위해서 일주일이 필요했다고 생각할 수 있어."

"하지만 무엇 때문에?"

"잠깐 기다려 봐. 또 한 가지 있어, 날짜의 문제."

"날짜?"

나는 반문했다.

"무슨 날짜?"

"퇴직한 날짜. 니가 썼다고 하는 그 사표는 몇 월 며칠로 되어 있었어?"

나는 머리를 쥐어뜯으며 기억을 떠올리려 했다.

"기억이……. 그때 정신이 없어서 제대로 못 봤어."

"그렇군."

"그 날짜에 무슨 의미가 있는 거야?"

"아직은 잘 모르겠어."

시가는 어깨를 들썩했다.

"하지만 니가 오늘 퇴직당한 게 아니라 그전에 미리 그만두지 않으면 안 될 필요가 있었던 게 아닐까? 그걸 생각해 보면 역시 날짜가 중요하다는 생각이 들어."

나도 녀석의 말을 들으니 그런 생각이 들었다. 아니, 아직 완전히 믿을 만한 이야기는 아니었지만 갑작스럽게 닥쳐온 악몽을 이성적으로 분석할 여유가 없었으니까.

막상 시가의 이야기를 듣고 보니 악몽으로만 보였던 사실이 뭔가 이유가 있는 음모는 아닐까, 라는 생각이 들기 시작했다. 자신을 미치광이로 생각하지 않는 것만으로도 일단은 기뻤다.

"앞으로 어떻게 해야 하지?"

"글쎄."

시가는 천천히 커피를 마시며 말했다.

"그따위 회사 그만 싹 잊어버리고 다른 일자리를 구하는 건 어때?"

"농담하지 마! 이대로 입 다물고 물러날 수는 없잖아!"

"그럼 어떻게든 진상을 밝힐 수밖에 없는 거네."

"어떻게?"

잠시 생각에 잠겼던 시가가 입을 열었다.

"좋았어. 내가 좀 조사해 볼게."

"정말이야?"

"사실 요즘 옛날 신문 스크랩만 하며 살다 보니 그것도 지겨워지고 있던 참이었거든. 기분 전환으로 딱 좋아."

그러고는 피로로 뭉친 몸을 풀어 주려는 듯 기지개를 폈다.

"그래서 어떻게……."

"그건 르포라이터의 직업상 비밀이라서 밝힐 수 없지."

시가는 질문하려는 내 입을 손으로 막으며 즐기는 듯 말했다.

"뭐, 맡겨 두라고. 나 나름대로 이런저런 방법이 있으니까. 너는 아파트로 돌아가서 휴가나 즐기라고."

나는 쓴웃음을 지었다.

"실업이라고! 휴가가 아니라……."

시가가 권하는 대로 집으로 가는 대신 지하철역 쪽으로 발길을 돌렸다. 시각은 5시 20분. 스기타 가네코가 집에 도착하는 것은 6시 남짓이다. 물론 곧장 집으로 돌아올 때의 이야기지만…….

나는 아직 포기할 수가 없었다. 사원 전부가 어떤 음모에 가담하고 있다고 해도 그녀만은 다르다는 생각을 버릴 수가 없었다. 아까 회사에서는 동료나 상사의 눈도 있으니 아무 말 못했을지도 모른다. 단둘이서 만나면, 분명히…….

스기타 가네코가 내리는 전철역 출구가 잘 보이는 위치에 찻집이 하나 있다. 가끔 그녀와 영화를 보거나 식사를 한 뒤에 집에 데려다 주기 위해서 이곳까지 오면 그 찻집에 들어가 데이트의 여운을 즐기곤 했다.

그렇다고 가네코와 특별히 깊은 사이는 아니었다. 나는 서른 살이고 그녀는 스물세 살. 그녀한테는 아직도 학생티를 벗지 않은 풋풋함이 남아 있었고, 그녀와 이야기를 하면 언제나 내가 어느덧 〈중년〉이 되어 간다는 사실을 실감하곤 했다.

그런 면에서 보면 여느 연인들처럼 손을 잡는 것도 아니었고, 물론 만나자마자 호텔로 직행하는 포르노소설 같은 관계도 아니었다. 굳이 표현해야 한다면 스승과 제자가 가끔 만나 이야기를 하는 듯한 느낌이 이런 것일지 모른다. 그런 만큼 우리 사이에는 이상한 분위기가 흐르지도 않았고, 타산적인 계산이 존재하지도 않았다. 그래서 무엇이든 숨김없이 밝힐 수 있는 솔직함이 있었다.

가네코는 결코 아무 것도 숨기지 않는다. 어머니의 성화에 이러저러한 사람과 선을 봤다, 광고부의 아무개가 데이트 신청을 했는데 재미있을 것 같아서 나가기로 했다는 등 숨기는 일이 없다. 그런 이야기를 들으면 심장이 바늘로 찔리는 듯한 질투심을 느끼기도 했지만 결코 내색하지는 않았다. 아무튼 우리는 꽤 자주 만나서 식사도 하고 이야기도 나눴다.

그러니까——나는 확신하고 있다——그녀가 어떤 이유에서건 나에게 거짓말을 하려 한다면 쉽게 그것을 간파할 수 있다. 그녀는 거짓말에 익숙하지 않으니까.

하지만 스기타 가네코는 모습을 드러내지 않았다. 찻집에서 가볍게 저녁을 때우고 커피를 몇 잔이나 시켜 마시도록 그녀는 나타나지 않았다.

8시 반까지 기다리던 나는 자리에서 일어났다. 미련을 버리지 못하고 전철역 앞을 어슬렁거리다가 문득 생각을 고쳐먹고 그녀의 집으로 향했던 것은 특별히 어떤 영감이 떠올라서는 아니었다.

나는 그녀를 집 앞까지 바래다주기는 했지만 집 안에 들어간 적은 없었다. 여자 집에 초대되어 간다는 것은 여자의 부모님에게 사윗감으로서 인정을 받았다는 것을 의미하고 그런 일이 아니라면 여자의 집에 들어갈 일은 없다. 괜한 일 때문에 우리 사이가 어색해지는 것은 원하지 않았다.

단독 주택이 늘어선 좁은 골목을 5분 정도 걸어가면 그녀의 집이 보인다. 나는 그녀가 돌아왔는지 물어볼 생각이었다. 어쩌면 그녀가 지나가는 것을 내가 못 봤는지도 모른다. 아니 어쩌면 무슨 일이 있어서 택시를 타고 돌아왔는지도 모른다. 그녀의 집에 처음 방문하는 이유가 이런 상황이라는 것이 영 내키지 않았지만 지금은 그런 생각을 할 때가 아니었다…….

그녀의 집 현관을 향해 발걸음을 떼려는 순간 다가오는 자동차의 불빛이 보였다. 나는 전봇대 뒤로 몸을 숨겼다. 자동차는 그녀의 집 앞에서 멈췄다. 택시가 아닌 자가용이었다. 불현듯 어디선가 본 듯한 차라는 생각이 들었다. 누구의 차였더라?

문이 열리고 가네코가 내렸다. 그리고 뒤이어 운전석에서 내린 남자의 얼굴이 현관 전등불 아래에 떠오른 순간, 나는 앗하고 소리를 칠 뻔했다.

그것은 상사 —— 영업부의 고바야시 부장이었다.

그제야 생각이 났다. 저 차는 예전에 부장을 따라 골프장에 갔을 때 탔던 것이다. 그런데 어째서 그녀가 고바야시 부장의 차에?

그 의문은 곧 충격적인 형태로 풀렸다. 현관의 어두운 불빛 아래에서 고바야시가 가네코를 끌어안고는 자기 입술을 그녀의 입술에 겹쳤던 것이다.

도저히 현실에서 일어나고 있는 일이라고는 생각할 수 없었다. 마치 아까의 악몽에 이어 다시 같은 꿈을 꾸고 있는 듯했다.

그녀가 고바야시 부장과……. 이렇게 늦은 시간에 돌아왔다는 것은 두 사람이 지금까지 어디에 있었는지를 알려 준다.

차가 유턴해서 사라지자 가네코는 현관으로 들어서려다가 인기척을 느꼈는지 내가 서 있는 쪽으로 얼굴을 돌렸다. 시선이 마주쳤고 우리는 그대로 그 자리에 굳어 버렸다.

"아키히코 씨……."

그녀가 눈을 동그랗게 뜨고는 중얼거리듯 말했다.

"봤군요……."

"가네코!"

내가 다가서려 하자 가네코는 도망치듯 현관문을 열고 안으로 모습을 감췄다.

"라이터는 돌려줬다고요!"

그녀는 안으로 들어서며 한마디를 외쳤다. 현관문은 내 눈앞에서 굳게 잠겨 버렸다.

나는 밤거리를 정처 없이 걸었다.

괘씸함과 환멸, 그리고 지금까지 느껴 본 적이 없는 강한 질투가 불길을 일으키며 뒤섞여 나를 뒤흔들었다.

문득 정신을 차리니 낯선 거리의 작은 공원에 다다랐다. 사람 그림자 하나 찾아볼 수 없는 곳이었다. 그네, 철봉, 미끄럼틀뿐인 작은 공원이었지만 다행히 한구석에 벤치가 놓여 있었다.

나는 벤치에 엉덩이를 붙이고 마음의 동요를 어떻게든 진정시키려 했다. 이제껏 그녀에게 이렇게까지 질투를 느낀 적이 없었는데 지금은 어째서 이렇게 마음이 아픈 것인가. 그녀의 상대가 그 증오스러운 고바야시 부장이라는 사실 때문이었다는 것을 부정할 수 없었다. 나는 내 자신이 그녀에 대해서 얼마나 깊은 믿음을 갖고 있었는지 아플 정도로 깨달았다.

단둘이 만나면 그녀가 모든 사실을 얘기해 줄 것이다. 나는 나 자신도 모르는 사이에 그렇게 믿고 있었던 것이다. 하지만 그녀에게 나는 무서운 존재일 뿐이었다…….

마음을 진정시키며 웃옷 주머니에서 담배를 꺼냈다. 같은 주머니 안에 그 라이터가 들어 있었다.

"돌려줬다고요!"

좀 전에 가네코가 소리쳤다. 그 라이터다. 버려 버릴까? 부아가 나서 그런 생각이 들기도 했지만 금방 생각을 고쳐먹었다. 만일 정말로 이렇게 실업자가 된다면 100엔짜리 라이터 하나도 마음 놓고 살 수 없을지 모른다. 대단히 현실적이면서도 구차한 이유로 라이터를 버리지 못했다.

라이터 뚜껑을 열자 작게 접힌 종이가 똑하고 발밑으로 떨어졌다.

"뭐지?"

주워 들어 펼쳐 보니 틀림없는 가네코의 글씨가 쓰여 있었다.

〈내일, 점심시간에 '아마티' 로 와 주세요. 아파트에는 돌아가면 안 돼요. 가네코〉

나는 갑자기 주위가 밝아지는 느낌이 들었다. 역시 그녀는 나에게 무엇인가를 알려 주려 하고 있다! 아까, "라이터는 돌려줬다고요!" 라고 외친 것도 〈라이터를 보세요〉라는 의미였음이 틀림없다.

그건 그렇고……아파트로 돌아가지 말라니 그건 또 무엇 때문인가? 아파트에 가면 뭔가 위험한 일이라도 당한다는 뜻인가?

나는 잠시 주저하다가 일단 아파트로 돌아가 보기로 했다. 근처에서 상황을 살펴보다가 이상한 점이 있으면 되돌아오면 될 것이다. 어쨌든 이 무거운 여행가방이라도 어떻게 하지 않으면 짐스러워서 다닐 수 없을 것 같았다. 게다가 돌아가지 말라고 하니 왠지 무슨 일인지 한번 가 보고 싶은 호기심도 생겼다.

아파트 근처에 도착했을 때는 이미 9시 반이 넘은 시간이었다. 이 동네에는 시멘트가 발라진 2층 아파트가 질서 없이 많이 들어서 있어서 길은 미로같이 복잡하고 좁다. 어느 집 창에서 엔카가 들려오는가 하면 다른 집 창에서는 모차르트가 흘러나오는, 뭐라 설명하기 힘든 혼잡하고 기묘한 풍경이 펼쳐진 곳이었다.

일단 아파트 앞까지 가보기로 하고 골목길을 돌아 뒤쪽으로 들어섰다. 설마 이곳도 내가 살지 않고 이사한 것으로 되어 있는 것은 아닐까……. 하지만 다행히 내 방의 창에는 불도 켜져 있지 않았고, 커튼도 바뀌지 않았다. 출장 가기 전과 같은 상태였다.

안도의 한숨이 나오기는 했지만 가네코가 '아파트에는 돌아가면 안 돼요' 라고 했던 말을 잊은 것은 아니었다. 만일 시가의 말대로 어떤 이유가 있어서 회사에서 나의 퇴직을 '위조' 할 필요가 있었다면 거기에는 어떤 형태로든 범죄가 끼어들어 있을 거라는 생각도 들었다. 나는 천천히 주위를 돌면서 누군가 있는 것은 아닌가 조심스럽게 살폈다. 하지만 특별히 이상한 점을 발견할 수 없었기 때문에 그대로 아파트로 올라가기로 했다.

철제로 만들어져 유난히 발소리가 시끄러운 계단을 오르려는 찰나였다. 느닷없이 계단 밑의 어둠 속에서 한 남자가 나타났다. 너무도 갑작스러운 일이라 나는 순간 어디로 피할 생각도 못하고 계단에 다리를 올린 채 남자를 바라보았다. 얇은 코트를 걸치고 그 밑에는 극히 평범한 양복 차림을 하고 있었다.

"하야마 아키히코 씨죠?"

남자는 그렇게 말하고 웃옷 주머니에서 검은 수첩을 내보였다.

"N경찰서에서 나왔습니다. 함께 가 주시겠습니까?"

3

12시 10분 전에 나는 '아마티'에 들어가 있었다. 아직 손님은 별로 없었다. 오피스가의 찻집은 어디나 마찬가지겠지만 12시 20분경부터 1시까지가 가장 혼잡하다. 점심을 먹고 한숨 돌리는 샐러리맨들이 우르르 몰려들기 때문이다.

이 찻집은 K상사 건물의 뒤쪽이어서 회사와 가까우면서도 회사 사람들은 그다지 오지 않는, 말하자면 숨겨진 장소였다. 나는 스기타 가네코와 자주 이곳에 왔다. 그렇게 이상한 눈으로 볼 만한 사이는 아니었지만 동료들 눈에 띄어서 소문이 나는 것보다는 나았기 때문이다.

안쪽 자리에 앉아서 커피를 홀짝이면서 스파게티를 위 속에 쏟아 부었다. 어젯밤부터 아무것도 먹지 못한 상태였다. 그러는 중에도 누군가 들어올 때마다 움찔, 잔뜩 움츠러들었다. 쫓기는 사람들은 분명 위가 나빠질 것이다.

어떻게 도망칠 수 있었는지 잘 모르겠지만 어둠 속에서 나온 남자가 형사라고 밝힌 순간 갑자기 정체 모를 공포가 몰려왔다. 있는 힘을 다해 그곳에서 도망쳐야 한다는 생각이 들었다. 나는 운동신경이 그리 좋은 편이 아니다. 더구나 '샐러리맨'이라는 단어가 '운동부족'의 대명사로 쓰일 정도였으니 보통 때라면 절대 도망칠 수 없었을 테지만 아파트가 난립한 그 동네의 미로 같은 좁은 길이 도움이 되었다. 형사는 분명 어딘가로 달리는 도중에 막다른 골목에 들어서고 말았을 것이 틀림없었다.

도망치면서 여행가방을 어딘가에 내팽개쳐 버리기는 했지만 간신히 택시를 잡아타고 신주쿠 근처의 싸구려 비즈니스호텔에 묵을 정도의 돈은 수중에 있었다.

이런저런 일들이 갑작스럽게 터져서 지쳤던지, 죽은 듯이 쓰러져 있다가 아침에 눈을 떴을 때는 9시 반이었다. 시계를 보자마자 순간 '지각이다'라는 생각이 번뜩 떠올랐을 때는 이 어쩔 수 없는 습관이 어딘지 씁쓸했다. 그런 상황에도 자동판매기에서 산 면도기로 면도를 하고 좀 깔끔해지자 기분이 한층 좋아지고 안정되었다. 오늘 가네코를 만나서 이야기하고 시가가 조사를 해 주면 뭔가 길이 좀 보일 것 같다는 느낌도 들었다.

12시가 되자 점심시간이 된 샐러리맨이나 여사원들이 슬슬 모습을 드러내기 시작했다. 나는 쫓기고 있다는 사실도 잊은 채 자동문이 열릴 때마다 기대에 찬 시선을 입구 쪽에 보냈다. 하지만 20분이 지나도 가네코는 나타나지 않았다.

안절부절 못하고 기다리는 사이 시간은 흘러갔다. 내 기분도

저 밑바닥까지 가라앉고 말았다. 처음부터 올 생각이 없었는지도 모른다. 아니……, 어쩌면 이곳을 경찰에 알렸는지도 모른다!

"설마!"

나는 고개를 저으며 부정적인 생각을 떨치려 했다. 아무리 그렇다고 가네코가 그런 짓까지 할 리는 없다.

"손님 중에 하야마 씨 계세요?"

12시 50분이 되었을 때 점원이 외치는 소리가 들렸다. 당황한 나는 벌떡 일어섰다.

"전화 왔습니다."

점원은 카운터의 전화를 가리켰다.

"여보세요."

나는 전화기를 받아들었다.

"아키히코 씨?"

작게 소리를 죽인 가네코의 목소리가 들려왔다.

"나야. 어떻게 된 거야?"

"내 말을 먼저 들어요. 그 가게에서 빨리 나와요."

"왜?"

"남색의 양복을 입은 사람이 있죠? 형사예요. 빨리 도망쳐요!"

"하지만……."

"퇴근길에 그 공원에서 봐요!"

전화가 끊겼다. 나는 수화기를 내려놓고 살짝 가게 안을 둘러보았다. 한 구석에서 커피를 마시고 있던 남자가 막 커피 잔을 놓고 일어서려는 참이었다. 남자는 위아래로 남색 양복을 입고 있었다. 자리에 돌아갈 수는 없는 일이었다. 나는 천 엔짜리 지폐를 꺼내 계산대에 올려놓고는 그대로 가게를 뛰쳐나왔다.

"도대체 무슨 일이 일어나고 있는 거야? 내가 뭘 어쨌다는 거야? 제길!"

혼잡한 사람들 속을 헤치며 바삐 걷는 동안 절로 한숨이 나왔다. 잠시 그렇게 가다가 뒤를 돌아보았지만 누군가 따라오는 기색은 없었다. 숨을 몰아쉬며 눈앞에 보이는 지하철역으로 들어섰다.

저녁 무렵, 인적이 드문 공원에 도착했 때는 너무 지쳐서 움직일 수도 없었다.

쉴 새 없이 걸어서 몸이 천근만근 무거워졌지만 그보다는 정신적인 피로를 견딜 수가 없었다. 쫓기는 것이 이렇게 괴롭다니……. 어디에서 무엇을 하든 사람들의 눈이 신경 쓰여 마음 놓고 앉아 있을 수가 없었다. 백화점 안을 거닐 때면 경비원이나 점원이 의미심장한 눈으로 나를 주시하는 것 같았다. 극장에 들어가도 옆 자리의 남자가 갑자기 내 손에 수갑을 채울 것 같아서 견딜 수가 없었다. 뭘 해도 누군가에게 감시당하고 있다는 느낌, 스쳐 지나가는 사람들, 길가에 서 있는 남자, 뒤에서 쫓아오는 여자, 모두가 나를 감시하고 있는 것 같았다.

나는 공원 벤치에 무너지듯 주저앉았다. 이곳은 가네코와 산

보하면서 자주 쉬어 가던 공원이었다. 그녀가 말한 곳은 여기가 틀림없다.

5시에서 20분 정도 지났지만 해가 길어져서 아직은 밝았다.

"또 기다리다가 허탕 치는 것은 아니겠지……."

혼자 중얼거리는 순간 가네코의 목소리가 들려왔다.

"아키히코 씨!"

어딘지 허탈한 기분마저 들었다. 그녀는 종종걸음으로 다가와서는 숨을 헐떡이며 옆자리에 앉았다.

"빨리 왔네."

"외근했다가 바로 오는 길이에요. 오늘은 회사에 돌아가지 않아도 돼요."

"그래……."

도대체 어디서부터 얘기를 해야 하는 것일까? 막상 얘기를 하자니 입이 떨어지지 않았다. 가네코가 먼저 입을 열었다.

"아키히코 씨, 어째서 그런 짓을 한 거예요?"

"그런 짓?"

"나한테만은 어떤 이야기건 다 해 줬잖아요. 나 역시 아키히코 씨를 믿고 있었는데……. 어째서 아무 말도 하지 않은 거예요?"

"자, 잠깐 기다려 봐! 내가 뭘 했다는 거야?"

"숨길 필요 없어요. 다 알고 있어요."

가네코는 우울한 목소리로 말을 이었다.

"당신이 회사 돈에 손을 댔다는 사실을요."

나는 내 뺨을 꼬집고 싶었다. 이게 꿈이라면 당장 깨고 싶다.

"가네코, 무슨 농담을 하는 거야! 회사 돈에 손을 대다니? 그런 짓을 할 리가 있겠어?"

가네코는 불쌍한 눈빛으로 나를 빤히 쳐다보았다.

"정말 그렇게 믿고 있는 거예요?"

"믿고 말고 할 게 없잖아……. 내가 한 일 정도는 내가 알고 있다고. 그게 당연한 거 아니야?"

가네코는 천천히 고개를 저으며 말했다.

"당신은 당신 자신이 무슨 일을 했는지 모르고 있어요. 들어 보라고요. 당신은 회사 돈 오백만 엔을 횡령하고 모습을 감췄어요."

나는 그 말을 들은 내 귀를 의심했다.

"내가…… 횡령을 했다고?"

"그래요. 당신은 그 돈으로 시코쿠와 규슈 등을 방탕하게 여행 다닌 거지요. 회사에 왔던 형사가 그렇게 말했어요.

"하지만 그건 출장으로……."

"출장이라면 그런 일류호텔에 머물 리가 없잖아요."

"그건 나도 이상하다고 생각했지만 그렇게 예약이 되어 있었다고."

"자기가 직접 예약했겠죠, 물론."

"이봐! 지금 무슨 말을 하는 거야! 말은 바로 하자고."

나는 마른 입술에 침을 바르고 말했다.

"들어 보라고. 횡령을 했다는 둥, 방탕하게 여행을 했다는 둥, 그런 거 난 하나도 모르는 일이라고! 나는 단지 부장님 명령대로 출장을 갔다 왔을 뿐이라고!"

"큰소리 내지 말아요. 알고 있어요. 당신이 정말 그렇게 믿고 있다는 사실도……. 그렇지 않으면 아무렇지도 않게 회사에 올 수는 없었겠죠."

더 이상 할 말이 없었다.

"그럼 내 머리가 어떻게 되기라도 했다는 얘기야?"

얼핏 가네코를 쳐다보며 물었다.

"당신은 정말 그렇게 생각하고 있는 건가? 내가 미쳤다고?"

"당신 요즘에 가끔 자신이 한 일을 잊어버리곤 했어요."

"거짓말하지 마!"

"정말이에요. 가끔 전혀 다른 사람이 되어서……. 그 뒤에는 언제 그랬냐는 듯 했다구요."

"내가?"

"네, 회사에서도 알고 있는 사람들은 걱정했다구요. 걸려 온 전화에 대고 이상한 대답을 한다거나 거래처 사람들을 그냥 되돌려 보낸다거나, 그 사이에 뭔가 큰일을 벌이는 건 아닌지 뒤에서들 쑥덕거렸다고요."

나는 더 이상 대꾸할 기운도 없어져 머리를 감싸 쥐었다.

"그리고는 드디어……. 당신이 무단결근을 해서 이상하다고 생각한 고바야시 부장님이 조사를 해봤더니 계약금으로 받아 입금되어 있어야 할 돈 오백만 엔이 사라진 거예요."

"그걸 내가 손댔다는 건가?"

"아니면 달리 생각할 수가 없잖아요."

"그 돈은 지금 어디에 있다는 거지? 신체검사라도 뭐라도 해 보라고! 난 안 가지고 있으니깐!"

"당신, 여행가방은?"

"잃어버렸어……. 어젯밤에 아파트 앞에서 형사와 맞부딪혀서 도망쳤거든. 그런데 정말로 안 가지고 있다고!"

나는 거의 무의식적으로 가네코의 손을 쥐고 있었다. 그녀는 잠시 얼굴을 숙이고 있다가 깊은 숨을 내쉬고는 고개를 들었다.

"나는 당신을 믿어요……."

나에게 있어서 그 무엇보다 기쁜 말이었다.

"고마워! 하지만 회사 사람들의 태도는 도대체 뭐지?"

"다른 사람들을 원망하지 말아요. 고바야시 부장님과 제가 당신을 위해서 그렇게 한 거니깐."

"무슨 뜻이지?"

"당신은 지금 병자인데 자기가 모르는 횡령 사건으로 체포되는 건 너무 안됐잖아요……. 그래서 다른 사람들한테는 당신이 급한 사정이 생겨서 회사를 그만둔 것으로 해 두었어요. 그리고 오백만 엔은 어떻게든 부장님이 변통해 본다고……."

"그럼 사표는?"

"부장님하고 저하고 같이 만들었어요. 제가 당신의 글씨를 흉내 내서 썼어요. 이 사실은 우리 두 사람밖에는 몰라요."

그랬군. 모두가 이상한 얼굴로 나를 본 것도 당연한 일이다. 회사를 그만둔 놈이 아무 일 없다는 듯이 태연하게 나타났으니, 누구라도 놀랄 일이 아닌가.

"그런데 일이 그뿐이라면 어째서 경찰이?"

나는 물었다.

"아무도 모른다면 경찰에서 알고 찾아왔을 리가 없잖아."

"그게 좀, 일이 잘못 꼬이려니깐, 부장님이 자리에 안 계실 때 그 오백만 엔을 지불한 거래처에서 당신에게 전화가 왔어요. 당신은 그만둔 상태고 계약은 성사되지 않은 상태니까 그때 전화를 받은 이와하라 씨가 사실대로 말한 거예요. 그래서 그쪽에서 사기를 당했다고 고소를 한 것 같아요. 그 뒤에 부장님이 잘 설명했지만 경찰 쪽에서 이상하다고 생각하고 당신을 조사하고 있는 거예요."

"흐음……."

가네코의 이야기는 일단 앞뒤가 맞아떨어졌다. 그러나 역시 나에게는 이해가 되질 않았다.

"아무리 그래도 이상하잖아. 만일 나한테 정말 병이 있다고 치자고. 그리고 그런 일들을 기억하지 못하고 있다는 것은 병 때문이라고 치더라도 없었던 일을 기억하고 있을 리는 없잖아. 나는 고바야시 부장님한테 출장을 갔다 오라는 명령을 받은 기억이 확실하게 난다고. 게다가 지사를 돌면서 그쪽 사람들과 만난 것도 기억하고 있어. 이것만은 절대로 확실한 사실이라고."

가네코는 당황한 듯한 표정을 지었다.

"그럼, 도대체 일이 어떻게 된 거지요?"

"부장이 꾸민 일이 아닌가 하는 생각이 들어. 그 사람은 원래 나를 그렇게 좋아하지 않았어. 자기가 돈을 횡령하고서 나한테 그 죄를 씌우려고……."

"설마!"

가네코는 믿을 수 없다는 듯한 표정으로 말했다.

나는 갑자기 어젯밤 일이 떠올랐다.

"가네코. 당신 어젯밤, 고바야시 부장과……."

나는 말을 더 이상 잇지 못하고 뒤끝을 흐렸다. 가네코는 고개를 돌렸다.

"당신, 부장과는 언제부터……."

"당신을 위해서라고요!"

그녀는 눈물이 가득 괸 눈으로 소리쳤다.

"나를 위해서?"

"그래요. 시키는 대로 하지 않으면 당신에 대해 경찰에 모두 알리겠다고 해서……."

나는 솟아오르는 분노로 몸이 부르르 떨렸다.

"도대체 그 따위 자식이 다 있어! 가네코, 당신은 그렇게 나를……."

가네코는 갑자기 내 가슴에 자기 얼굴을 묻어왔다.

"오늘밤은 여기에서 묵을까?"

내가 물었다.

"네에……."

가네코는 내 가슴에 얼굴을 묻은 채로 대답했다.

결코 쾌적한 방이라고 할 수는 없었다. 흔히들 말하는 스쳐 지나가는 인연들이 만나 머무는 그런 여관이었다. 공원에서 가장 가까운 곳으로 급하게 들어왔기 때문에 선택의 여지도 없었다.

하지만 가네코의 맨살, 그 온기를 그대로 느낄 수 있는 이불 속은 고급 호텔의 이불과도 비교할 수 없을 만큼 쾌적했다.

"집에서 걱정하지 않겠어?"

"괜찮아요. 친구 집에서 묵는다고 전화하면 돼요."

가네코는 나에게 가볍게 키스했다.

"여기도 당신이 있으니까 친구집이라고 할 수 있는 거잖아요. 거짓말도 아닌 거죠."

나는 무심결에 웃고 말았다.

"당신이 그렇게 말을 잘하는지 몰랐는데."

"응. 좋아하는 사람을 위해서라면 어떤 거짓말이라도 할 수 있어요. 나도 한다면 하는 그런 여자라구요."

"아름다워……."

나는 그녀를 껴안았다. 나에게는 이번이 제대로 된 첫경험이었다. 맨 처음은 그저 꿈만 같아서 무작정 들이밀어 댄 것 같았지만 두 번째는 꽤 침착하게 할 수 있었다.

그러나 이렇게 애처로울 정도로 아름다운 가네코를 품에 안고 있자니, 고바야시 부장에 대한 분노가 한층 더 끓어올랐다. 이번 일은 모두가 고바야시 부장의 계획에 의한 것이라는 확신이 들었다. 나에게 출장을 명령한 것도 부장이고 횡령사건에 대해서 말을 꺼낸 것도 부장이다.

문득 나는 고바야시 부장의 본 목적이 가네코를 손에 넣는 것이 아니었을까라는 생각이 들었다. 횡령 따위 있지도 않은 일을 들먹이며 가네코를 겁주고 자신의 비열한 욕망을 풀려는 것이 아니었던가.

그런 생각이 들자 점점 더 가네코가 애처롭게 느껴져서 그녀를 안고 있는 팔에 힘이 들어갔다.

"8시인가. 배 안 고파?"

"어딘가 나가서 먹고 올까요?"

"그렇게 할까?"

흥분 뒤의 기분 좋은 피로에 젖은 나는 크게 기지개를 피면서 자리에서 일어났다.

"아, 집에 전화해야지."

나보다 먼저 옷을 입은 가네코는 당황한 모습으로 방을 나섰다. 방마다 전화가 놓여 있는 것이 아니기 때문에 어딘가로 전화를 걸러 나간 것일 것이다. 나는 휘파람을 불면서 느긋하게 옷을 입었다. 지금 상황이 그렇게 좋은 것은 아닌데, 모든 일이 잘 풀릴 것 같은 기분이 드는 것은 왜일까? 사랑에 빠지면 바로 눈앞의 일밖에는 신경을 쓰지 못하는 법이다.

눈앞에 두 사람만의 저녁이 준비되어 있고, 그 뒤에는 —— 그 정도의 뒷일은 그래도 신경이 쓰인다 —— 다시 두 사람만의 밤이 기다리고 있다.

옷을 다 갈아입었을 때 마침 가네코가 돌아왔다.

"전화하고 왔어요. 오케이예요."

"좋았어. 그럼 저녁 먹으러 가자고."

다시 한 번 우리는 서로를 보듬어 안고 입을 맞추었다.

"나, 처음이 당신이어서 다행이야……."

그녀는 한숨을 쉬면서 말했다.

"그 부장이 처음이었다고 생각하면 끔찍해."

나는 잠시 당황했다. 고바야시 부장이 처음이 아니라고? 그러면…….

"하지만 아키히코 씨, 이전보다 오늘이 더 정열적이었어요."

나는 아연실색해서 물었다.

"이전이라니?"

"그래요. 첫날 밤……. 설마, 아키히코 씨!"

가네코는 몸을 일으키며 눈을 동그랗게 뜨고는 말했다.

"기억 못 하는 거예요?"

"나랑…… 당신이? 언제?"

"당신이 사라지기 전날 밤에요. 정말 기억 못 하는 거예요? 너무해요!"

가네코는 당장이라도 울음을 터트릴 듯 소리를 질렀다.

"이럴 수는 없어요! 그날 일까지 잊어버리다니! 너무해요!"

그녀는 몸을 돌려 방에서 뛰쳐나가 버렸다.

"기다려 줘, 가네코! 나는……."

나는 뒤를 좇아야 한다는 생각도 못한 채 뜻밖의 사실에 그저 멍하니 서 있을 뿐이었다.

4

나는 미친 것일까? 스스로에게 진심으로 묻지 않으면 안 된다는 사실이 비참했다.

가네코를 품에 안았다는 기쁨의 절정이 한순간에 괴롭고 비통한 기분으로 추락하고 만 것이다. 그만큼 충격도 컸다. 잠시 멍하니 서 있던 나는 겨우 정신을 차리고 여관 밖으로 나왔다.

여관이 있는 뒷골목에서 넓고 시끌벅적한 큰길로 나왔다. 밤거리는 평소와 전혀 다를 바가 없었다. 걸음을 재촉하는 사람, 스쳐 지나가는 사람, 그 누구도 나에게 눈을 주지 않는다. 나는 투명인간이라도 된 듯한 기분이었다. 자기 자신이 누구인지 알 수 없어져 버리자 앞으로의 일이 어찌 되건 상관없다는 생각까지 들었다. 형사가 오건 뭐가 오건 상관없다는 기분이었다.

"이럴 때는 꼭 형사가 나타나지 않는단 말이야."

중얼거리며 주변을 둘러보았을 때, 문득 어디선가 본 듯한 자동차가 눈에 띄었다. 길가에 세워져 있던 그 차는 천천히 움직이면서 나란히 늘어선 차의 대열 중 어디에서 끼어들지를 가늠하고 있었다. 고바야시 부장의 차다! 아무 생각 없이 차 쪽으로 다가서려던 순간 차가 가볍게 움직이더니 앞으로 휙 달려 나갔다.

나는 바로 택시를 잡아탔다.

"저기, 검은 차를 따라가 줘요."

운전수가 의심쩍은 표정으로 나를 바라보았다.

"도대체 무슨 일입니까?"

뭔가 귀찮은 일에 휩쓸릴까 봐 걱정스러워 하는 듯한 표정이었다. 나는 순간적으로 안쪽 주머니에서 검은 가죽의 정기권 지갑을 슬쩍 보여 주었다.

"N경찰서에서 나왔습니다."

운전수는 순순히 그 말을 믿고는 급히 차를 출발시켰다. 의외로 간단히 속는군. 그 상황에서도 빙긋이 웃음이 나왔다.

고바야시 부장의 차까지는 몇 대의 차가 사이에 있어서 그녀가 함께인지 아닌지는 잘 보이지 않았다. 하지만 상대가 혼자이든 몇 명이든 이제 겁날 것도 없었다. 자신이 정말 이상해져서 돈을 훔쳤다고 하더라도, 그것을 빌미로 부장이 비열하게 가네코를 손에 넣었다는 사실은 용서할 수 없었다!

나는 가네코를 잃었다는 생각에 제정신이 아니었다. 이 이상 무엇을 더 잃을 수 있겠는가?

차는 얼마 가지 않아 좀 한적한 거리로 들어섰다. 그리고 가네코와 내가 갔던 방랑자들의 여관과는 하늘과 땅 차이로 다른 러브호텔로 미끄러져 들어갔다.

"저 앞에서 세워 줘요."

나는 기사에게 천 엔짜리 지폐를 건네고 잔돈도 받지 않고는 택시에서 내렸다.

부장의 차가 들어간 호텔을 올려다보니 대개의 러브호텔이 그렇듯 저속하다고밖에 할 수 없는 요란한 네온사인이 밤하늘을 장식하고 있었다. 차가 들어간 곳은 호텔 옆에 있는 전용주차장이었다. 차를 두고 두 사람이 나오기를 기다렸다.

안절부절못하며 기다리는 사이에 5분이 지나갔다. 그러나 두 사람의 모습은 나타나지 않았다. 주차장에서 건물로 직접 들어가도록 되어 있는 것은 아닐까? 그런 생각에 주차장 입구로 들어가 안을 들여다보았다.

경사가 진 길을 따라 지하로 이어진 어두컴컴한 주차장은 좁은 입구와는 달리 상당히 넓었다. 부장의 차는 잘 보이지 않았다. 빈자리가 없어서 안쪽에 주차했는지도 모른다. 나는 천천히 경사진 길을 내려갔다.

주차장 관리인의 모습도 보이지 않는 인적 없는 지하주차장에 내 발자국 소리만 뚜벅뚜벅 울렸다. 대형 외제차와 스포츠카가 섞인 좌우의 차들을 보면서 통로를 따라 걸어 들어가니 안쪽에 엘리베이터가 보였다. 거기에서 호텔 안으로 들어간 것이다.

"제길!"

지금쯤 벌써 가네코가 고바야시 부장의 팔 안에……. 그런 생각을 하니 견딜 수가 없었다. 스스로를 억제하지 못한 나는 엘리베이터를 향해 빠른 걸음으로 걷기 시작했다.

그때 갑자기 라이트가 얼굴을 비쳐 그 자리에 멈춰 섰다. 그 차가 도대체 어디에서부터 달려왔는지는 알 수 없었다. 정신을 차렸을 때는 눈도 뜨지 못할 정도의 눈부신 빛이 정면에서 돌진해 왔다. 만일 이것이 액션영화의 한 장면이라면 주인공은 가볍게 몸을 날려 옆으로 피할 것이다. 민감한 반사신경은 역시 훈련에 의해 생기는 것이 틀림없다. 샐러리맨에게 민감한 반사신경이 요구될 일은 거의 없다.

위험하다고 생각할 사이도 없었다. '눈부셔, 도대체 어떻게 된 거야?' 라고 생각한 순간 내 몸은 격렬한 충격과 함께 공중에 붕 떠올랐다. 그리고 이어서 바닥으로 떨어졌다. 충격의 고통이 전신을 관통했고 그대로 모든 것이 어둠 속으로 사라져 버렸다.

내 육체 중에서 유일하게 쓸모 있는 곳이 있다면 돌머리일 것이다. 진짜 돌머리처럼 머리가 나쁘다는 것이 아니다. 어릴 때부터 놀다가 싸움이 나서 다른 아이와 정면으로 부딪치는 경우가 있어도 우는 것은 상대방뿐이었다. 나는 언제나 아무 일도 없었다는 얼굴로 태연하게 서 있었다.

그 돌머리 덕분에 목숨을 건졌다고 해야 할까. 의식이 돌아왔을 때, 왼쪽 다리에 불이라도 피워 놓은 듯한 강한 아픔을 느껴 나도 모르게 신음을 뱉었다. 뼈가 부러졌는지도 모른다. 그러나 머리는 혹이 생겼을 뿐 그런 대로 견딜 만한 것을 보면 깨지지는 않은 모양이었다. 만일 깨졌다면 이렇게 깨어날 수도 없는 일이었을 테니…….

여기는 어디지? 부드러운 의자에 앉아 있는 느낌이었다. 이

읏고 몽롱했던 시야가 차츰 또렸해졌다……. 차 안이다. 눈앞에 프론트글라스, 핸들……. 운전석에 앉아 있었다. 물론 운전을 하고 있을 리는 없다.

차에 부딪쳤다는 것은 명확히 기억하고 있다. 그 뒤에 무슨 일이 일어난 것일까? 나는 머리를 흔들며 내가 어디에 있는지 알아내기 위해 애썼다. 누군가 옆에 앉아 있다는 사실을 깨달은 건 그때였다.

고바야시 부장이었다. 조수석의 등받침에 기댄 채 축 늘어져 있다. 나는 그 기분 나쁠 정도로 하얀 얼굴에 진저리를 쳤다. 죽었다! 와이셔츠의 배 부분에 넓게 퍼진 선명한 핏자국이 눈에 들어오기도 전에 나는 그가 이미 죽었다는 사실을 알았다.

자신과 부장 사이의 좁은 틈에 떨어져 있는 것에 시선이 멈췄다. 나이프다. 극히 흔해 빠진 접이식 나이프였다. 흔해 빠지지 않은 것은 그 칼에 달라붙어 있는 검붉은 피일 것이다. 고바야시 부장은 찔린 것이다. ……누구에게?

"정신 들었어?"

차창 밖, 소리가 들려오는 곳을 돌아보았다. 차 옆에 선 가네코가 안쪽을 들여다보고 있었다.

"가네코!"

몸을 움직이려다 왼쪽 발의 날카로운 통증에 비명을 질렀다.

"안돼요, 움직여서는……."

그녀가 주의를 주듯이 말했다.

"발이 부러졌으니까. 그렇지만 아키히코 씨, 머리는 괜찮은

가 봐. 영락없이 머리가 깨져서 죽었다고 생각했는데."

발의 아픔만으로도 머리 회전이 둔해질 판인데 점점 더 머리가 혼란스러워졌다.

"어떻게 된 거야? 고바야시 부장은 왜 이렇게……."

"당신이 죽였잖아."

나는 자기도 모르게 고바야시 부장의 시체를 돌아봤다.

"그런 말도 안 되는 일이! 다리가 부러졌는데 그런 일을 할 수 있을 리가 없잖아."

"응, 그렇지. 하지만 다른 사람들은 모두 그렇게 생각할 거야. 횡령죄를 덮어쓴 것에 화가 난 당신이 부장을 죽였다고……."

나는 찬찬히 가네코의 얼굴을 보았다.

"……뭐라고?"

"부장이 회사 돈에 손댄 것이 벌써 오천만 엔에 가깝다고. 나를 위해서 말이지. 그게 드디어 들킬 상황이 되어서 뭔가 손을 쓰지 않으면 안 되겠다고 생각한 거야. 그래서 당신에게 죄를 뒤집어씌우기로 한 거지. 지사에 있는 심복을 몇 명 써서 당신의 '출장여행'을 성공시켰어. 당신이 횡령한 돈을 사용했다는 실례를 남겨야 했거든 그리고 그 사이에 누가 보아도 당신이 갑작스럽게 회사를 그만둔 것처럼 보이도록 일을 꾸민 거지."

"그럼 당신은 그 모든 것을 알고……."

"물론. 미안해요, 이렇게 돼서. 하지만 결코 당신이 싫어서 그랬던 것은 아니야. 그러니까 사죄의 대가로 자 줬잖아. 단지

나는 돈이 필요했어. 내 가게를 직접 갖는 것이 꿈이라고. 월급만으로는 그런 돈이 모일 리도 없고, 이따위 직장 생활 지겨워서 견딜 수가 없었거든."

"대단한 여자네, 당신!"

나는 놀란 나머지 아픔도 잊어버렸다.

"……하지만 어째서 부장까지 죽인 거지?"

"부장은 당신에게 죄를 뒤집어씌우기만 하면 모든 일이 끝날 거라고 단순하게 생각했지만 경찰이 그렇게 호락호락할 리가 없잖아. 당신을 체포한다고 해도 일단 당신이 진술하는 내용을 조사할 거야. 경찰 조사까지 가면 지사에 있던 사람들 역시 그게 아무리 부장의 명령이라고 해도 침묵을 지킬 수만은 없을 것이고. 머지않아 부장의 계획은 들키고 말테지. 그러면 나와의 관계도 드러날 게 틀림없고. 그래서 난 부장을 죽일 수밖에 없었던 거야. 그렇다고 해도 자살로 보이기는 어려웠어. 그런데 당신이 부장을 죽이고 자살한 것으로 위장하면 일석이조가 되는 셈이지."

"내가 자살?"

"응. 결국 당신이 입 다물어 주지 않는다면 진상이 언젠가는 밝혀질지도 모르니까……."

"그럼, 나를 차로 친 것은……."

"그건 부장이야. 당신이 만일 경찰에 자수해서 이런저런 이야기를 다 해 버리면 어떻게 되겠냐고 내가 위협을 했거든. 당신만 사라져 준다면 자신은 안전해진다고 생각해서 당신을 차로 치고 여기까지 데려와 준 거야."
"여기는…… 어디지?"
나는 차를 둘러싸고 있는 암흑을 돌아보았다.
"오쿠타마호 근처. 당신을 호수에 던져 버리려고 했는데."
"여기까지 와서 당신이 부장을 죽인 건가?"
"내가 아니야. 내가 그런 엄청난 일을 할 수 있을 것 같아?"
"하지만……."
그 순간, 또 다른 목소리가 그녀의 등 뒤에서 들려왔다.
"이제 됐어?"
"응, 됐어."
그녀가 옆으로 물러서자 남자가 다가왔다. 나는 눈이 휘둥그레졌다.
"너는……."
아파트 밑에 있던 형사가 아닌가.
"형사가 아니었던 건가!"
남자는 비웃음 비슷한 것을 얼굴에 떠올리면서 안쪽 주머니에서 내 것과 비슷한 검은 가죽의 정기권 케이스를 꺼내 보였다.
"내 애인이야."
"그럼 그 찻집에 있던 남색 양복의 남자는?"
"점심시간 찻집에는 그렇게 남색 양복을 입은 남자가 한 명쯤은 있기 마련이라고. 사실대로 말하자면 경찰 따위 전혀 눈치 채지 못한 상태야. 단지 당신한테 쫓기고 있다는 생각이 들게 해야 했거든. 혹시나 당신이 경찰 쪽으로 연락하게 되면 큰 일이잖아."

가네코는 미소를 지으며 말했다.

"그럼, 빨리 끝내자고."

"도, 도대체 무슨 짓을 할 생각이야?"

"금방 끝날 거야."

가네코는 말했다.

"차 아래 가솔린을 뿌려 놨어. 당신은 부장을 죽이고 발작적으로 불을 붙여 자살을 한 거야."

여느 때와 다름없는 다정한 말투였다.

"잘 가요, 아키히코."

그렇게 말하고 가네코는 핸드백에서 성냥을 꺼내어 불을 붙였다.

병실 문이 열리고 시가가 수염 난 얼굴을 들이밀었다.

"여어, 몸 상태는 어때?"

"고마워 이제 이삼 일이면 퇴원할 수 있대."

"그거 다행이네."

어슬렁어슬렁 들어 와서는 침대 위에 엉덩이를 내려놓는다. 병문안이라고 해서 뭔가를 사 와야 한다는 생각을 하지 않는 남자였다.

"너한테는 어떻게 고맙다고 해야 할지……."

나는 말했다.

"그때 네가 나타나지 않았다면 지금쯤 통째로 구워졌을 거야."

"그다지 맛있을 것 같지는 않은데."

"정말로 말이지. 그런데 어떻게 알았어? 그건 좀 가르쳐 줘."

"특별한 방법은 없었어. 지극히 간단한 일이야. 네 이야기에 따르면 네 퇴직을 꾸밀 수 있는 것은 그 부장밖에 없어. 그래서 그 주변부터 조사해 봤지. 여자한테 돈을 쏟아붓고 있다는 사실은 금방 알아차렸어. 주변의 소문을 모아 보니, 엄청나게 돈을 들이부은 모양이야. 그렇게 되면 당연히 회사 돈에 슬쩍 손을 대게 되어 있지.

그런 사실들을 파악하고 녀석의 뒤를 밟기 시작했어 그랬는데 너를 태우고 그런 변두리까지 드라이브를 하더라고. 이건 좀 이상하다는 생각이 들어서 계속 뒤를 쫓은 거고. 그리고는 너와 그 여자의 이야기를 숨어서 들었을 뿐이야. 맞다, 렌터카 빌린 값은 너가 내야 해."

"물론이야! 그런데 넌 내가 차에 치었는데도 그걸 태평하게 보고 있었어?"

"밖에서 기다렸으니 그런 일이 있었는지는 몰랐다고. 다 잘 됐잖아. 다리가 부러진 정도로 끝났으니까."

나는 한숨을 쉬면서 고개를 끄덕였다.

"그건 그렇지……. 하지만 아직도 납득이 안 가는 게 있어."

"뭔데?"

"그녀는 어째서 내가 그, 일종의 건망증같이 자기가 한 일을 가끔 잊어버린다는, 그런 거짓말을 한 거지?"

"네가 경찰서에 가게 되면 곤란하니까. 스스로가 정말 무슨 일을 저지른 게 아닌가 생각을 하게 되면 그 사실이 확인되기 전까지는 자발적으로 경찰에 가지는 않을 테니까 말이지."

"그렇군……. 어찌 되었건, 이제 여자라면 질렸어."

시가가 웃으며 말했다.

"이번에는 정말 운 나쁜 제비를 뽑았을 뿐이라고. 그렇게 비관적으로 생각하지 마. 목숨을 구한 게 어디야."

나는 보일 듯 말 듯한 미소를 띠고 하얀 천장을 뚫어져라 쳐다보았다.

나는 절름발이 신세로 다리를 절뚝거리며 빌딩 안으로 들어갔다. 더 이상 아픔은 없었지만 가볍게 절뚝거리는 것이 습관이 되어 버렸다.

회사는 큰일을 겪고 있었다. 사건이 보도되자 낯익은 사무실이 TV 뉴스에 나왔고, 언제나 웃음 짓던 여사원들의 모습 대신 슬금슬금 카메라를 피하려는 모습만 남아 어딘지 서글퍼 보였다. K상사의 신용도 땅바닥으로 떨어졌다. 부동산 거래는 신용이 제일이다. 회사도 이제까지 없던 여러 가지 곤란을 겪고 있을 것임이 틀림없다.

입원해 있는 동안, 동료나 회사원 한 명도 문병을 오지 않았다. 물론 지금 그럴 때는 아닐 것이다. 단지, 계장이었다가 고바야시 부장의 후임이 된 오스기 부장에게서 다 나으면 회사에 나와 달라는 전화가 한 통 있었을 뿐이었다.

3층에 올라가 유리문을 열고 들어가니 접수창구에는 아무도 없었다. 점심시간도 아닌데 이상하다고 생각하면서 영업부 문을 열었다.

"여어, 이제 괜찮은 거야?"

"네, 모두 외근이라도 나간 모양이죠?"

나는 사원이 한 사람도 없는 사무실을 둘러보며 말했다.

"엄청난 일이 일어났지."

오스기 부장이 한숨을 쉬며 말했다.

"그 사건 덕분에 신규 계약이 딱 멈추고 이미 계약했던 것마저도 취소해 달라는 신청이 넘쳐 났어. 고바야시 부장이 횡령한 금액도 어떻게 하지 않으면 안 되고……. 회사는 침몰 직전이라고."

"예상은 하고 있었습니다."

"그런가? 그럼 이해해 주겠지?"

"……뭘 말입니까?"

"요컨대, 우선 인원을 삭감하기로 했네. 여자들은 모두 그만뒀지. 그리고 젊은 사원에게는 적당한 곳을 골라 취직을 알선해 줬네……. 그래서 말인데, 자네는 어떤가? 그런 일을 당한 이 회사에 그대로 남는 것도 그다지 내키지 않겠지?"

나는 뒤통수를 얻어맞은 듯했다.

"그 말씀은 곧 저보고도 그만두라는……."

"자네는 독신이고 아직 앞으로 이런저런 일들을 할 수 있을 거네."

이거야 원, 지독하게 고생한 끝에 결국은 폐차장 신세인가. 나는 더 이상 화를 낼 마음도 들지 않았다. 전에 쓰던 책상을 바라보니 좁고 긴 유리컵에 누군가 꽂아 놓았는지 모를 꽃 한 송이가 허리를 푹 꺾고 시들어 있었다. 언제 꽂아 놓은 것인지 모르겠지만 한참을 그대로 방치했을 것이다.

오스기 부장이 퇴직금에 대해서 하는 말이 마치 변명처럼 구구하게 들렸다. 그가 하는 말을 그대로 흘려 듣는 사이 다 시들어 빠진 꽃 한 송이가 내 송별회의 꽃다발인가 하는 생각이 들었다.

보이지 않는 손의 살인

1

N자동차공업의 사에키 유지는, 총무부 입구 위에 걸린 벽시계가 9시 반을 가리키자 담배를 재떨이에 비벼 껐다.

첫 견학팀은 10시에 온다. 회의실에서 대략적인 설명을 할 수 있도록 준비해 놓지 않으면 안 된다. 사에키는 일정표를 보고 혀를 끌끌 찼다. 오늘은 견학 단체가 세 팀이나 예정되어 있다.

"꼭 바쁠 때 이렇다니까."

무심코 푸념을 내뱉는다. 단체 한 팀을 안내하려면 사전 설명, 실제 견학, 질문 시간을 포함해서 2시간은 걸린다. 세 팀이면 6시간, 즉 오늘 하루는 다른 일을 전혀 할 수 없다는 얘기다.

N자동차의 가와사키공장은 기계설비가 새것인데다가 지금

가장 잘 팔리고 있는 차를 생산하고 있어서 견학 오는 사람들이 많았다. 직업도 천차만별이어서 초등학생 단체부터 국회의원, 대학교 교수들까지 온갖 사람들이 다녀갔다.

오늘의 첫 견학팀은 대학 자동차공학과의 교수가 이끄는 학생들이다. 이 교수는 N자동차의 고문격인 사람인 만큼 이쪽에서도 그에 상응하는 간부급들을 대동해야 한다.

공장장은 출장 중이었지만 다행히도 기술부장과 총무부장은 시간을 낼 수 있었다.

"그럼 부탁 드리겠습니다. 10시 반부터 예정되어 있습니다. 네, 제2회의실입니다."

수화기를 내려놓고 한숨을 쉰다. 점심은 어떻게 하지? 약간 망설여지기는 했지만 역시 대접하지 않으면 안 된다. 사원용 식당에 전화해서 사람 수에 맞게 점심을 주문해 둔다.

"다른 때보다 반찬을 한두 가지 더 준비해 주세요. 부탁 드릴게요."

견학참가자에게는 기념품을 증정하도록 되어 있다.

"미우라 씨, 미안하지만 창고에 가서 기념품을 세 상자 정도 갖다 주지 않겠어?"

옆 자리의 여사원에게 부탁했다.

"네."

대답은 기분 좋게 하지만 세 개 부탁하면 한 개는 꼭 잊어버리는 것이 특기인 여자였다. 나중에 직접 가서 가져오자고 생각했다. 경비 절감한다고 까다롭게 굴면서 기념품이라니, 그런 것 안 주면 좋겠는데 어설픈 대기업의 자존심이라는 게 있는 모양이다. 특별한 것도 아니고 그저 자동차 모양의 열쇠 고리일 뿐이지만.

오전 견학팀 준비는 이것으로 됐다. 오후 1시에 오는 팀은 공업고등학교 학생들이다. 이런 팀이 가장 편하다. 인솔하는 교사가 눈을 번득이고 있기 때문에 회사쪽에서 그리 신경을 곤두세울 필요가 없다. 특별히 윗사람들이 나와서 인사하지 않아도 되고.

세 번째 단체를 보고 사에키는 인상을 찌푸렸다. 근방 어딘가의 상점 친목회 일행이었다. 왜 쓸데없이 이런 곳을 보러 오는 것일까? 목적이 확실하지 않은 이런 종류의 무리가 가장 성가시다.

그렇다고 불만만 늘어놓고 있을 수는 없었다. 사에키는 '슬슬 일해 볼까' 라고 어르듯 스스로에게 말하며 의자에서 일어섰다.

사에키 유지는 스물여덟 살, 공장의 독신자 사택에서 살고 있다. 일은 지겨웠지만 그런대로 큰 회사였기 때문에 망해서 직장을 잃을 걱정은 하지 않아도 되었다. 게다가 특별한 특기나 일에 대한 포부가 있는 것도 아니었기 때문에 자기가 하는 일에 큰 불만도 없었다.

돈도 없고, 애인도 없어서 휴일에 넘쳐 나는 시간적 여유만을 즐기는 극히 평범한 샐러리맨이었다. 유난히 무더운 6월의 그날까지는…….

사실, 공장의 견학 안내 자체는 일로만 생각하면 지극히 편했다. 공장은 일괄 생산체제로 작업이 진행된다. 공장 건물은 길고 좁아서 한쪽 끝에서 철판 같은 자동차의 재료들이 빨려들어가고 그 반대쪽에서 완성된 자동차가 나오는 식으로 이루어져 있다.

기계에 가까이 다가가는 것은 매우 위험하기 때문에 거의 매일 방문하는 견학 단체들을 위한 견학용 통로라는 것이 따로 만들어져 있다. 작업이 진행되는 곳보다 좀 높은 곳으로 각 공정 과정마다 그 부분에 대한 해설이 스피커를 통해서 흘러나온다.

그래서 사에키의 역할은 단지 견학 참가자들을 그 통로로 안내하면 되는 것이었다. 명목상으로는 그것뿐인 일이었지만 실제 상황에 있어서는 말대로 그렇게 간단하지만은 않다는 게 문제였다. 처음에 하나의 무리를 만들어 제대로 출발한다고 해도 어느새인가 줄이 늘어지고 마지막 사람은 맨 앞에서는 보이지도 않을 정도로 뒤에 멀리 처진다. 위험하므로 너무 떨어지지 않도록 몇 번이나 주의를 주었지만 다른 일행보다 늦어지는 이들은 언제나 있었다.

어느 정도 견학이 진행되는 중에 처음에 안내를 받은 회의실에 수첩을 두고 왔다는 사람도 있다. 사에키에게 있어서는 그 어떤 일보다 견학 도중에 견학자가 사고를 당하거나 길을 잃지 않을까 하는 것이 가장 불안한 일이었다. 그래서 그럴 때에는 자신이 직접 다리품을 팔아 수첩 한 권을 가지러 갔다. 아무리 찾아도 찾을 수 없어서 결국 숨을 헐떡이며 되돌아오면 반대쪽 주머니에 있었다고 한마디 던지고 마는 것이다.

그렇다고 화를 낼 수도 없는 일이다. 이렇게 견학온 사람들 가운데 일부는 우리가 생산하는 차를 구입할 손님이 될지도 모르기 때문이다.

하지만 그날은 다른 어느 때보다도 힘들었다. 오전에 왔던 대학교수는 학생들 앞이라서인지 봐주기 힘들 정도로 거들먹거렸고, 그 거만한 태도에 할 말을 잃을 정도였다. 게다가 오후에 온 공업고등학교의 학생들은 설명을 제대로 듣기는커녕 마음대로 통로 밑으로 내려가 사에키를 긴장시켰다.

세 번째 팀인 상점 친목회 사람들을 맞이했을 때, 사에키는 이미 완전히 지친 상태였다.

요코하마 상점가의 점주들로 이루어진 마지막 견학팀은 예정시간보다 30분이나 늦게 도착해서는 다짜고짜 불평부터 늘어놓았다.

"차뿐이야? 과자라도 좀 내놓으라고."

"서비스가 나쁘구만."

"여기는 덥지 않나?"

항상 다른 이들에게 머리를 숙이며 사는 사람들인 만큼 손님의 입장이 되어서는 한층 더 강압적인 태도를 보이는 듯했다.

여기는 찻집이 아니라고 한마디 해주고 싶은 것을 억지로 참으며 공장의 PR용 영화를 보여주었다. 15분 정도의 영상물이 끝났을 때 30명 정도의 일행 중 3분의 1가량이 입을 벌리고 드르렁거리고 있었다.

"도대체 뭘 하러 온 건지……."

복도로 나간 사에키는 함께 안내하는 역을 맡은 동료 후카자와에게 빈정거렸다.

"저러고서는 견학이 끝나면 힘들다고 불평할 게 분명하다고. 정말 저런 사람들만 보면 일하기가 싫어져."

"그리 신경 쓰지 말고. 빨리 끝내 버리자고.'

후카자와는 사에키의 어깨를 토닥거렸다.

"아까는 내가 맨 뒤에서 따라갔으니까 이번에는 자네가 뒤쪽을 맡으라고, 괜찮지?"

"좋아"

사에키는 대답했다.

견학하는 일행을 통로로 안내했을 때는 벌써 4시가 넘어서고 있었다.

사에키는 이마에 맺힌 땀을 닦았다. 프레스기가 있는 곳이 가장 까다로웠다. 위에서 보고 있으면 얇아서 팔랑거리는 것처럼 보이는 철판을 수만 톤이나 되는 압력으로 눌러 자동차 몸체로 성형한다. 이곳의 소음은 엄청나게 커서 바로 옆에 서 있는 사람과도 크게 소리를 지르지 않으면 이야기를 할 수 없을 정도이다.

사에키는 이곳에 오면 언제나 머리가 아팠다. 오늘은 한술 더 떠서 의식도 약간 몽롱한 상태였다. 그때 누군가가 사에키의 팔을 움켜잡았다. 돌아보니 쉰 살 정도의 뚱뚱하게 살찐 남자였다. 스포츠 셔츠에 색 바랜 갈색의 트위드 바지를 입었다. 뭔가를 말하려는 듯 입을 빼끔거렸지만 전혀 들리지 않았다. 큰소리로 되물으니 상대방도 목소리 톤을 올렸다.

"무슨 일입니까?"

"변소는 어디지?"

사에키는 순간 어떻게 해야 할지 망설였다. 화장실은 통로를 따라 되돌아가야 있다. 아래층에 하나 있긴 하지만…….

"여기에서 곧장 밑으로 내려가면 있어요!"

사에키는 말했다.

"거기 있는 계단으로 내려가세요! 기계에는 절대 가까이 가지 마세요!"

상대방은 알아들었는지 어쩐지 손을 흔들고는 나선형 계단을 내려갔다. 이거야 원, 사에키는 한숨을 내쉬었다. 다른 참가자들은 모두 저만치 앞서서 가 버리고 말았다.

팔걸이에 등을 기대고 멍하니 기다리고 있었지만 왠지 늦는다고 생각하며 밑을 내려다보았다. 거기, 사내가 눈에 띄었다. 사에키는 얼어붙듯 그 자리에 경직되어 버렸다. 그 남자가 프레스 기계의 바로 옆에 서서 신기한 듯이 바라보고 있었다.

"비키세요! 위험해요! 거기에서 떨어져요!"

사에키는 가능한 한 큰 소리로 외쳤지만 거대한 소음에 그대로 묻혔다. 작업하는 이들도 남자가 기계 옆에 있다는 것을 전혀 인식하지 못한 상태였다. 사에키는 계단으로 달렸다. 나선형 계단을 달려 내려가면서도 사내를 향해 외쳤다.

"기계에서 떨어져!"

남자는 기계 안에 거의 머리를 처박듯이 들여다보고 있었다. 사에키는 나뒹굴던 쇠파이프에 발이 걸려 콘크리트 바닥에 엎어졌다.

"아악!"

신음소리를 흘리며 겨우 몸을 일으켰을 때 섬뜩한 비명 소리가 소음을 뚫고 귓속에 박혔다.

"사에키 씨, 전화예요."

"고마워."

자리에 돌아온 사에키는 수화기를 들었다.

"여보세요?"

"여보세요, 유지 씨?"

"아, 나오코. 무슨 일이야?"

"아버지가……."

"뭐?"

"아버지가 그쪽으로 가셨어."

사에키는 상대의 목소리에서 위급한 상황임을 감지했다.

"그럼……."

"아버지가 우리 사이를 눈치채셨어. 아버지 친구분이 요전에 우리가 야마시타 공원에 함께 있는 걸 봤대."

사에키는 한숨을 내쉬었다.

"그랬군. 아버님은……, 많이 화나셨겠군?"

"그거야 뭐……. 정말 무서웠어."

"당신은 괜찮은 거야?"

나오코는 잠시 아무 말도 못하다가 입을 열었다.

"어쨌든 조심해. 무슨 일을 할지 모르니까."

"알았어, 나한테 맡겨 둬."

사에키는 힘을 내라는 의미로 말했다.

"아버님도 잘 말씀 드리면 이해해 주실 거야."

"그랬으면 좋겠지만……."

"어찌 됐든 너무 걱정하지 마."

"하지만 거기에서 화를 내다가 역정을 터트리기라도 하면 회사 사람들도 있고, 안 좋지 않겠어?"

"그건 그렇지만……."

사에키는 생각에 잠겼다.

"그럼 정문 쯤에서 기다리고 있을게. 지금 나가셨어?"

"오 분쯤 전에. 택시라면 십 분이면 갈 거야."

"알았어, 곧 밖으로 나갈게."

"조심해! 제발 싸움은 하지 말고……."

"걱정하지 말라니깐. 나중에 전화할게."

전화를 끊은 사에키는 자리에서 일어나 총무부 건물을 나왔다. 앞마당을 빠져나와 정문이 보이는 곳까지 가서는 그 한편에 있는 잔디밭에 주저앉았다.

마음을 가라앉히려고 담배를 꺼내기는 했는데 성냥을 든 손이 가늘게 떨리고 있었다.

다시 6월이 돌아왔다. 벌써 그로부터 1년이 지났다.

오하시 겐조는 오른쪽 손목부터 손끝까지 프레스기에 눌리는 사고를 당했다. 생명에 지장은 없었지만 한동안 쇼크 상태에서 헤어나지 못했다.

사에키는 사고에 대한 책임을 지겠다는 의견서를 회사에 제출했지만 같은 총무부의 다른 계로 직무 변경되는 선에서 일이 마무리되었다. 주의를 무시하고 프레스 기계에 다가간 오하시에게 잘못이 있다는 것이 명백했으므로 소송이 나도 괜찮다고 판단되었다. 다만 아무래도 회사의 이미지를 고려해 결국 3백만 엔의 보상금을 지불하고 사건을 종결시켰다.

사에키는 사건이 매듭된 뒤 오하시의 집으로 사죄를 하러 갔다. 오하시는 집을 비운 상태였고 모습을 드러낸 것은 스물세 살 된 아름다운 딸이었다.

깊숙이 머리를 숙이는 사에키에게 그녀는 다정하게 말했다.

"부디, 당신 잘못이 아니니까 너무 걱정하지 마세요."

그런 말을 듣고 한층 더 괴로워진 사에키는 자기가 할 수 있는 일이라면 무엇이든 보상을 하겠다고 말하고 오하시의 집에서 나왔다. 그리고 시간이 흘러 하루하루 바쁜 생활이 반복되는 사이 그 사건도 사람들의 머릿속에서 잊혀 갔다.

그러던 중 사에키 앞에 오하시가 나타난 것은 사고가 난 지 반년쯤 지나서였다. 부랑자와 같은 차림의 오하시는 완전히 취한 상태였다. 퇴근하던 사에키의 길을 막고 술 마실 돈을 내놓으라고 으름장을 놓았다.

사에키는 가지고 있던 돈을 그대로 다 건넸다. 돈을 줄 의무가 있는 것은 아니었지만 그가 이렇게 된 일에 어느 정도 관련이 있는 이상 그대로 거절할 수도 없는 노릇이었다. 그 다음날 오하시의 딸이 사택으로 그를 찾아왔다. 그리고 절대로 아버지에게 돈을 주어서는 안 된다고 엄한 표정으로 말했다. 사에키는 오하시가 가게는 방치한 채로 술에 절어서 생활하고 있다는 사실을 알게 되었다. 그리고 그녀의 이름이 나오코라는 사실도…….

그렇게 두 사람의 교제가 시작되었다. 나오코는 외동딸로 어머니는 이미 돌아가시고 아버지와 둘이서 생활하고 있다고 했다. 단 둘뿐인 가족인데 아버지가 망가져 가는 것을 보며 괴로워했다. 지금은 그녀가 일해서 아버지를 모시는 중이었고, 그런 힘든 생활 속에서도 진실한 마음으로 사에키를 사랑하게 되었던 것이다.

사에키도 단순한 동정이나 책임감에서가 아니라 마음 깊숙이 나오코를 사랑하게 되었다. 그러나 당연히 오하시가 찬성할 리 없었고, 두 사람은 오하시가 알아채지 못하게 데이트를 했다. 언젠가 이런 날이 오리라는 것은 예상하고 있었지만…….

정문에서부터 오하시가 흥분한 얼굴로 열을 올리며 들어오고 있었다. 사에키는 자리에서 일어나 담배를 끄고 오하시에게 다가섰다.

"이 새끼……."

사에키를 발견한 오하시의 얼굴은 제멋대로 자란 수염에 열이 잔뜩 올라 울그락불그락 상기되어 있었다. 목소리는 성이 나서 부르르 떨렸다.

"무슨 짓을 하는 거냐! 내 손을 망가뜨려 놓고 이번에는 딸애마저 홀릴 생각이냐!"

사에키는 필사적으로 감정을 가라앉히며 자제하려고 애썼다.

"오하시 씨, 진정하세요. 조용히 이야기하세요."

"그 수에 내가 다시 놀아날까 봐!"

"여기는 사람 눈이 많습니다. 이쪽으로 오세요."

사에키는 오하시를 총무부 건물 뒤편으로 데리고 갔다. 인적이 없는 공터의 한편에서 사에키는 오하시와 마주 섰다.

"화가 나시는 것은 알겠습니다. 오하시 씨께는 숨기고 나오코와 사귀기 시작한 것은……."

"나오코의 이름을 값싸게 입에 올리지 마!"

오하시는 성을 냈다. 사에키는 지지 않고 말을 이었다.

"우리 사이를 허락하지 않으시리라는 것은 알고 있습니다."

"당연하지!"

"오하시 씨, 사고로 손이 그렇게 된 것에 대해서는 저도 책임감을 느낍니다. 하지만 나오코와 저의 관계는 그것과 전혀 관계가 없습니다."

"뭐라고 하는 거야! 네 놈, 내 일생을 엉망진창으로 만들어 놓고 잘도 트인 입이라고……."

"그 일에 대해서는 사죄드리지 않았습니까!"

사에키는 화를 꾹 참으면서 말을 이었다.

"나오코는 성인입니다. 자기가 좋아하는 사람을 선택할 권리가 있습니다!"

"이 새끼…… 죽여 버리겠어!"

오하시는 왼손을 휘둘렀다. 순식간에 벌어진 일이었다. 사에키는 오른쪽 볼에 강한 타격을 받고 쓰러졌다.

"뭐 하시는 겁니까!"

이내 벌떡 일어난 사에키는 한층 기세 좋게 달려드는 오하시를 냅다 밀어냈다. 술로 몸이 허약해진 오하시는 비틀거리며 엉덩방아를 찧고 말았다.

"네 이놈! 해보자는 거냐!"

오하시는 성을 내면서 일어서려다가…… 갑자기 왼손으로 배를 움켜쥐고는 웅크리며 주저앉았다. 눈이 활짝 열려 있었고 그 눈은 허공을 바라보고 있었다. 그리고 그대로…… 쓰러졌다.

"왜 그러십니까?"

사에키는 소리를 쳤다.

"괜찮으십니까?"

오하시는 땅바닥에 쓰러진 채 미동도 하지 않았다. 무슨 일이 일어났는지 영문을 모르겠다는 듯 사에키는 급히 달려들어 오하시를 끌어안아 일으켰다.

"오하시 씨!"

사에키는 기겁하여 가슴에 귀를 대 보았지만 심장의 고동이 멈춰 있었다. 오하시는 숨을 거두었다.

2

"죽었다고?"

"그런 것 같아요…… 갑자기 쓰러져서……."

"자, 가자고."

공장 의무실에 있는 초로의 의사인 하기와라는 책상을 짚으며 일어섰다.

"서둘러 주세요. 이쪽입니다!"

사에키는 오하시가 쓰러져 있는 뒤편 공터로 하기와라를 재촉하며 이끌었다.

"기다리라고. 내가 먼저 심장마비로 쓰러지겠어."

하기와라는 하아하아 숨을 헐떡이며 사에키의 뒤를 따랐다.

"저기에……."

사에키는 땅바닥에 몸을 잔뜩 움츠린 채 쓰러져 있는 오하시를 가리켰다. 살짝 때가 탄 진료복을 입은 하기와라는 오하시의 옆에 주저앉아 고개를 숙였다.

"흐음, 정말 죽었군."

"그렇습니까, 이런……."

사에키는 알고 있었지만 새삼 맥이 풀렸다.

"도대체 어떻게 된 거야? 발작이라도 일으켰나?"

하기와라는 오하시의 셔츠를 젖혀 올리고 진지한 얼굴로 물었다.

"싸우기라도 한 건가?"

수염이 지저분하게 난 얼굴이라 진지해진다고 해서 그리 박력 있어 보이는 것은 아니었지만…….

"예에……. 하지만 얻어맞은 것은 제 쪽이라구요. 저는 그저 막으려다 살짝 밀었을 뿐이에요."

하기와라는 묵묵히 일어섰다.

"……왜 그러세요?"

사에키는 불안해져서 물었다.

"이거 좀 귀찮게 됐어."

하기와라가 말을 이었다.

"어떻게 된 것인지 내출혈이 심해. 내장이 파열되었을지도 모른다고……."

"설마!"

사에키는 정색이 되었다.

"심하게 주먹질을 한 것은 아닌가?"

"당치도 않아요! 정말 조금 밀어냈을 뿐이라구요. 정말이에요!"

하기와라는 심각한 얼굴로 고개를 저었다.

"어찌 되었든 간에 이 사람은 내 손으로는 어쩔 수가 없네."

"무슨 뜻입니까?"

"경찰에 연락을 하지 않으면 안 돼."

사에키의 얼굴에서 핏기가 사라졌다.

"기다려 주세요! 아무리 그래도 경찰까지 나설 일은 아니지 않습니까? 그렇게 되면 선생님도 나중에 귀찮아지잖아요. 이 문제는 좀 더 신중히……."

"숨기려고 하면 오히려 나중에 더 귀찮아진다고. 아무 짓도 하지 않았다면 너무 걱정하지 않아도 되네."

그런 말을 들었다고 안심할 수 있는 사람은 없을 것이다. 사에키에게 이것은 이중의 고통이었다. 자기 자신의 입장도 있지만 나오코라는 연인의 입장도 있다. 그녀의 아버지가 남자친구와 싸우다가 죽어 버린 것이다. 도대체 나오코는 어떻게 생각할 것인가?

"여기서 잠시 진정하고 있으라고. 내가 경찰에 연락하고 올 테니까."

하기와라는 사에키에게 그렇게 말한 후 평소와 마찬가지의 꾸물거리는 걸음으로 걸어갔다. 사에키는 멍하니 서 있었다. 내가 사람을 죽였다니? 그런 일이! 나는 아무 짓도 하지 않았다고! 그런데…….

쿵, 쿵, 프레스 기계가 철판을 내리치는 소리가 들려왔다. 이곳은 프레스 기계가 놓인 공장 뒤편이었다. 그 울림이 사에키에게는 불길하게만 들려 견딜 수가 없었다.

"나오코……."

그렇다. 그녀에게 알려야 한다. 이대로 경찰이 오기를 기다리고 있으면 그녀는 이 사건에 대해 경찰에게서 듣게 될 것이다. 그건 안 된다. 그녀는 두 사람이 싸우다가 사에키가 아버지를 때려서 죽였다고 생각할 것이 틀림없다. 이것만은 내 입으로 직접 전하지 않으면 안 된다!

사에키는 하기와라가 걸어간 쪽을 바라보았다. 경찰은 그렇게 빨리 오지 못할 것이다. 지금이라면……. 사에키는 정문을 향해 달렸다.

"감사합니다."

나오코는 작은 잡화점 앞에서 손님에게 고개를 숙였다. 막 얼굴을 들어 올렸을 때 길 건너편에 서 있던 사에키를 발견하고는 몸을 움찔했다.

사에키는 여기까지 오기는 했지만 나오코의 얼굴을 보는 게 힘겨워서 가게 근처를 서성이고 있었다. 나오코가 길을 건너오며 사에키를 불렀다.

"유지!"

나오코는 긴장해서 경직된 사에키의 얼굴을 보고, 낮은 목소리로 물었다. 그리고는 주변을 둘러보다 사에키의 팔을 잡아끌었다.

"왜 그래……? 무슨 일이 있었어?"

"우선 가게 안으로, 어서."

두 사람은 가게 안으로 들어갔다.

"무슨 일이 있었어? 아버지는?"

사에키는 입술을 적시고 억지로 말을 밀어냈다.

"아버님이…… 돌아가셨어."

나오코는 꿈쩍도 하지 않고 그 말을 들었다. 실신도 하지 않고 눈물도 흘리지 않았다. 급하게 가게 문을 닫고 〈금일휴업〉이라는 팻말을 걸고는 커튼을 닫았다. 가게 안이 어두컴컴하게 가라앉았다.

"방으로 들어와."

나오코는 재촉했다. 옷장과 서랍장 등이 들어서 있어 더 좁게 느껴지는 방에 들어가니 나오코가 차를 끓여 내왔다. 사에키는 당황했다. 나오코가 어떻게 이렇게 침착을 지킬 수 있는지 이해할 수가 없었다.

나오코는 차를 권하며 말했다.

"얘기해 줘."

여전히 떨리는 손으로 찻잔을 든 사에키는 오하시와 만나 말다툼이 나고, 이어 치고받고 하는 상황까지 가게 되었다는 사실을 단숨에 쏟아 냈다. 그리고 오하시가 일어나는 듯하다가 그대로 쓰러져 버렸다는 사정을 이야기했다.

"공장 의사를 불렀는데 그 사람 이야기로는 내출혈이라는 거야. 심하게 맞은 것 같다고……. 하지만 나는 그런 짓 하지 않았어! 정말이라고!"

사에키는 필사적으로 말했다.

"당신에게만은 내 입으로 진실을 얘기하고 싶었어. 그래서 공장을 뛰쳐나온 거라고."

나오코는 고개를 끄덕였다.

"알았어."
"나를 믿어주는 거지?"
"으응, 믿어. 정말 이상한 일이야. 하지만 당신을 믿어."
사에키는 현기증이 났다. 너무도 안심한 나머지 갑작스레 피로감이 몰려들었다…….
가게 안에 있는 전화가 울렸다. 나오코가 일어나 나갔다.
"예, 오하시 나오코입니다. 전데요. 아버지가? 지금 바로 가겠습니다."
나오코가 전화를 끊고는 방으로 돌아왔다.
"경찰서야."
"뭐라고 해?"
"아버지가…… 살해당했다고 말했어."
나오코는 사에키의 어깨에 손을 얹고는 말했다.
"나, 지금 바로 가 봐야 해. 걱정하지 마. 당신은 여기에 있어. 밖으로는 나오지 말고. 전화도 받지 마."
"하지만 경찰에 가는 편이……."
"내가 가서 어떤 상황인지 확인한 후에 가는 편이 좋을 것 같아. 여기에서 기다리고 있어. 꼭이야!"
사에키는 알겠다는 듯 고개를 끄덕였다. 나오코는 급히 원피스로 갈아입고 밖으로 나갔다.
사에키는 그대로 자리에 누워 앞으로 어떻게 되는 것인지 생각에 빠졌다. 살해당했다고 경찰이 말했다는 것은 당연히 자신이 살인범으로 지목되어 쫓기고 있다는 것을 의미하는 것이다.

생각해 보면 시체를 두고 모습을 감춰 버린 것만으로도 그런 의심을 부를 수 있다.

그런데 오하시는 정말 어째서 죽은 것일까? 가볍게 밀었을 뿐이다. 복부에는 손도 대지 않았는데……. 하기와라의 진단은 대충 적당하게 내린 것뿐이다. 경찰이 그것을 그대로 믿을 리가 없다. 분명히 정밀하게 해부해서 사인을 찾아낼 것이다. 그렇게 되면 자신에 대한 의심도 풀릴 것이 틀림없다. 그렇다. 분명 그렇게 될 것이다…….

나오코가 자신을 믿어주는 것이 그 무엇보다도 기뻤다. 사에키는 사건이 일어나기 전보다 오히려 마음이 가벼워진 것 같았다. 이럴 때 떠올릴 만한 일은 아니지만 나오코의 아버지가 죽은 것으로 두 사람 사이를 막아섰던 방해물이 사라진 셈이 된다. 술에 취해서 자포자기의 상태에 빠진 오하시가 나오코에게 있어서 무거운 짐이 되었던 것도 부정할 수 없는 점이다.

사에키에게 죄가 없다는 사실만 밝혀진다면 두 사람은 누구의 방해도 받을 필요가 없게 된다. 이 가게도 정리하면 그만이다. 사에키는 회사를 그만두어도 좋다고 생각했다. 아무리 그의 책임이 아니라고 해도 공장 내에 변사 사건이 있었고, 그 사건과 관련이 있다는 것만으로도 회사에서 얼굴을 들고 다니기는 힘들 것이다.

"다시 시작하는 거야. 둘이서…… 어딘가 멀리 가서……."

사에키는 두 사람이 같이 일하면 어떻게든 될 거라고 생각했다. 작은 아파트를 빌려서……. 이것저것 생각하는 사이에 사에키는 잠들어 버리고 말았다.

문득 잠에서 깨었다. 벌떡 일어나 좁은 방 안을 둘러보고야 겨우 모든 것이 떠올랐다.

"나오코."

입 밖으로 소리 내어 불러 보았지만 아직 돌아오지 않은 모양이었다. 밖은 이미 완전히 어두워진 듯했다. 불을 켜고 시계를 보니 7시가 지나 있었다. 경찰에서 이렇게 늦은 시간까지 잡아 두고 있는 것일까. 그렇지 않으면 친척 집에라도 들린 것일까. 그도 그럴 것이 장례식 준비를 해야 할 테니까.

여전히 머리가 멍했기 때문에 세면대로 가서 시원한 물로 세수를 했다. 크게 숨을 내쉬고 수건으로 얼굴을 닦았다. 그리고 아무 생각 없이 세면대 옆의 작은 창으로 바깥 골목을 보았다. 사에키는 저도 모르게 눈을 휘둥글게 떴다. 경찰의 모습이 보인 것이다.

"침착하자. 아무 일도 아닐 거야……."

자기 자신에게 들려주듯이 중얼거린다. 우연히 경찰이 이 골목을 지나가고 있었던 것인지 모른다. 그럼에도 신경이 쓰인 사에키는 다시 한 번 창을 통해 바깥을 살펴보았다. 경찰이 두 명 있었다.

사에키는 방으로 돌아와서는 살금살금 가게로 내려가 커튼 끝을 살짝 걷어 바깥을 보았다.

설마했는데, 슬쩍 보아도 형사임을 알 수 있는 남자가 제복을 입은 경찰 서너 명과 무엇인가 이야기를 나누고 있었다. 가끔씩 가게 쪽을 보는 것이 자신에 대해서 이야기하는 것임이 틀림없다는 생각이 들었다. 얼굴에서 핏기가 사라지는 기분이었다. 체포하러 온 것이다! 하지만 어떻게 여기에 있다는 것을 알았을까?

나오코가 얘기했을 리는 없다. 나오코가 얘기했다고는 도저히 생각할 수 없었다. 우선 지금 당장 어떻게 해야 하는 것일까? 사에키는 그저 허둥거리기만 할 뿐이었다.

그때 갑자기 나오코의 모습이 보였다. 형사들에게 무엇인가 질문을 받고 고개를 끄덕이고 있다. 사에키는 비틀거리며 뒤로 물러섰다.

"설마, 설마……."

그럴 리가 없어! 사에키는 큰소리로 외치고 싶었다. 다리에서 힘이 빠져 방으로 들어가는 입구에 털썩 주저앉고 말았다. 눈앞의 모든 것들이 급작스럽게 멀어져 가는 기분이 들었다. 아니, 밑을 알 수 없는 구멍 속으로 떨어져 버린 것인지도 모른다. 덜컹덜컹 가게 문을 열려는 소리가 들렸다. 사에키는 피가 머리 꼭대기로 솟구쳐 오르는 듯했다. 튕겨 오르듯 일어서서 샌들을 신은 채로 방 안쪽으로 달렸다. 방과 연결된 부엌에서 뒷문으로 나갈 수 있다는 것을 알고 있었다.

뒷문을 열고 옆집 담과 사이에 있는 틈이라고 할 정도의 좁은 골목을 통해서 뒷골목으로 빠져나갔다. 골목을 벗어난 사에키는 젊은 경찰과 얼굴이 딱 마주쳤다. 두 사람 모두 깜짝 놀라

잠시 어안이 벙벙한 채 멈춰 섰다.

“어이.”

경찰이 뭔가 말을 걸려고 하는 순간 사에키는 있는 힘껏 상대를 밀치고 달려 나갔다.

“어이, 기다려! 멈춰!”

목소리가 쫓아왔지만 사에키는 들은 채도 않고 달렸다.

“제기랄! 제기랄!”

마치 그 말이 도망치도록 해 주는 주문이라도 되는 듯 끊임없이 중얼거리면서…….

〈과거에 상처를 입힌 남자를 살해 —— 딸과의 교제를 거절당해 앙심? 현재 도피중〉

하기와라는 무더운 의무실에서 조간신문의 기사를 뚫어지도록 쳐다보았다.

“큰일 났어요.”

차를 들고 온 여자 사무원이 말했다.

“응? 아아…… 그렇군.”

하기와라는 별 생각 없는 듯 대답했다.

“사에키 씨는 운이 없는 사람이에요. 작년의 그 사고만 없었어도 이런 일은 없었을 텐데.”

“정말이야.”

“좋은 사람인데 정말 안 됐어요. 사람을 치다니, 그 사람이 그런 일을 할 거라고는 상상도 할 수 없지만…….”

"으음……."

"경찰이 와서 이런저런 것들을 묻고 다니고 있어요."

하기와라는 얼굴을 들며 물었다.

"어디에서?"

"현장이지요, 물론."

"그 공터에서?"

"예에, 현장 뭐라고 했더라."

"현장 검증?"

"네에, 그거요."

하기와라는 잠시 생각에 잠긴 듯하다가 자리에서 일어나 의무실을 나섰다. 입구 옆에 걸린 행선지 표지판의 화살표를 〈외출〉로 옮겨 놓고는 먼지투성이 복도를 지나 밖으로 나갔다.

공터에는 폴리스라인 주위에 경찰 몇 명이 서 있었고 안에는 양복 차림의 남자 몇 명이 땅바닥을 더듬으며 기어 다닌다거나 사진을 찍는다거나 하고 있었다.

하기와라가 다가서자 어제 왔던 형사 한 사람이 알아보고 다가왔다.

"안녕하세요, 어제는 감사했습니다."

"수고하시네요."

"이야, 어제는 방심했다가 그만 놓쳐 버렸습니다."

형사는 분하다는 듯이 말했다.

"피해자의 딸과 연인 사이였던 모양이네요."

"그렇습니다.

"그 딸도 처음에는 남자가 있는 곳을 모른다고 했었습니다만, 아버지의 시체가 어떤 상태인지 자세히 듣더니 남자를 숨기고 있다고 울면서 사실을 밝혔죠."

하기와라는 살짝 미간을 찡그렸다.

"그렇게 심한 상태였습니까?"

"네, 해부한 법의학 선생님의 말에 따르면 어지간히 강한 힘으로 몇 번이나 내리쳤는지 모르겠다고 했습니다. 내장이 엉망진창이 되어 있었다고 하니까요."

"그런 상처 치고는 외상이 너무 적지 않습니까?"

형사가 좀 놀란 듯 하기와라를 보고 동의를 표했다.

"그렇습니다. 그 선생님도 그렇게 말씀하셨거든요."

"뭔가 구체적인 설명이 있었습니까?"

"아니요. 고개를 갸우뚱거릴 뿐이었어요. 가는 줄무늬 상처가 있기는 하지만 그것뿐이라서……. 뭐 어쨌든 녀석을 붙잡아서 실토를 받아내면 확실해지겠죠."

"그렇네요."

형사는 사건 현장으로 돌아갔다.

하기와라는 공터 바깥쪽, 슬레이트 담을 따라 빙 돌아서 어슬렁어슬렁 걸었다. 그러다 문득 발을 멈췄다.

슬레이트 담에 직경 5센티미터 정도의 둥근 구멍이 뚫려 있었다. 담은 상당히 오래된 것이라서 군데군데 상처가 나 있기는 했지만 그 구멍은 생긴 지 얼마 안 된 것으로 보였다. 땅에서 1미터 정도의 높이였다.

하기와라는 땅바닥에 무릎을 대고 구멍을 통해서 밖을 바라보았다. 도로 저편으로 오래된 목조 아파트가 보였다.

천천히 의무실로 돌아가는 하기와라는 전에 없이 깊은 생각에 잠겼다.

3

겨우 손님이 끊겼다.

나오코는 팽팽하게 긴장되어 있던 기분이 한꺼번에 풀려 방바닥에 주저앉은 채 꼼짝도 하지 못했다.

친척, 아버지의 친구, 이웃사람들……. 들고 나고, 섰다 앉았다 사람들이 올 때마다 나오코는 아버지를 잃어 비탄에 빠진 딸을 연기하지 않으면 안 됐다. 물론 나오코도 슬프지 않은 것은 아니었다. 단지 아직은 막연한 허무감뿐, 실감은 거의 나지 않았다.

나오코는 오히려 사에키의 일이 신경 쓰였다. 경찰이 하는 방식에 이끌려 가볍게 그에 대해 말해 버린 자신에 대해서 화가 났다. 경찰은 그녀와 사에키의 사이를 이미 알고 있었다. 그녀가 회사에 전화를 하면 사에키에게 연결해 주던 여직원이 사에키에 대해 묻지도 않은 말까지 시시콜콜 다 얘기한 모양이었다. 게다가 경찰은 아버지가 얼마나 심하게 폭행을 당했는지 격렬한 언어로 설명하고 시체를 보여 주었다. 이미 사에키에게 들어서 알고 있기는 했지만 막상 눈앞에서 아버지의 시체를 보니 충격이 컸다. 나오코는 사에키가 집에 있다는 사실을 말해 버리고 말았다…….

일단 그녀에게서 사에키가 있는 곳을 알아내자 경찰의 태도는 갑자기 냉담해졌다. 그는 결코 난폭하게 폭력을 휘두를 사람이 아니라고 그녀가 아무리 열심히 말해도 귀를 기울일 생각도 하지 않았다. 간절히 부탁한 끝에 얻은 것이라고는 그가 스스로 집에서 나올 수 있도록 직접 이야기할 수 있게 허락을 받은 것뿐이었다. 그러나 그렇게 경찰과 이야기하고 있는 것을 가게 안에서 사에키가 보고 있었던 것이 틀림없다. 그녀가 자신을 배신했다고 생각하고 있을 것이다. 그것을 부정할 수 없다는 사실이 나오코는 괴로웠다.

한층 더 나오코를 힘들게 한 것은 아버지의 죽음을 듣고 온 조문객들이었다. 친척이건 아는 사람이건 오는 손님들마다 모두 조의를 표할 생각인지 사에키를 언급하면서 비난을 했다. 그중에는 둘의 관계를 비꼬듯 불쾌감을 표하는 이들도 있었다.

"너한테는 액땜이라고 할 수 있지 뭐니."

나오코는 가만히 입술을 깨물고는, '빨리 가버려' 라고 소리치고 싶은 것을 억지로 참아야 했다. 지금의 이러한 고통이 아버지를 잃은 고통보다 더 뼈에 사무쳤다.

겨우 손님이 끊기고 나자 나오코는 무작정 밖으로 나가고 싶어졌다. 게다가 또 누군가 와서 조의를 표하려 한다면 이번에는 정말 소리치고 말 것 같았다. 이런 시간에 집을 비운 것을 알면 친척들이 또 뭐라고 할지 알 수 없었지만 일단은 지금 이곳에서 도망치고 싶었다.

나오코는 입고 있던 검은 원피스를 벗고 재빠르게 외출 준비를 했다. 가게 앞에서 이웃 사람들 눈에 띄는 것이 싫어서 구두를 들고 뒤쪽으로 가려 할 때 전화벨이 울렸다. 그대로 나가고 싶다고 얼마나 생각했는지 모른다. 하지만 중요한 전화일지도 모른다는 생각에 수화기를 잡았다.

"오하시입니다."

상대방은 아무 말도 하지 않았다.

"여보세요. 누구세요?"

"나오코……."

나오코는 수화기를 움켜쥐었다. 손에서 빠져나간 구두가 바닥으로 굴러 떨어졌다.

"유지! 어디야?"

보채듯이 나오코가 다급히 물었다.

"……대답해 줘. 부탁이야!"

전화는 여전히 침묵을 지켰다.

"……미안해. 당신이 뭐라고 해도 할 말이 없어. 나…… 아빠의 시신을 본 순간 뭐가 뭔지 알 수가 없어져 버렸어……. 당신을 배신할 생각은 없었어. 정말이야! ……유지, 지금 어디에 있는 거야? 바로 달려 나갈게!"

깊은 한숨 소리가 들려왔다.

"당신이 날 원망해도 어쩔 수 없어. 분명히 아버님은 나하고 둘이 있을 때 돌아가셨어……. 별로…… 당신한테 화가 난 것은 아니야. 당신은 당신이 해야 할 일을 당연히 했을 뿐이야."

"그런 말 하지 마!"

나오코는 울먹거리고 있었다.

"당신이 하라는 대로 할게. 당신이 도망치면 나도 함께 갈게. 어떻게 해야 하는지 말해 줘!"

잠시 침묵을 지키다가 겨우 사에키가 대답했다.

"……지금 상황에서는 아직 결심이 서질 않아. 나는 아무 짓도 하지 않았어. 그게 밝혀지길 기다리지만……. 결국 그게 밝혀지지 않으면 그땐……"

"그럼 우선은 돈이 필요하잖아! 어젯밤은 어디에서 보냈어?"

"공원에서 잤어."

"어머……. 어찌 되었든, 갈아입을 옷을 챙겨서 갈게. 어디에 있어?"

사에키는 두 사람이 자주 만났던 공터에 있다고 말했다.

"알았어. 그럼 금방 갈 테니까."

"아, 그리고…… 면도기…… 면도를 하고 싶어."

"알았어. 그것도 사 갈게!"

전화를 끊자 나오코는 서둘러 옷장을 열고 있는 대로 현금을 챙겼다. 뒷문으로 나가서 뒷골목으로, 되도록 얼굴을 아는 사람들이 없는 곳으로, 한시라도 빨리……. 나오코의 발걸음이 빨라졌다.

잠복해 있던 두 사람의 형사가 뜸을 두고 나오코의 뒤를 쫓기 시작했다.

"덥네, 여기는……."

하기와라는 자료실에서 낡은 신문철을 넘기며 이마의 땀을 닦았다.

"불평을 할 거면 공장의 윗분들한테 하라고요."

담당자인 오다 유미코가 서늘한 얼굴로 말했다.

"너무 좁아서 보시는 바와 같이 창고라고 해도 될 정도예요."

"그걸 정리하는 게 오다 씨의 재량이 아니겠어?"

"통하는 일이 있고 통하지 않는 일이 있다고요."

마흔 살이 되어서도 독신인 여걸, 오다 유미코는 말을 받아 넘겼다.

"통풍이 잘 되게 하는 방법은 한 가지밖에 없어요."

"그게 뭐지?"

"불을 내서 전부 태워 버리는 거지요."

하기와라는 웃으며 신문철로 눈을 돌렸다.

"선생님, 뭔가 찾고 있는 건가요?"

"으응……. 기사를 찾고 있는데, 언제 적 신문이었는지 잊어버려서 말이야."

"연세가 되셨네요."

"듣기 싫은 말을 잘도 하는군."

"이것도 마찬가지로 나이 탓이라고요."

두 사람은 함께 웃었다. 무엇이라 할 것은 없지만 어쨌든 잘 맞는, 닮은꼴이었다.

오다 유미코의 책상에 놓인 전화기가 울렸다.

"예, 자료실입니다. 네? 알았다고요."

지겨운 듯한 목소리로 오다 유미코가 전화를 받았다.

"무슨 일이 있어?"

"이웃에서 불평이 들어왔어요. 정말 지긋지긋해요. 요컨대 꾸벅꾸벅 고개를 숙이기만 하면 되는 거지요."

"어째서 당신한테 그런 처리를?"

"저도 총무부 소속이니까요. 가장 한가하다고 생각들 하나 봐요. 실제로는 눈이 돌아갈 정도로 바쁜데……."

오다 유미코가 나가자 하기와라는 소리 없이 웃었다. 그녀에게 클레임 수습이 맡겨지는 것은 단순히 그녀가 한가하게 보여서 때문만은 아닐 것이다. 성내며 달려드는 안방마님들을 상대로 동등하게 맞서서 변상 금액을 조금이라도 깎을 수 있는 일에는 그녀 만한 적임자가 없었다.

하기와라는 다시 신문을 훑기 시작했다 한 시간 정도 지나서야 찾던 기사를 겨우 발견했다. 그 부분을 잘라서 주머니 속에 집어넣을 때 마침 방 주인이 돌아왔다.

"여어, 수고했어."

아무렇지도 않은 얼굴로 물었다.

"만만치 않은 상대였어?"

"큰일이었어요."

여걸이라 불리는 그녀가 자리에 털썩 주저앉으며 한숨을 쉬었다.

"도대체 무슨 일이었는데 그래?"

"그게 말이죠, 우리 공장에 책임이 있는 건지 어떤 건지는 잘 모르겠지만, 도로 건너편에 있는 낡아빠진 아파트에 말이죠, 작은 철판 파편이 날아갔대요."

"파편?"

"그래요. 그렇다고 그게 그렇게 큰 것도 아니었다고요, 이것 봐요."

오다 유미코가 책상 위에 던져 놓은 것은 2, 3센티미터 정도의 사각으로 잘려 굽은 철 조각이었다.

하기와라는 진지한 표정이 되어 그것을 집어 들었다.

"누군가 상처를 입은 사람이라도 있었나?"

"아니요. 집을 비운 상태여서 다친 사람은 없는데 창문이 깨지고, 실내 기둥에 이 조각이 박혀 있었대요. 그런 말도 안 되는 얘기가 어디 있냐고 따끔하게 말해 주고 왔죠. 공장에서 백 미터도 떨어진 곳이라고요. 분명 질 나쁜 녀석들이 새총인가 뭐 그런 걸로 쏜 게 분명해요. 하지만 어쩔 수 없이 창문을 새로 하는 비용은 공장에서 대는 걸로 하고 이야기를 마무리했죠."

"흐음……."

하기와라는 생각에 잠긴 채 고개를 끄덕였다.

"조사한다는 것은 끝났어요?"

"응? 아, 벌써 끝났지. 바쁜데 방해가 되었던 것 같네."

하기와라는 의무실로 돌아가서 잠시 생각을 하는 듯하다가 벌떡 일어나 공장 쪽으로 발걸음을 향했다.

프레스 기계가 머리를 두드려 부셔 버리는 것은 아닐까 하는 생각이 들 정도로 굉음이 울리는 공장에 들어서니 공원들이 말을 걸어왔다.

“어, 선생님!”

이 정도면 꽤 인기인이 아닌가.

하기와라는 공장 한쪽 벽을 따라서 걷다가 활짝 열린 문 앞에서 발을 멈췄다.

“어이, 잠깐만.”

마침 그곳을 지나가던 공원에게 말을 걸었다.

“예, 왜 그러세요?”

“이 문은 언제나 이렇게 열려 있나?”

“네에, 대개는 열어 놔요. 환기하려면 그걸 열어두는 게 딱 좋거든요.”

“그렇군. 고맙네.”

하기와라는 열린 문 앞에 서서 밖을 바라보았다. 사에키가 오하시와 싸움을 벌이고 살인 사건이 일어난 공터가 보였고, 그 건너가 슬레이트 담이었다. 하기와라는 마치 눈에 보이지 않는 레일을 따라 걷듯이 곧장 그 공터를 향해 걸어갔다. 그리고 그대로 사건 현장을 벗어나 담까지 가 보았다. 어제 발견한 구멍이 있던 바로 그곳이었다.

공터로 찾아간 나오코는 사에키의 모습을 찾아 두리번거렸다. 아파트라도 지으려고 했는지 상당히 넓은 터에 목재라든가 모래가 잔뜩 쌓여 있기는 했지만 그대로 몇 개월이나 방치된 상태였다. 그래서 아이들에게는 놀기에 딱 좋은 곳이 되어 있었다.

둘이 이런 곳에서 자주 만났던 것은 이곳이 역으로 가기에 편했기 때문이었다.

"유지!"

나오코는 그의 이름을 불렀다. 공터에는 서너 명의 아이들이 흙장난을 하고 있었다. 어디에 숨어 있는 것일까.

"나오코."

조금 걸어가자 바로 곁에서 사에키의 목소리가 들렸다. 옆으로 높게 쌓아 올려진 목재의 그늘에서 사에키가 얼굴을 내밀었다.

"유지!"

깜짝 놀란 나오코는 다급히 그에게 달려들었다.

"자, 이거, 샌드위치랑 주스. 아무것도 안 먹었지? 이건 전기면도기하고 면도용 크림. 이 가방에 갈아입을 옷이랑 구두도 가지고 왔어. 아직도 샌들 끌고 다니고 있지?"

숨도 쉬지 않고 내뱉은 나오코는 초췌하고 피곤에 절은 사에키의 얼굴을 보더니 그대로 그의 가슴에 얼굴을 묻고 흐느껴 울었다…….

"그렇게 울지 마……. 배가 꼬르륵거려. 우선 먹게 해줘."

"그래…… 미안."

나오코는 미소를 띠며 눈물을 닦았다. 두 사람은 근처에 있는 목재 더미에 나란히 앉았다. 사에키는 정신없이 샌드위치를 집어 삼키고 주스를 목 안으로 털어 넣고는 겨우 한숨을 돌리겠다는 듯 숨을 내쉬었다.

"굶어 죽는 줄 알았어."

"미안해……."

"당신 잘못이 아니잖아. 생각해 보면 도망쳐 나온 게 잘못이었어. 결국은 제 스스로 살인을 저질렀다고 인정한 셈이 되니까. 난 아무 짓도 하지 않았는데. 설명하면 분명히……."

"으응, 그래. 하지만 경찰에서 그렇게 쉽게 생각해 줄까?"

"검시 결과는 나왔어?"

"으응. 역시 누군가에게 맞아서 내장이 파열되었다고 해."

사에키는 머리를 쥐어뜯었다.

"도대체 어떻게 된 거지?"

"당분간 어떻게 하겠어?"

"그렇지……."

"우선은 면도부터 좀 하는 게 어때?"

"정말 그러네."

사에키는 미소를 지었다.

"얼굴이 장난 아니지?"

"그래. 산적…… 까지는 아니지만 말이야."

나오코도 미소를 지으며 종이 가방에서 전기면도기를 꺼냈다. 그 둘 앞으로 일고여덟 살 정도 되는 남자 아이가 달려왔다.

"아저씨, 아줌마, 누구한테 쫓기고 있어?"

사에키와 나오코는 무심결에 서로의 얼굴을 바라보았다. 아이가 말을 이었다.

"두 사람이 저기에 숨어 있어."

사에키는 튕겨 오르듯이 벌떡 일어섰다. 공터 앞에 세워진 경찰차가 눈에 들어왔다.

"제길! 당신은……."

"난 모르는 일이야! 난 정말 아무 것도……."

나오코의 말을 귀에 담을 새도 없이 사에키는 눈앞에 쌓아 올린 목재 더미로 뛰어갔다. 그리고는 한 번에 훌쩍 뛰어넘어 공터 밖으로 나갔다.

"유지!"

나오코가 소리쳤다. 동시에 좌우에서 한 명씩 형사가 달려들었다.

"놓치지 마! 차를 가져와!"

"너는 뒤를 쫓아! 차에 알려!"

형사 한 사람이 그제야 달려온 경찰에게 성을 냈다.

"돌아가! 차로 쫓는다. 차를 가져와!"

나오코는 멍하니 선 채로 땅바닥에 떨어진 하얀 와이셔츠가 형사의 구둣발에 밟혀 흙투성이가 되는 것을 지켜보았다.

사에키에게 주려고 사온 건데…….

"누구세요?"

문 안에서 경계하는 듯한 눈빛이 바깥을 쳐다보고 있었다.

"저기 공장에서 일하는 의사입니다."

하기와라는 말했다.

"잠시 여쭤 보고 싶은 게 있어서요."

문을 열고 나온 것은 서른 살 전후쯤? 되는 대로 차려 입은 옷차림, 그리고 생활에 찌든 모습 때문인지 마흔 살은 가까워 보이는 여자였다. 한 살배기나 됐을까 싶은 아이를 등에 업고 있었다.

"무슨 얘기를 또 하려고 온 건가요?"

여자는 적의를 가득 담은 눈으로 하기와라를 노려보았다.

"아니, 아닙니다. 그렇지 않습니다."

하기와라는 당황해서 손을 저었다.

"날아든 철판 조각 때문에 위험할 뻔했다고 들었는데요."

"네네, 그래요! 아이가 그걸 맞기라도 했으면 어쩔 뻔했냐고요?"

여자는 호들갑을 떨면서 말했다.

"그런데 댁네 회사의 그 뭔가 하는 뻔뻔스런 여자는 말이죠, 동네의 나쁜 아이들이 장난이라도 친 게 아니냐는 거예요! 말이 돼요? 창문을 갈 돈은 드리죠, 라면서 빳빳이 고개를 들고 그러는 거 있죠. 마치 제 쪽에서 감사라도 하지 않으면 안 될 것같이……. 열 받아서 정말."

"파편이 기둥에 박혔다고 하던데……."

"네에, 이걸 보시라고요! 아이가 새총을 쏘는 정도로 이런 상처가 날 수 있는지 어쩐지 보면 알 거 아니냐고요!"

좁고 너저분해서 발 디딜 틈도 없는 방 안으로 들어간 하기와라는 커다란 구멍이 난 창문에 종이를 대 놓은 것을 보았다. 그리고 그 반대편으로 시선을 돌렸다. 과연 사각의 기둥에 3센티미터 정도의 함몰 자국이 있었다.

"빼내는 데만도 고생이 심했다고요."

여자가 말했다. 하기와라는 잠시 그 기둥의 상처를 바라보다가 이윽고 여자 쪽을 바라보며 물었다.

"몇 시경이었죠? 기억하십니까?"

"그러니까…… 그제…… 시장을 보러 나간 사이였으니까 한 시에서 두 시 반 사이였어요."

하기와라는 천천히 고개를 끄덕였다.

"정말 실례했습니다."

"그쪽 책임이라는 것을 인정하시는 건가요?"

여자의 말투에는 조금이라도 돈을 더 받을 수 있을까 하는 기대가 가득 차 있었다.

"죄송합니다만 저는 그저 고용된 의사일 뿐이라서……."

하기와라는 쓴웃음을 지으며 인사를 하고 아파트를 나왔다. 아직 근무시간 중이었지만 하기와라는 공장으로 돌아가지 않고 그대로 경찰서로 향하는 버스에 몸을 실었다. 웃옷 주머니에는 그 철판 조각이 들어 있었다.

4

7시가 가까워져서야 겨우 해가 떨어졌다.

사에키는 최대한 사람의 왕래가 적고 어두컴컴한 뒷골목을 찾아 돌아다녔다. 어쩌면 반대로 사람들이 많은 곳에 섞여 있는 편이 눈에 안 띌지도 모른다. 하지만 만약의 경우를 생각해 그런 곳으로 가지는 않았다.

게다가 지금의 차림은……. 사에키는 걷던 도중 길가에 버려진 깨진 거울을 집어 들고 자신의 얼굴을 비춰 보았다. 수염으로 가득한 얼굴에 피곤에 지친 표정은 신주쿠의 지하도에서 종종 볼 수 있는 부랑자의 모습, 바로 그것이었다. 이런 모습이 되고 보니 이상하게도 자포자기의 심정이 되고 어떻게 되든 상관없다는 생각이 들었다. 지금 나는 어디를 향해서 걷고 있는 것인가…….

사에키는 딱히 여기다 하고 갈 곳을 정해서 걷고 있는 것은 아니었지만 어두운 길을 닥치는 대로 오른쪽, 왼쪽으로 걸어가던 중에 불현듯 발을 멈췄다. 낯익은 거리에 도착해 있었던 것이다. 나오코의 집으로 가는 뒷골목이었다.

"어떻게 된 거지?"

사에키는 자기도 모르게 그렇게 소리 내어 중얼거렸다. 지금 지나온 길은 한 번도 지난 적이 없는 길이었다. 아니 한두 번 지난 적이 있다고 해도 어두운 길을 무의식적으로 찾아올 수 있을 리가 없다. 그런데 이건 대체…….

우연인가? 그렇지 않으면 보이지 않는 손이 여기까지 자신을 이끌고 온 것인가? 만일 그렇다고 해도 무엇 때문에?

사에키는 더 이상 나오코를 믿을 수가 없었다. 다른 때의 그라면 나오코를 믿을 수 있었는지도 모르지만 지금은 너무나 지쳐 있었다. 몸도 마음도 녹초가 되어 있었다. 어젯밤은 거의 한숨도 잘 수가 없었고 그것이 이제야 한꺼번에 엄청난 피로로 엄습해 왔던 것이다. 부드러운 이불에 푹 쓰러져 죽은 듯이 자고 싶다고 생각했다. 하지만 그럴 수 있는 장소가 더 이상 어디에도 없었다. 나오코 옆에 있는다고 해도 수갑의 두려움에 떨지 않으면 안 되고…….

이제까지 억눌려 왔던 감정의 반동인가? 갑자기 격렬한 분노가 솟구쳐 올랐다. 어째서 아무 짓도 하지 않은 내가 이런 처참한 모습으로 도망 다니지 않으면 안 되는 것인가? 이렇게 녹초가 되어 눈조차 붙일 수 없는가?

사에키는 거의 무의식적으로 나오코의 집을 향해 발길을 옮겼다. 경찰이 기다리고 있다 해도 어쩔 수 없는 일이다. 어떻게 되든지 도망가는 것보다는 낫지 않은가. 특별히 발소리를 죽이지도 않고 주위를 살피는 일도 없이 나오코의 집 뒷문으로 걸어갔다.

그에게 말을 거는 이도 없었다. 그냥 그대로 뒷문을 통해서 안으로 들어갔다. 부엌은 어두웠지만 방에는 불이 켜져 있었다. 부엌으로 들어가자 갑자기, "돌아온 게냐?" 하는 남자의 목소리가 들리더니 이어서 불쑥 검은 실루엣이 일어서는 게 보였다. 사에키가 어둠 속에 있어서 상대방 쪽에서는 보이지 않는 모양이었다. 딸깍하는 소리와 함께 불이 켜졌다. 마흔대 여섯 살 정도의 남자가 검은 상하의를 입고 검은 넥타이를 하고 서 있었다. 순간 나오코의 아버지가 살아 돌아온 것이 아닌가 하는 착각에 빠진 사에키는 침을 꿀꺽 삼켰다. 물론 다른 사람이었지만 많이 닮았다. 형제일지도 모른다. 그러고 보니 언젠가 나오코에게 들은 적이 있다. 어딘가에 삼촌이 있다고…….

"누구냐? 뭐 하는 게냐?"

상대방은 성난 듯 말했다.

"조용히 해!"

사에키는 상대를 노려보면서 말했다. 상대 남자의 눈이 점점 휘둥그렇게 커졌다. 이쪽이 누군지 겨우 알아챈 모양이었다. 주춤거리면서 뒤로 한 발 두 발 옮기는가 싶더니 상대방은 몸을 휙 돌려 가게 쪽으로 달아나려고 했다.

"기다려!"

엉겁결에 소리친 사에키는 그에게 달려들었다. 좁은 방에 두 사람이 나란히 쓰러졌다.

"살인자…… 살려 줘! 누구 없어……."

밑에 깔린 남자는 큰소리로 고함을 지르려 했으나 목이 경직되었는지 가느다란 소리밖에는 나오지 않았다. 그러나 그 정도의 목소리라도 사에키에게는 가장 높은 볼륨으로 올려놓은 스피커 소리처럼 들렸다.

"소란 부리지 마! 소리 내지 말라고!"

양손으로 남자의 목을 눌렀다.

"입 다물어! 소리 내지 마! 제길, 조용하라고……."

정말 잠깐 동안만 그러고 있으려고 했다. 그러나 무아지경이 되어 남자의 목을 졸랐다……. 그러다가 문득 정신이 드니 남자의 움직임이 멈춰 있었다.

죽었다……. 그다지 놀라지도 않고 그렇게 생각했다. 가슴에 귀를 대어 보고 손목의 맥을 짚어 보았지만 완벽한 침묵만이 되돌아올 뿐이었다. 몸 안의 힘이 다 빠져나가 버린 기분으로 사에키는 그저 그 자리에 멍하니 주저앉아 있었다. 죽은 것은 어쩌면 자기 자신인지도 모른다.

죽인 것이다. 정말로, 이번에야말로 자기 손으로 죽인 것이다. 이상하게도 안심이 되었다. 이것으로 정말로 살인범이 되어 버린 것이라고 생각하니 오히려 마음이 편해졌다.

"유지!"

어느 틈에 들어온 것일까. 가게에서 방으로 들어오는 문에 나오코가 서 있었다.

"미안합니다. 기다리게 해서."

이렇게 말하며 들어온 것은 백발에 환한 미소를 부드럽게 띠고 있는 초로의 남자였다. 언뜻 보면 학교 선생님이라고 생각될 정도였다.

"검시관 모리타입니다."

하기와라는 너무 오래 앉아 있어서 아픈 허리를 애써 펴면서 인사를 했다.

"죄송합니다. 살인 사건이 좀 있어서 말이죠. 급하게 불려 갔다 오는 바람에."

모리타 검시관은 하기와라와 마주 앉았다.

"그런데 하시려는 말씀이라는 게, 얼마 전에 있었던 N자동차 가와사키 공장 사건이라고 들었습니다만."

"저는 그곳 의무실에 있습니다."

하기와라가 말했다.

"아아, 경찰에 통보하셨다는 분이군요."

"그렇습니다. 실은 그 사건의 사인에 대해서 좀 생각해 봤는데 말이죠……."

"예, 들어봅시다."

하기와라는 상대가 전문가라는 자존심만 앞세우는 꽉 막힌 사람이 아니라는 것을 알고 안심하고 이야기를 시작했다.

상대는 가만히 하기와라의 이야기에 귀를 기울였다. 그리고 나서 하기와라가 건넨 철판 조각을 집어 들고는 찢어 온 신문 기사를 읽었다.

잠시 그러고 있다가 모리타는 크게 한숨을 쉬었다.

"놀랐습니다! 그렇다면 이 파편이 그 남자의 배를 스치고 날아갔다는 겁니까?"

"공장의 프레스 기계는 수만 톤이나 되는 압력으로 철판을 틀에 맞게 굽힙니다. 그때 우연히 쐐기 모양의 이 철판 조각이 철판 끝에 있다가 프레스 기계의 힘에 의해 날아간 거죠."

"하지만 살인 혐의를 받은 남자는 그것이 날아왔다는 사실을 알아채지 못한 겁니까?"

"프레스 기계에서 열린 문을 통해 공장의 벽에 구멍을 내고 길 건너편에 있는 아파트로 날아가 기둥에 삼 센티미터의 홈을 만들었습니다. 아마도 시속 몇백 킬로미터 속도였을 게 틀림없습니다. 말다툼을 하던 중이어서 거기까지 신경을 쓰지 못했을 겁니다."

"그게 배를 스쳐 가는 바람에 그 충격으로 내장이 파열된 것이라는 겁니까?"

"저도 같은 사고가 있었다는 것을 그 기사를 통해서 읽지 않았다면 상상도 못했을 겁니다. 단지 그 사고가 일어났을 때는 특별한 싸움이 벌어지지도 않았고 다른 사고가 있었던 것이 아니었기 때문에 철저하게 원인이 규명되어 겨우 사실이 밝혀진 것이죠."

"그렇다면 상대방 남자에게는 정말 안된 일을 하고 만 셈이군요."

검시관은 고개를 저으며 말했다.

"일단 다시 한번 이 관점에서 검시를 해 보도록 하죠. 분명 틀림없을 거라고 생각합니다만."

"잘 부탁드립니다."

"어쨌든 그 누명 쓴 남자의 살인 혐의를 벗기지 않으면 안 되겠네요."

모리타는 가까이에 있는 전화기를 들어 다이얼을 돌렸다.

"어, 그래, 모리타다. 전의 그 N자동차 가와사키 공장 건인데……. 아직 안 잡혔어? 그렇군. 실은 사고사일 수도 있네. ……그렇게 성 내지 말라고. 극히 드문 케이스야. 완전히 죄가 없다고는 말할 수 없지만 그렇다고 죄가 있다고 말하기도 극히 어려운 상황이야. 찾아내더라도 체포가 아니라 참고인으로 대우하는 편이 좋을 거야. ……알았다고. 다시 한번 정밀하게 검시한 후에 연락할게. 그럼."

전화를 끊고 모리타 검시관은 하기와라에게 말했다.

"이거 참, 선생님 덕분에 살았습니다."

"우연히 그 기사를 기억하고 있었던 것뿐입니다. 그럼 이만."

하기와라는 경찰서를 나오면서 공장에서는 자신이 도대체 어디로 가 버렸는지 모두들 의아해 하고 있을 거라고 생각했다. 밖은 이미 완전히 어두워졌다.

"울지 마."

사에키는 얼굴을 숙이고 흐느껴 울고 있는 나오코의 어깨에 살짝 손을 얹었다.

"어차피 나는 살인범으로 쫓기고 있어. 삼촌을 이렇게 만들어서 정말 미안해. ……그럼, 경찰을 불러 줘. 밖에 있지?"

나오코가 격렬하게 고개를 저으며 사에키의 가슴에 몸을 던졌다.

"어째서……. 이렇게 운이 나쁜 거야, 우리는?"

"그러게……. 내가 우연히 이곳으로 왔을 때, 당신이 아직 돌아오지 않았기 때문에 형사도 잠복해 있지 않았어. 삼촌도 가게 입구가 열려 있지 않았으면 그대로 가게 안으로 들어오지 않았을 거고. ……정말 운이 나빠."

"어떻게 해, 앞으로?"

나오코는 눈물로 범벅이 된 눈으로 사에키를 응시했다.

"이미 집 앞뒤로 형사들이 깔렸을 거야. 도망칠 수 없을 거라고."

"나는…… 어떻게 하면 좋아?"

"나 따위는 잊어버려. 어딘가 멀리 가서 새로운 삶을 시작하는 거야. 당신은 아직 젊어."

"그렇게 할 수 있을 거라고 생각해?"

"하지만 살인자가 된 거라고……. 그것도 두 사람이야. 사형까지는 아니더라도 몇 십년 형은 받을 거야. 그렇게 기다리는 것을 원치 않아."

나오코는 결심한 듯한 표정으로 가만히 삼촌의 시체를 바라보고 있다가 벌떡 일어나 옷장에서 시트를 꺼내 시체를 덮었다.

사에키는 문득 이런 생각이 떠올랐다. 죽은 오하시 겐조가 지금 복수를 하고 있는 것인지도 모른다. 불운이 겹쳐져서 한 발 한 발 사에키를 위협해 오고 있다. 거기에는 오하시의 증오가 보이지 않는 손이 되어 작용하고 있는 것 같다는 생각이 들었다…….

나오코는 사에키 앞에 앉아 조용히 말했다.

"함께 죽어요."

사에키는 무엇인가로 가슴을 강렬하게 맞은 듯한 기분이었다.

"나하고 같이?"

"그럼 누가 또 있는데?"

나오코는 웃었다.

"몇십 년이나 헤어져서 사는 것보다 나아."

"하지만……."

"수면제라면 쌓였어. 아버지가 통증 때문에 불면증이 생긴 적이 있어서. 분명히 편할 거야. 그저 졸음이 오고, 그걸로 끝이야."

두 사람은 몇 분간 묵묵히 침묵을 지켰다. 나오코가 일어나서 입구 쪽에 놓아두었던 가방에서 전기면도기와 크림을 꺼내와서 사에키에게 건넸다.

"면도해."

"왜?"

"그런 얼굴로 키스하면 아프니까."

그렇게 말하고 살짝 볼을 붉혔다. 그러고는 장에서 이불을 꺼내 깔았다. 사에키가 면도하는 사이에 나오코는 옷을 벗었다.

하기와라는 일단 공장에 들렀다가 퇴근길에 올랐지만 버스를 기다리고 있는 사이에 문득 어떤 생각이 떠올라 오하시 겐조의 가게로 달려갔다. 오하시의 손목이 날아갔을 때 몇 번이나 간 적이 있었다. 그때 대접을 해주었던 딸아이가 사에키의 애인인 건가? 꽤 착실하고 영특해 보이는 여자로 하기와라도 호감을 갖고 있었다.

그런 상황에서 사에키와 그녀가 사랑을 이루기란 쉬운 일이 아니었을 것이다. 그런 만큼 이번 사건은 두 사람에게 그 무엇과 비교할 수 없을 정도로 불운한 사건이라고 할 수밖에 없었다.

하기와라는 한시라도 빨리 그녀에게 사건의 진상을 알려 주고 싶다는 생각이 들었다. 경찰은 일단 발부한 체포 영장을 그리 간단하게 취소시키지는 않을 것이다. 우선은 그녀에게 연인이 살인범이 아니라는 사실을 알려 주어 안심시키자고 생각했다.

전에 왔었다고는 하지만 밤이고 보니 찾는 데 시간이 좀 걸려서 30분 정도를 헤맨 끝에 목적지인 가게를 발견했다.

"잠시만요!"

누군가 부르는 소리가 들렸다. 돌아보니 잠복해 있던 형사였다.

"아, 당신은 공장의……."

현장 검증 때 이야기를 나눈 적이 있는 형사였다.

"안녕하세요. 수고하십니다."

하기와라가 인사를 건넸다.

"잠복 중입니까?"

"또 다시 슬그머니 찾아오지 말라는 법은 없으니까요. 저 집에 무슨 용건이라도 있습니까?"

"네. 따님은 있습니까?"

"있습니다. 하지만 무슨 용건이죠?"

"아버지의 죽음은 사고였다는 사실을 알려 주려고요."

"뭐라고요?"

"당신들이 잠복하는 것도 얼마 남지 않았을 겁니다. 그럼 이만."

망치로 얻어맞은 듯한 얼굴을 하고 있는 형사를 뒤로 하고 하기와라는 서둘러 가게로 향했다.

"계십니까? 실례합니다!"

문이 잠겨 있었다.

"오하시 씨, 여보세요!"

전혀 대답이 없었다.

"이상하네……."

형사가 다가왔다.

"무슨 일이십니까?"

"대답이 없어요."

"그럴 리 없을 텐데요……."

"뒷문 쪽은?"

"네에, 저쪽 뒷길로 돌아가면 됩니다. 하지만 뒤쪽도 감시가 붙어 있어서요."

하기와라는 골목을 따라 뒷문 쪽으로 들어갔다. 부엌으로 들어가자 방이 보였다. 그리고 방에는 이불이 깔려 있고, 이불 위에는 두 사람이 바싹 달라붙어 누워 있었다.

"어!"

뒤이어 온 형사의 눈이 커졌다.

"이 자식 어느새 들어와 있었던 거야? 깨워야겠어."

"잠깐!"

날카로운 말로 그를 막아선 하기와라는 몸을 숙여 두 사람의 손목을 잡았다.

"구급차를! 빨리!"

하기와라의 얼굴에서 핏기가 사라졌다.

형사가 당황해서 전화로 달려갔다. 그때 하기와라는 시트로 덮인 사람 비슷한 형체를 발견했다.

목 졸려 죽은 남자, 명백히 수면제를 먹은 두 사람, 사정을 금방 알아차렸다.

천천히 고개를 저으며 하기와라는 중얼거렸다.

"한발 늦었어……."

"그 따위 철 조각 하나가 말이지……."

변함없이 후텁지근한 자료실에서 오다 유미코가 말했다.

"그런 걸로 사람이 죽다니!"

"그것도 네 사람이야. 단 하나의 쇳조각이 네 사람을 죽였어."

하기와라는 참을 수 없다는 얼굴로 말했다.

"사에키 씨하고 그 딸이라는 여자는 정말 너무 불쌍해요. 그 두 사람, 나체 상태로 죽었다고 하던데 정말이에요?"

하기와라는 오다 유미코를 험악하게 흘겨보았다.

"아니야, 제대로 옷을 입고 있었다고."

"어머, 그래요? 아니, 그런 소문이 있어서……. 하지만 이불이 펴져 있었다죠?"

"으음."

"그럼 분명 죽기 전에 하나가 된 거라고요. 다행이에요……."

하기와라는 저도 모르게 쓴웃음을 지었다. 오다 유미코가 그렇게 말하니 왠지 이상한 느낌이 들었다.

"편안한 얼굴이었어……."

그렇게 말하고 하기와라는 자료실을 나왔다.

"살아 있는 얼굴이 훨씬 더 좋았을 테지만 말이야……."

복도를 걸으며 그렇게 중얼거렸다. 프레스 기계의 진동이 발밑으로 고스란히 전해져 왔다.

도보 15분

1

"여보, 일어나요!"

아내 미치코가 흔들어 깨우는 바람에 오카다 세이치는 마지못해 눈을 떴다. 베개 옆의 알람시계는 6시 30분을 가리키고 있었다.

"아직 삼십 분은 더 잘 수 있잖아……"

오카다가 불평하자 미치코가 웃으며 말했다.

"뭐라고요, 당신? 정신 차려요! 오늘부터 새집이잖아!"

오카다는 그제야 이불을 젖히고 일어났다. 아직 풀지 않은 박스가 그대로 쌓여 있는 것이 눈에 들어왔다. 그렇지, 어제 이사 왔지.

"일어나요. 오늘 아침은 바쁘니까."

미치코는 침실을 나가며 말했다. 이미 대청소할 준비를 마치고 남편이 나가 주기만을 기다리는 분위기였다.

'에효, 여자들은 어째서 이런 때에 저렇게 힘이 넘치는 것일까.'

다른 때라면 어떻게 해서든지 집안일에서 벗어나 보려고 머리를 굴리면서 말이다…….

오카다는 이불에서 나와 하품을 하면서 임시로 걸어 둔 여름용 커튼을 열어젖혔다. 순간 잠이 확 깨는 듯한 기분이었다.

색색의 장방형 모형들이 어떤 것은 높게, 또 어떤 것은 낮게 끝도 없이 나란히 서 있었다. 마치 어린 시절에 가지고 놀던 나무 쌓기 블록을 늘어놓은 듯. 어제까지 보아 온 낡은 판자로 된 벽이나 구불구불한 골목, 도로까지 고개를 내민 감나무 가지, 옆집 부엌에서 들려오는 물소리……, 그런 것들을 어디에서도 찾아볼 수 없었다. 질서 있게 정돈된 창문들, 테라스, 넓게 포장된 도로, 아직 싹이 나지 않은 잔디, 그리고 정적…….

밑을 내려다보니 도로에는 이미 양복 차림의 직장인들이 묵묵히 걸어가고 있었다.

"정말 놀라운걸! 도대체 몇 시에 일어나서 저렇게 출근하는 거야?"

오카다는 자기도 모르게 중얼거렸다.

"당신, 일어났어?"

미치코의 목소리가 들려왔다.

"지금 나갈게."

오카다는 대답을 하고 다시 한 번 바깥 풍경에 시선을 주었다. 새로운 동네. 아무것도 없는, 그저 산과 잡목림뿐이던 이 일대를 개간하여 만든 뉴타운이다.

거실, 주방도 현재 상태로는 짐을 두는 창고라고밖에 할 수 없었다. 굵은 사인펜으로 '부엌' 이라고 갈겨 쓴 종이박스가 열려 있었다.

테이블에는 찬 우유가 담긴 컵과 토스트만이 썰렁하게 놓여 있었다.

"여보, 커피는?"

"아직 가스를 쓸 수 없어. 오늘만 참아요. 점심 때 지나서 가스회사 사람이 올 거니까."

"그래……."

어깨를 으쓱하며 우유를 한 모금 마셨다. 그러자 손은 저절로 테이블 위를 더듬거렸다. '신문은?' 이라고 말하려다가 아직 왔을 리가 없지, 라는 생각이 든 것이다. TV, 이것도 아직 안테나 단자를 연결하지 않았다. 라디오라도 있으면 뉴스를 들을 수 있을 텐데, 그것 역시 어느 상자 속인가에 처박혀 있을 것이 분명했다.

"저기, 여보, 오늘은 빨리 퇴근할 수 있어요?"

미치코의 말투는 '오늘 정도는 빨리 와요' 라고 말하는 듯했다. 오카다는 잠시 망설이다 대답했다.

"가능한 한 그렇게 해 볼게."

"그래? 결국 장담은 할 수 없다는 말이네."

"할 수 없잖아. 하는 일이 그러니까 말이야."

"으응, 알아요. 그래도 이사한 다음 날 정도는 쉴 수 없어?"

"수요일까지는 거래처 사람이 언제 올라올지 모른다고 했잖아. 목요일이나 금요일이라면 아마 하루 정도는……."

"그때쯤이면 벌써 정리가 끝났을 때라고요. 토스트 하나 더 먹을래요?"

"아니, 됐어."

오카다는 상자에서 신문지로 싼 컵이나 밥그릇을 하나씩 꺼내고 있는 미치코의 등을 바라보며 한숨을 내쉬었다. 그녀가 불만을 토로하는 것도 무리는 아니다. 이번에 이사할 때도 거의 대부분을 미치코 혼자서 처리했으니까 말이다.

오카다는 서른 살로 광고회사의 영업맨이다. 미치코는 스물일곱 살, 결혼한 지 3년이 지났다. 아이는 없다. 안 만든다기보다는 만들 수 없었다. 맞벌이에 방 한 칸인 아파트에서 아이를 갖는다는 것은 도저히 무리라고 생각하여 처음부터 합의를 보았던 것이다.

"첫 아이는 스물여덟 살까지는 낳는 게 좋아."

학생시절의 친구였던 의사에게 충고를 받고 두 사람은 저금한 액수를 셈해 보았다. 공단의 분양주택 계약금 정도는 어떻게 될 듯했다. 오카다의 급료도 그렇게 나쁜 편은 아니었다. 단지 근속연수가 부족해서 회사에 주택융자를 낼 수 없는 것이 안타까울 뿐이었다. 하지만 길게 보면 어차피 어디서 빌리든 갚아야 할 돈이다.

두 사람은 마침 모집하고 있던 분양주택을 신청했다. 그리고 20배 정도의 경쟁률에도 불구하고 당첨된 것이다.

미치코가 얼굴을 들어 말했다.

"전기면도기하고 로션은 꺼내서 세면대에 놔뒀어요."

"고마워."

면도를 하고 말끔해지자 겨우 출근할 마음이 들었다.

"전철표도 사야 하잖아. 조금 빨리 나가는 게 좋겠어."

"알고 있어."

"교통비도 장난 아니겠네. 빨리 정기권 살 돈을 받아요."

"역까지는 걸어서 15분이었지?"

"응. 서두르면 10분 정도로도 가능하지 않을까? 길은 알겠어?"

"다른 사람들이 가는 방향대로 따라가면 되겠지."

"그건 그렇네."

이건 농담으로 끝날 일은 아니다. 이 2DK*의 새 집으로 온 것은 어제가 처음이었고 게다가 이삿짐센터 트럭으로 왔기 때문에 오카다는 역까지 걸어가 본 적이 없었다.

입주 계약, 새집에 대한 정보 수집, 이삿짐센터에 연락 등 이사 준비는 회사를 그만둔 미치코 혼자서 거의 다 했다. 오카다에게는 그럴 만한 시간이 없었다. 그도 그럴 수밖에 없는 것이

* DK : Dining Kitchen. 거실이 따로 없이 식당을 겸한 부엌만 있는 일본의 집 규격을 말한다.

밤 10시 전에 집에 돌아오는 일이 거의 없었고 쉬는 날에도 언제 불려 나갈지 알 수 없는 상황이었기 때문이었다.

거래처 중에는 주말 이틀을 쉬기는커녕 일요일마저 교대로 출근하는 곳도 있어서 그중에는 특별한 업무도 없이 오카다를 일부러 불러내는 이들도 있었다. 그렇다고 거절할 수도 없고, 가면 그저 잡담 상대나 하다 돌아오곤 하는 일이 드물지 않게 있었다. 오카다가 일하는 광고회사가 그리 큰 회사가 아니었기 때문에 그 모든 것을 참아 낼 수밖에 없었다.

셔츠, 넥타이, 양복 등 미치코가 내준 옷들을 챙겨 입으면서 말했다.

"어제는 괜찮은 일요일이었지."

"전화가 오지 않아서?"

"그래."

두 사람은 얼굴을 마주 보고 웃었다. 어제만은 아무리 큰 거래처에서 전화가 왔다고 해도 연결이 되지 않았을 것이다. 집 전화가 연결되어 있지 않았기 때문이다.

"다녀올게."

"조심해요!"

살풍경한 현관을 나오니 미치코가 환하게 웃으며 말했다.

"미아는 되지 말아요!"

오카다의 집은 5층 건물의 2층이었다. 빠른 걸음으로 계단을 내려가면서 이전 아파트에서는 복도에서 나는 발소리가 시끄러워서 항상 문을 꼭 닫고 있었던 일을 생각했다. 더 이상 그런 걱정은 없다. 옆집 소리가 새어 들어올 일도 없고 욕실의 보일러가 켜지지 않아 짜증이 나는 일도 없을 것이다.

건물을 나와 넓은 길로 나서면서 오카다는 이렇게 콘크리트 직방체가 나란히 늘어서 있는 거리도 그렇게 나쁘지 않다는 생각이 들기 시작했다.

"안녕하세요!"

누군가 말을 걸어와 뒤를 돌아보니 마흔 살 정도 되는 샐러리맨이었다.

"옆집에 이사 오셨군요."

"아, 그렇습니까? 이거 반갑네요……. 어제 막 이사 와서 인사도 드리지 못했습니다. 오카다라고 합니다."

"사이토라고 합니다."

그의 붙임성 있는 태도에 오카다는 자신과 같은 영업 쪽 인간이 아닌가 생각했다.

"새집에서 첫 출근이네요."

"네, 오늘 같은 날은 좀 쉬고 싶지만 일이 있어서 도저히……."

"저는 차로 출근하고 있습니다. 만원 전철은 도무지……. 시간은 좀 걸리지만요."

"그렇군요."

"직장은 어느 쪽입니까?"

"신바시 역에서 가깝습니다."

"오오!"

사이토라는 옆집 사람은 유쾌하게 말했다.

"그럼 바로 근처네요. 이거야……."

"어쩌면 어디선가 만났을지도 모르겠군요."

"정말 그렇네요."

사이토는 웃었다.

"아, 저는 여기에 차를 세워 놨습니다."

"그럼……."

오카다는 인사를 하고 역으로 가던 길을 걸었다.

"오카다 씨!"

그때 사이토가 뭔가 생각난 듯 불러 세웠다.

"방향도 같은데 타고 가지 않겠습니까?"

"아니요……. 그런……."

"사양할 것 없습니다. 한 사람이든 두 사람이든 마찬가지니까요. 회사는 아홉 시부터죠?"

"네에."

"그럼 시간도 충분하네요. 자, 갑시다."

"그래도……."

"이사한 다음 날은 피곤하지 않습니까? 눈 좀 붙이시죠. 신바시에 도착하면 깨우겠습니다. 자, 어서요."

옆집 사람인데 그렇게 무작정 거절만 할 수는 없는 일이었다. 오카다는 사이토의 말을 따르기로 했다. 차는 최신형이라고 할 수는 없지만 1800CC로 꽤 넉넉하게 앉을 수 있었다.

"매일 데려다 드릴 수는 없지만 말이죠."

차를 천천히 앞으로 전진시키면서 사이토가 말했다.

"다른 곳에 들렀다가 출근하는 일이 많아서요."

오카다는 내심 안심했다. 혹시라도 매일 이렇게 차를 얻어 타게 되면 오히려 마음이 무거울 것 같았다. 가끔 동행하는 정도라면 말 상대도 될 거고…….

하지만 생각했던 것보다 훨씬 피곤했던 모양이다. 차가 달리기 시작하자 곧 졸음이 쏟아졌다. 그러나 초면에 차를 얻어타고 잠들어 버리면 실례라는 생각이 들어 억지로 참으려고 했으나 언제인지 모르게 잠에 빠져들었다.

깨우는 소리에 정신을 차려 보니 차는 어느새 신바시 역에 거의 도착해 있었다.

"죄송합니다. 염치없게도 자 버려서……."

"아니요, 전혀 괜찮습니다. 시간이 맞으면 다음에 또 함께 하시죠."

"감사합니다."

차에서 내려 몇 번이나 머리를 숙여 인사를 하고 사이토의 차가 사라질 때까지 바라보며 중얼거렸다.

"이런, 너무 편하게 와 버렸네."

충분히 자서 그런지 아침이면 느껴지는 특유의 나른함이 사라지고 몸이 가벼웠다. 손목시계를 보니 아직 8시 45분이었다. 오카다는 유유히 회사를 향해 발걸음을 옮겼다.

"어, 왔어?"

영업부실로 들어서자 언제나 빨리 출근하는 마쓰오 스미코가 웃으며 말을 건넸다.

"이사한다고 하지 않았어?"

"어제 이사했지. 오늘은 새집에서 첫 출근이고."

"오늘 정도는 쉬면 좋잖아."

스미코는 가볍게 나무라는 듯한 어조로 말했다. 스물여덟 살의 베테랑으로 남자 사원들에게서도 존경을 받고 있는 여성이다.

"그렇게까지 쉴 여유는 없어."

오카다도 웃었다.

"일은 나를 기다려 주지 않잖아."

"집 정리는 끝났어?"

"완전히 창고 같아."

"그걸 부인 혼자서 정리하는 거야? 불쌍하지 않아? 내일이라도 휴가를 내면 어때?"

"간사이의 거래처에서 올라올지도 몰라. 그럴 때 내가 없으면 큰일이잖아."

스미코는 한숨을 내쉬며 말했다.

"모두 다 똑같아. 자기가 하루라도 쉬면 회사가 무너지기라도 할 줄 안다니깐. 실제로는 아무 일도 일어나지 않는데 말이야."

"당신도 안 쉬면서 뭘 그래?"

"나는 혼자잖아, 할 일도 없고. 하지만 애인이 생기면 당연히 쉴 거라고."

"놀랄 일이네. 당신이 그런 생각을 하고 있었다니."

"그래? 자기도 한번 생각해 보라고. 혹시라도 오늘 교통사고가 나서 죽을지도 모르는 거 아니야?"

"심하잖아, 그런 말은."

오카다는 쓴웃음을 지었다.

"그렇게 되면 회사가 어떻게 나오겠어? 그냥 다른 누군가에게 당신이 하던 일을 맡길 뿐이야. 난처한 상황을 그대로 둘 정도로 회사에는 여유가 없다고. 쉬면서 부인을 도와주라니깐."

"그럴 수만은 없어. 책임이라는 게 있잖아. 그렇잖아?"

"당신이 책임이 있는 건 일만이 아니라고."

다른 사원이 다가오는 바람에 두 사람은 이야기를 멈추고 일을 시작했다. 오카다는 예정표를 꺼내 일주일 간의 일정을 보았다. 그런데 아무리 애를 써도 집중이 되지를 않았다. 평소에는 월요일 아침에 일정표를 보면서 이것저것 생각하고 있노라면 점점 일에 대한 의욕이 샘솟았는데 오늘은 웬일인지 좀 다른 느낌이었다.

새로운 보금자리에서 첫 출근. 그것도 차로 오는 바람에 편하게 자면서 왔다. 거기에 더해 마쓰오 스미코의 충고 이러저런 일들로 몸의 상태가 뒤틀려 버린 듯했다.

9시 시작 벨과 동시에 전화벨이 울렸다.

"예. ——연결해 줘. ——아, 여보세요, 오카다입니다. 언제나 감사합니다."

일은 그의 몸 상태와는 관계없이 시작되었다.

"종점입니다!"

누군가가 흔들어 깨우는 바람에 눈을 뜨니 차장이 내려다보고 있었다.

"예에……."

오카다는 대답하며 전철에서 내렸다. 인적이 없는 심야의 승강장, 처음으로 내리는 역이었다. 오카다는 출구 쪽으로 걸어가면서 집이 종점인 것도 참 좋다고 생각했다. 안심하고 잘 수 있다. 그게 막차라면 반드시 깨워 주고.

벌써 술은 깼다. 결국 접대 술자리로 늦어 버리고 말았다. 미치코는 벌써 잠들었을 것이다. 뭐 벌써 새벽 한 시니까.

"첫날부터 막차라니 대단하네."

중얼거리며 오카다는 자조적으로 웃었다. 아무도 없는 개찰구에 표를 놓고 어두운 길로 나왔다. 새로 지은 역이라서 역 주변에는 아무것도 없었다. 캄캄한 벌판에 드문드문 가로등이 켜진 길이 하나 역 앞으로 펼쳐져 있을 뿐이었다. 멀리 아파트 단지의 불빛이 넓게 퍼져 있는 것이 보였다. 오카다는 걷기 시작했다. 그러고 보니 역에서 걸어가는 것이 처음이다. 설마 헤매지는 않겠지. 길도 하나밖에 없으니까…….

5분도 가지 않아 오카다는 오도 가도 못하고 멈춰 버렸다. 길이 하나라고 생각했는데, 그게 갈라지고 다시 갈라져 있었다. 단지의 불빛은 꽤 가까운 곳에서 보였지만 어디가 어디인지 주소가 어떻게 되는지 전혀 짐작도 가지 않았다. 그러고 보니 집 주소가 어떻게 되더라……. 오카다는 수첩을 꺼내 보았다.

"……제길!"

새로운 주소를 적어 놓지 않았다.

'○○가오카' 까지는 알겠는데 그 뒤의 자세한 주소가 무엇인지 영 기억이 나지 않았다. '4동 2에 5' 였던가? 아니 '5동 2의 4' 였던가? 확실히 4가 들어 있었던 것 같은데…….

전화도 아직 개통되지 않았다. 파출소에 물어보려고 해도 파출소가 어디인지도 알 수가 없고, 그보다 주소도 모르는데 파출소가 있다고 해서 어떻게 도와줄 수도 없을 것이다.

일단 단지 안으로 들어가면 기억이 날 것이다. 그렇게 정하고 오카다는 적당한 길을 선택해서 걸었다. 그러나 그의 생각은 어긋났다. 단지 안으로 발을 들여놓은 오카다는 다시 막다른 골목에라도 들어선 듯 걸음을 멈추고 말았다.

가로등이 켜져 있어서 밝기는 했지만 어디가 어딘지 전혀 알 수가 없었다. 어느 것이나 다 똑같아 보였다. 그 어디를 보아도 자기 아파트 같았다.

오카다는 자신이 완전히 길을 잃었다는 사실을 깨달았다. 넓디넓은 단지의 한가운데에서 어디로 갈지 모르는 채 주저앉아 버리고 말았다…….

2

나이도 먹을 만큼 먹은 어른이 미아가 되어 버리다니, 다른 사람에게는 절대 말할 수도 없는 일이라고 생각하며 오카다는 벤치에 앉아 담배에 불을 붙였다.

동과 동 사이에 있는 작은 놀이터, 그네와 모래로 만든 작은 공간에 미끄럼틀로 구색만 갖춘 좁은 곳이었다. 이 뉴타운은 여러 행정구역이 접하고 있는 광대한 지역에 조성된 단지인 만큼 도심 안에 있는 단지처럼 건물이 빽빽이 들어차 있지도 않았고, 동과 동 사이에도 좁지 않은 공간을 마련해 놓았다. 잔디가 있고, 나무가 심어져 있었고, 공원도 드문드문 있었다.

출근하기가 좀 불편한 것을 견딜 수만 있다면 녹색이 내뿜는 공기와 바꿀 만한 것은 없을 것이다. 오카다도 어제 이삿짐을 옮기는 트럭에 동승하고 처음으로 이곳으로 오면서는 〈단지〉라는 단어에서 연상되는 비인간적이고 차가운 곳만을 연상했었다. 그러나 실제로 높고 푸르른 하늘과 풍부한 녹색 지대를 눈앞에 대하고는 자신의 상상과 크게 벗어난 것에 놀라고 말았다. 이것도 그리 나쁘지는 않지 않은가. 솔직히 그렇게 생각했다. 그게…….

"이게 무슨 일이야, 제길!"

오카다는 또다시 어슬렁어슬렁 인기척이 없는 길을 걸으면서 중얼거렸다. 이 주변은 다른 곳보다 좀 높은 것 같았다. 마치 어딘가의 산 정상에서 멀리 도시의 불빛을 내려다보고 있는 듯했다. 아주 멀리까지 그런 광경이 펼쳐져 있었다. 그 불빛이 모두 단지인 것이다. 정말 정신을 잃을 지경이다.

10분 정도 걸어 봤지만 기억이 되살아날 가능성은 전혀 없어

보였다. 반대로 집에서 점점 더 멀어지고 있는지도 모른다는 생각이 들자 더 걸을 마음도 사라졌다. 그래서 되는 대로 오른쪽으로, 왼쪽으로 아파트를 끼고 돌았다. 단지는 몇 개의 동이 무리를 지어 있었고, 그에 따라 높이도 디자인도 색깔도 다른 듯싶었지만 밤이 되면 그 색깔이 어떻게 다른지도 확실히 구별되지 않았다.

'역에서 도보 15분' 이라고 했으니까 그렇게 멀 리가 없는데……. 일단 역으로 되돌아가 보기로 했지만 역으로 가려면 어떻게 가야 하는지조차도 알 수 없게 되어 버렸다.

한 시간 반 정도를 헤맸다. 미치코도 걱정하고 있을 것이다. 아니면 집안 정리를 하다가 지쳐서 깊은 잠에 빠져 들었는지도 모른다. 설마 남편이 미아가 되어 배회하고 있을 거라고는 생각도 못하고 있을 것이다.

"잘못하면 날이 밝겠어……."

무엇을 어떻게 해야 할지 막막한 심정으로 중얼거리던 오카다는 문득 막 지나치려던 건물 입구에 시선이 꽂혀 발을 멈췄다. 그곳은 10층 이상 되어 보이는 고층 건물 단지로 유리문 안쪽으로 엘리베이터 두 대가 나란히 보였다. 그 한쪽에서 작은 여자아이가 내려온 것이다. 이제 겨우 4살이나 5살 정도 되어 보이는 아이는. 잠옷 차림에 커다란 샌들을 신고 있었다. 추운 계절은 아니니까 감기에 걸리지는 않겠지만……. 그렇다고 해도 이런 시간에 대체 무엇을 하고 있는 것일까? 부모는 어디에 있는 것일까…….

오카다는 그냥 그대로 지나치지 못하고 유리문을 밀고 안으로 들어갔다. 여자아이는 어딘지 난처한 상황에 빠진 듯한 얼굴로 운 것 같은 표정이었다.

"……얘야, 무슨 일이 있니?"

오카다는 가능한 한 부드러운 목소리로 말을 걸었다. 여자아이는 눈망울 가득 눈물을 담고 물끄러미 그를 쳐다보았다.

"집은 어디니? 왜 나온 거야?"

여자아이는 잠시 뜸을 들이고 나서 거의 들리지 않을 정도의 목소리로 말했다.

"엄마가……."

"엄마가 어쨌는데?"

"아파요."

"아파?"

"죽을 거 같아요."

여자아이는 훙하고 코를 삼켰다.

"집은 몇 층이니?"

"팔 층."

"그래 아저씨가 같이 가 주마. 의사 선생님을 불러 줄 테니까 걱정 마."

여자아이가 고개를 끄덕였다. 오카다는 여자아이와 엘리베이터를 타고 8층으로 올라갔다. 의사를 부르겠다고 했지만 근처에 어떤 병원이 있는지도 알지 못한다. 뭐, 집에 전화번호부 정도는 있을 것이고 상태가 심하면 구급차라도 부르면 된다.

8층에 도착하자 여자아이는 오카다의 손을 끌었다. 아이의 손에 이끌려 오카다는 조용한 통로를 걸어갔다.

"집은?"

"팔백십 호"

아이가 약간 혀 짧은 어투로 대답했다.

"그래, 참 착한 아이네."

810호에는 '무로즈' 라는 명패가 걸려 있었다. 여자 아이가 직접 문을 열었다.

"엄마……."

하고 부르자 굉장히 화려한 네글리제 차림의 여자가 달려나오며 소리쳤다.

"유미! 어디에 갔었어?"

"엄마가 걱정했잖아. 어째서 혼자서 나가 버린 거야?"

여자는 그제야 문 앞에 오카다가 서 있다는 사실을 알아챘다.

"어머……."

"댁의 아이입니까? 이 앞을 지나는데 엘리베이터에서 내려와서는 '엄마가 아프다' 고 말하는 바람에……."

"어머, 그랬어요? 정말 죄송합니다."

"아닙니다…… 어딘가 불편하신 것은 아닌가요?"

"네에, 보시는 것처럼. 얘도 참, 아마 꿈이라도 꿨나 봐요."

"그렇다면 다행이지만……."

"못된 아이네. 빨리 들어가서 자야지."

여자는 아이를 안고는 안쪽으로 사라졌다. 오카다는 휴하고 한숨을 쉬고는 나갈까 하다가 문득 마음을 고쳐먹었다. 여기에서 '○○가오카'가 어느 쪽인지 물어볼까 하는 생각이 들었던 것이다. 대강의 방향이라도 알 수 있다면 어떻게든 돌아갈 수 있을지 모른다. 게다가 이 시간에 다른 어디에 가서 물을 수도 없는 노릇이었다.

조금 지나자 아이의 엄마가 이번에는 네글리제에 가운을 걸치고 나타났다.

"정말 폐를 끼쳤습니다."

"아닙니다, 천만에요. 저, 실은 좀 여쭙고 싶은 게……."

"네?"

오카다가 어제 막 이사 왔는데 새집 주소도 잊어버리고 길도 잃었다는 사정을 이야기하자 여자는 소리 죽여 웃으며 말했다.

"그거, 큰일이군요. 하지만 술에 취해서 다른 비슷한 건물로 들어가 버리는 사람들도 종종 있는 것 같으니까요. 자, 어디 보자. '○○가오카'라고 해도 꽤 넓어서요."

여자는 생각에 잠겼다.

"그럼 일단 들어오세요. 지도를 그려서 알려 드릴게요."

"아니, 그렇게까지……."

"괜찮아요, 상관없어요."

"하지만 주무시고 계실 텐데."

"저랑 아이뿐이에요. 남편은 출장이라서. 자, 어서요."

"네에, 그럼 잠시……."

오카다는 구두를 벗고 집 안으로 들어갔다.

"여기는 몇 DK입니까?"

"3LDK*예요. 아, 거기에 앉으세요. 지금 차를 내올게요."

"죄송합니다. 신경 쓰지 않으셔도 됩니다."

"아니요, 저도 아이가 보이지 않아서 놀란 마음에 잠이 깨 버렸어요."

상당히 여유가 있는 집인 듯했다. 거실에는 멋진 응접세트가 놓여 있었다. 오카다는 소파에 앉아서 신기한 듯 방 안을 둘러보며 말했다.

"따님은 종종 저렇게 혼자서 밖으로 나가곤 합니까?"

"아니요. 좀처럼 없는 일이에요. 자다가 깨는 일도 별로 없는 아이거든요."

여자는 차를 끓이면서 대답했다.

"자녀분은?"

"아직 없습니다. 그도 그럴 것이 지금까지는 방 한 칸에서 살았으니까요."

"어머, 그러세요."

오카다는 소파 등받이에 팔을 걸쳤다. 손에 뭔가가 잡힌다. 슬쩍 보니 넥타이가 소파의 등받이와 벽 사이에 끼어 있었다. 꺼내 보니 어딘지 젊은 취향의 세련된 것이었다. 게다가 이제

* LDK : Living room + Dining Kitchen. 식당을 겸한 부엌에 거실이 있는 일본의 집 규격으로 DK보다 면적이 넓다.

막 벗어놓은 듯 맸던 흔적이 그대로 남아 있었다. 오카다는 자기도 모르게 차를 끓이고 있는 여자의 뒷모습을 살폈다.

"그렇게 된 건가……."

서른두세 살 정도나 됐을까, 꽤 매력적인 여성이다. 남편이 출장 간 사이, 젊은 애인을 불러들여서……. 옆방에서 자다가 잠을 깬 여자 아이가 엄마가 내는 고성의 신음을 듣고, 엄마가 아프다고 생각한 것도 이상할 게 없다. 오카다는 넥타이를 살짝 소파 뒤쪽으로 떨어뜨렸다.

이거야 원! 저도 모르게 쓴웃음이 나왔다. "엄마가 죽을 거 같아요"라니. 어쩌면 엄마가 그런 비슷한 말을 내뱉은 것을 들은 것은 아닐까…….

"자, 드세요."

"죄송합니다."

아무것도 모르는 척 오카다는 차를 마셨다.

"그럼, 댁이 몇 동인지 아시겠어요?"

"사 동인지 오 동인지……. 분명 그중 하나였던 것 같습니다."

"그래요……. 사 동만 해도 상당히 넓은데요."

"근처까지 가면 아마 기억날 겁니다."

"그럼 대강의 지도라도……."

여자는 볼펜과 메모지를 가져왔다.

"찾아가실 수 있으면 좋겠지만."

"꽤 걸립니까?"

"여기에서요? 으음……. 십오 분 정도? 하지만 가까운 길을 통해서 가면 금방이에요. 지금은 가기 쉬운 길을 알려드릴게요. 그래도 이십 분은 안 걸릴 거예요."

"다행이다."

오카다는 안도의 한숨을 쉬었다.

"너무 멀리까지 온 건 아닌지 걱정하고 있었거든요."

"그러니까…… 이게 이 건물이에요."

여자는 메모지에 그림을 그리면서 설명하기 시작했다.

"여기에 넓은 도로가 있고……."

오카다는 몸을 기울여 메모지를 들여다보았다.

"여기에서 이쪽으로 백 미터 정도 걸으면 사거리가 나와요. 거기에서……."

갑자기 여자의 말이 끊겨 오카다가 고개를 들어 여자를 보니, 상대방은 현관에서 거실로 들어오는 문 쪽으로 눈을 돌려 멍하니 그곳을 바라보고 있었다. 그 시선을 따라 고개를 돌리니 땅딸막하고 살찐 남자가 서 있었다. 마흔 살 정도 될까. 양복 차림에 손에는 작은 서류가방이 들려 있었다.

"……당신!"

여자의 입에서 숨찬 듯한 소리가 흘러나왔다.

"돌아온 거예요?"

남자의 얼굴은 핏빛으로 물들어 있었다. 오카다는 분명 술에 취했거니 생각했다. 그는 소파에서 일어나며 말했다.

"이런 시간에 실례를 해서 정말 죄송합니다. 저는……."

"닥쳐!"

남자가 고함을 쳤다. 오카다는 그때서야 눈치를 챘다. 남자는 화가 났다. 분노로 전신이 떨리고 있다. 그 때문에 얼굴이 빨갛게 변한 것이다.

"여보…… 이분은……."

부인이 하는 말은 들은 척도 하지 않고 남자가 외쳤다.

"이년! 역시 그랬던 건가! 요즘 아무래도 이상하다는 생각이 들었다고. 내가 없는 사이에 남자를 끌어들이다니……. 딸아이한테 창피하지도 않아?"

오카다는 겨우 자신이 어떤 입장에 놓였는지 이해가 되어 아연실색하고 말았다. 장난이 아니다! 부인이 바람을 피운 상대는 아마도 저 침실에…….

"여보! 조용히 해요. 부탁이니까."

"시끄러!"

"오해라고요. 이분은……."

"어디에서 굴러온 말뼈다귀인지는 상관없어! 이런 짓을 했을 때는 그만한 각오도 되어 있겠지?"

오카다는 당황해서 말했다.

"잠깐만요! 저는 단지 길을 물으러 왔을 뿐이라구요."

"길을 물으러, 라고? 좀 더 그럴 듯한 변명을 대는 게 어때!"

자신에게 좋은 상황이라고 할 수는 없었지만 오카다는 남자의 말이 납득이 갔다. 믿어 주지 않는 것도 무리는 아니다.

"하지만 말……."

"이 새끼! 뻔뻔스럽게 이제 와서 태도를 바꿀 셈인가?"

"아니, 그런……."

분노로 미칠 지경이 된 남편은 쿵쾅거리며 방을 왔다 갔다 하다가 장식장을 열고 그 안에서 야구방망이를 꺼냈다. 오카다는 현관 쪽으로 뛰쳐나갔다.

"도망치지 마! 내가 묵사발을 만들어 줄 테니까!"

오카다는 구두를 신는 둥 마는 둥 밖으로 뛰쳐나왔다. 엘리베이터를 향해 달렸지만 운 나쁘게도 1층에 멈춰 있었다. 돌아보니 남편이 험악한 모습으로 야구방망이를 휘두르며 달려오고 있었다. 그는 정색을 하고는 계단을 뛰어내리기 시작했다. 남자가 쫓아오는지 돌아볼 여유는 없었지만 쫓아오는 발소리가 들렸다.

"제기랄!"

어찌 되었건 8층에서 뛰어 내려가야 하는 것이다. 간신히 1층에 닿았을 때는 숨이 끊어질 지경이었다. 그러나 추적자는 포기할 기색을 보이지 않았다. 어쩔 수 없이 오카다는 밖으로 달렸다. 지금쯤 그 바람난 부인은 침실의 애인을 서둘러 깨우면서 "빨리 도망쳐요!"라고 말하고 있을 것이 분명하다. 무슨 이런 경우가 있나. 이보다 더 나쁜 상황이란 게 있을까.

건물들 사이를 빠져나와 가로수 사이를 벗어나서도 한참을 달린 후에야 발을 멈췄다. 더 이상 쫓아오는 것 같지는 않았다.

가슴이 터질 것 같았다. 가까운 화단의 가장자리에 주저앉았다. 이렇게 달린 것이 몇 년 만인가. 심장이 폭발할 것 같았고,

땀이 물 흐르듯 쏟아졌다.

결국 약도도 받지 못하고 아무 도움도 얻지 못했다. 아니 거기다가 이렇게 정신없이 달리고 보니 자신이 어디를 향하고 있었는지도 전혀 알 수가 없었다.

잠시 가슴을 진정시키고 나서 엉덩이를 들었다. 그럼 이제 어디로 가야 하는 걸까? 어디라고 할 만한 목적지도 없이 모든 것을 운에 맡길 수밖에 없었다.

조금 걷다 보니 공원이 나왔다. 상당히 넓은 공원으로 연못도 있고, 그 주위로 산책로도 꾸며져 있었다. 오카다는 무작정 공원으로 발을 들여놓았다. 연못 주변을 조금 걷다 보면 뭔가 단서가 될 만한 것이 생각날지도 모른다.

자갈로 된 길을 천천히 걷다 보니 벤치가 있었다. 거기에 앉아서 연못의 수면을 바라보았다. 검은 수면에 가끔씩 바람이 불어 물결이 일면서 작은 주름이 생겼다. 조용했다…….

오카다는 불현듯 뭔가가 생각났다. 지금까지 살던 아파트에서는 작은 소음이 끊이질 않았다. 도로와 가까웠던 탓에 자동차 소리, 사이렌 소리 등이 끊일 새가 없었고 24시간 영업을 하는 찻집에서 들려오는 음악 소리나 사람들의 말소리까지도 낮게 들려왔다.

그런데……. 이곳에서는 아무 소리도 들리지 않는다. 아무리 귀를 기울여 정신을 집중해 봐도 완전한 정적만이 흐를 뿐이었다. 아무도 없는 황야에 홀로 남겨져 있는 기분이었다.

기분이 나빴다. 사람의 말소리, 잡다한 소음, 그 어느 것이라도 좋으니 듣고 싶었다. 그때 갑자기 등 뒤에서 소리가 들려왔다. 오카다는 놀라서 튕겨 오르듯 자리에서 일어섰다.

"여어, 당신도 동지인가요?"

돌아보니 양복 차림의 남자가 친절한 웃음을 지으며 서 있었다.

3

갑작스럽게 말을 걸어와서 놀라기는 했지만 그 사람은 노상강도도 부랑자도 아닌 듯했다. 옷도 제대로 챙겨 입은 남자라서 일단은 안심했다. 나이는 오십 전, 마흔일고여덟 정도일까. 회사의 중간 간부 정도의 이미지였다.

그렇다고는 해도 벌써 새벽 2시나 됐는데 이런 공원에서 무엇을 하고 있는 것일까. '동지인가요' 라는 것은 또 무슨 뜻인가.

"당신은……"

"저는 이타야라고 합니다 바루 저 동에 삼고 있습니다."

상대방은 공원 바로 옆에 세워진 4층짜리 건물을 가리키며 말했다. 그렇다면 나와 같은 미아는 아니라는 얘기다.

"저는 오카다라고 합니다. 혹시 무엇을 하고 계시는 겁니까?"

오카다가 물으니 이타야라는 남자가 대답했다.

"일입니다."

"네에……."

점점 더 모르겠다. 야간 순시를 도는 경비원이라고 하기에는 양복 차림이 안 어울리고 게다가 체격을 봐도 경비를 할 만한 사람으로는 도저히 보이지 않았다.

"당신은?"

이번에는 이타야가 물어왔다. 오카다는 또다시 헤매게 된 사정을 이야기했다.

"……이런, 그렇습니까."

이타야는 유쾌하다는 표정을 지으며 말했다.

"뭐, 생각해 보면 무리도 아니죠. 저도 여기로 이사 온 지 삼 개월째인데 역과 집, 슈퍼마켓에 가는 길 정도밖에는 기억하지 못하니까요. 한밤중에 어딘가 전혀 모르는 곳에 뚝 떨어진다면 헤맬지도 모르지요."

"'○○가오카'라는 곳입니다만……."

"아, 그곳이라면 저쪽 방향입니다. 20분 정도 걸리려나……"

이타야는 턱으로 방향을 가리키며 말했다.

"그렇습니까?"

오카다는 한숨을 쉬었다.

"왠지 사하라 사막 한가운데 혼자 남겨진 기분입니다."

"제가 안내해 드리죠."

"네?"

"그 근처까지 모셔다 드리겠다구요."

"그렇게 해주신다면 정말 감사하겠습니다. ……하지만 괜찮겠습니까?"

"예에, 어차피 세 시까지는 이렇게 어슬렁거려야 하니까요."

"네에?"

알 수 없는 말이다. 하지만 오카다로서는 이 기회를 놓치면 정말 이대로 밖에서 밤을 지새울 수밖에 없을지도 몰랐다. 상대방이 안내해 주겠다는데 거절할 이유가 없었다.

"그럼, 부탁드리겠습니다."

오카다는 고개를 숙였다.

"괜찮습니다. 자, 가시죠."

이타야라는 남자는 기분 좋게 대답했다.

두 사람은 공원을 나와 천천히 걷기 시작했다.

"이타야 씨라고 하셨죠?"

"예에."

"아까 '동지네요' 라고 하셨는데 그건 무슨 뜻입니까?"

"아, 그거요. 아니, 별 뜻은……. 저와 같은 이유로 이 근처를 방황하고 있는 분이 아닐까 싶어서요."

"어떤 이유로? 아까는 일이라고 하셨지 않습니까?"

"네, 사실은……."

이타야는 잠시 말을 잇지 못하고 주저했다. 그때 "여보!" 하는 여자의 목소리가 들려왔다. 돌아보니 마흔 살 정도의 작은 몸집의 여자가 카디건에 치마를 입고 손을 흔들면서 다가왔다.

"……당신, 오늘은 좀 이르네요."

"음, 으응……. 당신 어째서 그런 곳에……."

이타야는 왠지 당황하는 눈치였다.

"쓰레기를 버리러 나왔어요. ……이분은?"

"아아……. 회사의…… 부하 직원인 오카야마 군이야."

오카다는 어이가 없어서 이타야의 얼굴을 쳐다보았다. 이타야의 눈에 뭔가 간절하게 애원하는 듯한 빛이 떠올랐다. 터무니없는 일이었지만 오카다는 천성적으로 사람이 좋아서 차마 거부할 수가 없었다.

"오카야마입니다. 잘 부탁드립니다."

이름까지 잘못 불렀다.

"언제나 바깥분께 신세를 지고 있습니다."

굳이 이런 말까지 할 필요는 없지 않을까 하는 생각이 들었지만…….

"저야말로 제 인사도 안 하고…… 이타야의 아내 되는 사람입니다."

이타야 부인도 정중하게 고개를 숙였다. 이타야가 안심한 듯 말했다.

"오카야마 군도 이 근처에 살아. 잠시 들렀다 가지 않겠냐고 청하는 중이었어."

"그래요. 그럼 한잔 하시고……."

"아, 아닙니다. 당치도 않은 말씀을."

오카다는 당황해서 거절했다.

"사양할 것 없네. 좋은 게 좋은 거 아닌가."

"잠시 들어갔다가 가세요."

두 사람의 청에 더 이상 거절할 수가 없어 승락하고 말았다.

"그럼, 잠시만……."

이타야의 집은 3LDK. 오카다의 2DK와는 비교할 수도 없는 넓이였다. 살림살이도 거의 새것이고 부러울 정도의 생활공간이었다.

"아직 여기를 산 지 삼 개월밖에 안 되지. 새집이라는 게 느껴지지 않나? 살림살이도 전부 새것으로 바꿨지."

묻지도 않은 일을 이타야는 혼자서 잘도 주절댔다.

"이야, 멋지네요."

실내를 둘러보던 오카다의 시선이 검은 광택을 내는 피아노에 고정되었다.

"피아노를 치는 분이 계신가 봐요?"

"딸아이라네. 지금 중학교 1학년이지."

말하는 이타야의 표정이 금세 부드러워졌다.

"이번에 발표회가 있다네. 자네도 괜찮다면 꼭 와서 들어주게나."

"네에, 그거야……."

오카다는 몇 번이나 바보 같은 짓을 하고 있다는 생각이 들었다. 하지만 이타야라는 성실해 보이는 이 남자가 사람을 놀리거나 속일 것처럼은 도저히 보이지 않았다. 필시 무슨 사정이 있어서 이런 바보 같은 연기를 한다는 생각이 들어 일단은 입 다물고 있기로 했다.

부인이 "오카야마 씨"라고 불렀다. 오카다는 남의 이야기를 듣듯이 그 소리를 흘려들었다가, 자기를 부르는 소리라는 것을 깨닫고는 당황해서 "예, 예!" 하며 고개를 들었다.

"일본술을 하시겠어요? 그렇지 않으면 맥주? 위스키도 있지만 얼음이……."

"아, 맥주면 됩니다."

"그래요? 당신은 일본술이죠?"

"응. 냉장고에 있는 거면 돼."

두 사람이 앉아 있는 거실은 부인이 있는 주방과 연결되어 있어서 몰래 이야기를 할 수도 없는 노릇이었다.

어느샌가 오카다 앞에 컵이 놓이고 차가운 맥주가 따라졌다. 마시지 않을 수도 없고 해서 오카다는 내심 한숨을 내쉬면서 컵을 들었다.

"오카야마 씨 댁은 어딘가요?"

부인이 물었다. 그걸 알 수가 없어서 이렇게 고생하고 있는 거라고 말하고 싶었지만, 일단 사실대로 대답했다.

"'○○가오카' 입니다."

"아, 그럼 슈퍼가 있는 쪽이네요."

"네에, 그……."

어설프게 얼버무린 대답이었다.

"언제 이쪽으로?"

오카다는 할 말을 잃고 잠시 아타야 쪽을 바라보았지만 이타야는 술을 마시면서 접시 가득한 안주를 주전거리고 있을 뿐이었다. 뻔한 거짓말을 해서 나중에 들키면 곤란하다. 아니, 그렇게 돼서 곤란한 것은 이타야 쪽이 아닌가. 아까처럼 이상한 오해를 받아서 다시 쫓기는 처지가 되기는 싫다.

"실은 어제 막 이사 왔습니다. 아니, 이제는 어제가 아니라 그제가 되는군요."

"어머 큰일을 치르셨네요. 이삿짐 정리도 아직 마무리 되지 않았겠네요."

"집사람이 하고 있어서."

"하지만 부인만으로는 벅차다고요. 하루 정도 회사를 쉬시고 도와주시는 게 좋을 텐데."

"일이 좀 바빠서요."

"하지만 이런 때 정도는……. 저기 여보, 조금 쉬게 해주면 어때요?"

"여자들은 금방 이렇다고."

이타야가 괴로운 듯한 표정으로 말했다.

"남자는 일이 가장 먼저라고! 집안일은 여자가 분담해야 할 일이고. 집안일 때문에 일을 내팽개친다거나 하는 녀석한테 출세란 있을 수 없어!"

힐끗 보니 이타야의 잔이 벌써 비어 있었다.

"하지만 이사는 매일같이 하는 청소나 빨래랑은 다르다고요!"

"그래서 어쩌라고? 내가 젊었을 때는 형이 죽었어도 일을 쉴 수가 없었다고! 어이, 한 잔 더."

"괜찮아요?"

"당연한 말을!"

이타야는 두 잔째의 술을 한입에 반 정도 털어 넣고는 숨을 내쉬었다.

"……요즘 젊은 놈들은 말이야, 그 뭐야? 부인이 아이를 낳는다고 쉬질 않나……. 자기가 낳는 것도 아닌데 말이야. 아이 유치원 입학식이다, 학예회다, 그런 것들에 다 쉰다고. 정말 세상이 어찌 되어 가는 건지."

"좋잖아요? 젊은 사람들은 그들 나름대로 사는 방법이 있는 거라고요."

"사는 방법이라고? 뭐가 사는 방법이야!"

이타야는 내뱉듯이 말을 쏟아냈다. 눈이 벌겋게 충혈되어 있다. 취하기 시작한 듯했다.

"요즘 젊은 녀석들이 뭘 알아! 우리가 회사를 여기까지 만들기 위해서 얼마나 고생을 했는지. 주 오일 근무는커녕 일요일이나 다른 휴일도 없이 몇 개월이나 쉬지 못하고 일해야 했다고. 그것도 아홉 시에서 다섯 시까지가 아니라고. 아침 여덟 시 전에는 출근하고 일은 한밤중인 두세 시까지 했어. 늦어지면 회사에서 모포를 둘러쓰고 자면서 말야. 그렇게 하지 않으면 경쟁에서 이겨낼 수가 없었어. 먹느냐 먹히느냐의 세계에서 살아남을 수 없었다고. 다섯 명밖에 없는 사무실에서 우리는 그 어떤 거라도 했어. 모두가 중역이었고 모두가 심부름꾼이었어. 필사적으로 죽을힘을 다해서 미친 듯이 일했어. 여름에도 냉방

따위 없이 셔츠 한 장 입고 땀을 줄줄 흘리면서 일했지. 그런 시대가 있었다는 사실을 요즘 젊은 세대들이 알 수 있겠냐고!"

오카다는 슬슬 참기 힘들어졌다. 무슨 의리가 있어서 이런 푸념을 듣고 있지 않으면 안되는 건가? 집으로 안내해 준다기에 따라 들어온 것인데 이 상태로는 도저히 무리일 듯싶었다.

"당신, 오카야마 씨한테 그런 얘기를 해도 소용없어요."

부인이 곤혹스러운 듯 달래며 말했다. 그러나 이타야는 멈추려는 기색이 없었다.

"놈들은 회사를 단지 편하게 월급이나 받으러 다니는 곳으로 생각하고 있다고! 이제…… 회사는 끝장나 버릴 거라고. 녀석들의 생각대로 그냥 두면 회사가……."

오카다는 엉덩이를 들면서 말했다.

"이제 슬슬 실례해야겠습니다. 집사람이 안 자고 기다릴지도 몰라서요……."

이제는 안내 따위는 기대도 하지 않았다. 더 이상 이런 곳에 있고 싶지 않을 뿐이었다.

"어머, 그래요!"

부인은 미안한 듯 자리에서 일어섰다.

"너무 오래 잡고 있었나 보네요. 그럼 부인께서 기다리고 계실 테니까……."

"정말 늦은 시간에 잘 마셨습니다."

일어서는 오카다의 팔을 이타야가 확 잡고는 고함을 쳤다.

"어이, 기다려! 아직 이야기가 안 끝났다고!"

이쯤 되자 오카다도 화가 뻗쳤다.

"그만 좀 하시죠! 생판 모르는 남을 끌어들여서는 도대체 무슨 생각입니까? 저는 당신 부하도 그 무엇도 아니고, '오카야마' 도 아닙니다!"

팽팽한 줄이 끊어진 듯 어색한 침묵이 흘렀다. 이타야는 갑작스레 기운을 잃고 폭삭 늙어 버린 듯 소파에 허리를 묻었다. 오카다는 현관으로 나가 신을 신고는 그대로 밖으로 나갔다.

"저……."

바깥으로 나와 도로를 따라 걸으려는 순간 샌들을 끄는 소리가 오카다의 뒤를 쫓아왔다. 오카다는 한숨을 내쉬며 뒤를 돌아보았다.

"죄송합니다. 당신은 남편의 부하가……."

오카다는 간단하게 사정을 설명했다.

"그랬습니까……."

부인은 머리를 숙이고 사과했다.

"폐를 끼쳤습니다."

"아닙니다. 별 상관없습니다."

오카다는 치밀었던 화도 조금 가라앉고, 약간은 미안한 마음도 들었다.

"그런데 남편 분께서 어째서 그런 행동을 한 것일까요? 게다가 이런 시간에 집에 안 돌아가시고 왜 공원에서……."

부인은 탄식하듯 깊은 숨을 내쉬었다. 몸을 팽팽히 유지시키던 긴장이 갑자기 와장창 소리를 내며 무너져 내리는 느낌이 들어 오카다는 순간 움찔했다.

"남편은……."

부인이 천천히 입을 열었다.

"이전에는 언제나 새벽 세 시 경에 집에 들어오는 게 보통이었어요. 그 정도로 정말 바빴지요. 그런데…… 삼 개월 정도 전인가, 과장 직급에서 자리 이동이 되어 과장 대우라는 한직으로 쫓겨나 버렸습니다."

"그러니까…… 젊은이들에게 자리를 뺏기고 뒷자리로 물러났다는……."

"예, 그래요. 남편은 아까 자기 입으로 한 얘기처럼 회사의 창립 멤버로 지금 사장님과 처음부터 함께해 왔습니다만, 그게…… 아까 보신 것같이 성실만으로 살아온 융통성이 없는 성격이다 보니까 밑에 있는 젊은 사람들과 자주 부딪쳐서……."

"그렇군요. 그래서 저런 푸념을……."

"그것만이 아니에요."

부인은 담담하게 말을 이어갔다.

"이 아파트를 분양 받아서 사기 위해 남편은 회사에서 융자를 받았어요. 그게 일반 사원들에게 빌려 주는 한도를 훨씬 넘었고, 게다가 이자도 싼 것이었어요. 창립 멤버로서 지금까지 회사에 공로가 컸기 때문에 사장님의 특별한 허가가 있었던 거지요. 그런데 그게 젊은 사원들에게 알려져서 문제가 되어 버렸습니다. 집 문제를 안고 있는 것은 그 누구나 마찬가지인데 한 사람만 특례를 만드는 일은 있을 수 없다는 것이었습니다.

그게 조합에서도 문제가 되고 이에 발끈한 남편이 조합원을 폭행 해서……. 그게 결국은 남편이 과장을 그만두게 된 직접적인 원인이 되었던 거죠."

"그렇군요. 술을 안 마시려야 안 마실 수 없겠네요."

"거기에다 한도 이상으로 빌린 금액을 그만큼 갚지 않으면 안 되게 되었습니다."

"어쩌다가 그렇게……. 일이 참……."

"남편은 그런 사정을 저한테 단 한 마디도 얘기해 주지 않았어요. 사장님 사모님께서 사과하러 오셔서 처음 알게 되었죠. 결국 남편은 지금도 제가 아무것도 모르고 있는 것으로 알고 있습니다. 그래서 사실은 집에 빨리 돌아와도 될 것을 이전에 하던 것처럼 새벽 세 시 경에 돌아오고 있는 겁니다."

"그런 사정이 있었군요."

오카다는 공원에서 이타야가 '일'을 하고 있다고 말한 의미가 그제야 이해가 되었다.

"빚을 갚는 것도 큰일이겠네요."

"퇴직금의 일부를 미리 받아서 일단은 갚았습니다만 아직 대출받은 금액도 그냥 그대로 남아 있고, 집을 옮기면서 샀던 가구들의 대금이……. 이래저래 수입도 상당히 줄었으니까요."

"저런, 그걸 어쩌지요."

"저도 일을 시작할까 하고 있습니다. 그리고 딸이 치던 피아노도 그만두게 하고 피아노를 팔 생각입니다. 이 집도, 언제까지 살 수 있을지……. 지금 상황에서는 도저히 갚을 능력이 없을 것 같아서요. 저는 좁은 아파트라도 전혀 상관이 없지만."

이타야의 기분은 어떨까. 오카다는 문득 그런 생각이 들었다. 실제로 술을 마시지 않으면 도저히 견딜 수 없을 것이다.

몇 번이나 사과를 한 후에야 부인은 되돌아갔다. 그리고 오카다는 좀 전에 이타야가 턱으로 가리키던 방향으로 조금씩 걸어갔다. 그 부인에게 길을 물어본다는 것은 그 상황에서 도저히 불가능한 일이었다.

2시 40분이 지나고 있었다.

"언제쯤 집에 돌아갈 수 있을까……."

졸리지는 않았지만 심각할 정도로 피곤이 몰려왔다. 10분 정도 걸었을 때, 사이렌이 단지 깊숙이까지 요란한 소리를 울리며 이쪽으로 다가오는 게 들렸다. 무슨 일일까 생각하고 있자니 구급차가 한 대가 정적을 찢으며 옆길을 달려갔다. 지금 오카다가 걸어왔던 길을 되짚어가고 있는 것이었다.

아무 생각 없이 눈으로 그 뒤를 좇던 오카다는 순간 발을 멈췄다.

"설마……."

오카다는 잠시 망설이다가 뒤를 돌아 이타야의 아파트 쪽으로 달렸다.

4

오카다는 구급차를 발견하고 안도의 한숨을 내쉬었다. 이타야의 집 건물 앞이 아니었다. 생각해 보면 이렇게 많은 세대가 살고 있는 거대한 단지였다. 하루에 한두 명 정도 구급차에 실려 가는 사람이 있다고 해서 이상한 일은 아니다.

"아니, 그런데……."

그쪽으로 다가가면서 어딘지 모르게 그 건물이 낯익다는 것을 깨달았다. 비슷비슷한 건물들이 워낙 많다 보니 확실하지는 않았지만 아무리 봐도 아까 야구방망이를 들고 쫓아왔던 그 무로즈라는 남자가 사는 건물 같다는 생각이 들었다.

아무리 늦은 시간이라도 사람들은 구급차가 어쩐 일로 요란한 소리를 내며 왔는지 궁금한 모양이었다. 가운을 걸친 부인들 몇 명이 건물의 출입구 부근에 얼굴을 내밀고는 팔짱을 끼고 수군거리고 있었다.

오카다는 긴장했다.

또 다른 사이렌 소리가 들려오고 경찰차가 온 것이다. 구급차라면 응급 환자나 급하게 산기를 느낀 부인이 있다든가 하는 일일 수 있지만 경찰차까지 온 것을 보면 그렇게 태평하게 이야기할 일은 아닌 듯했다.

그렇다고 해서 그게 자기와 관계가 있는 일은 아니었지만, 왠지 모르게 가슴이 뛰는 것은 어쩔 수 없었다. 오카다는 신경이 쓰여 그 자리에서 그대로 멈춰 서 있을 수밖에 없었다. 경찰차에서 내린 경관 몇 명이 건물 안으로 뛰어 들어갔다. 역시 무슨 사건이라도 일어난 모양이다.

"……정말이야."

드문드문 서로 동의하는 듯한 말을 주고받는 주부들 쪽으로 걸어간 오카다는 그들에게 말을 걸었다.

"저기……."

순간 의혹에 찬 눈초리가 집중되어 오카다는 몸이 쪼그라드는 듯했다.

"저, 무, 무슨 일이 있습니까?"

어느 정도 연배가 있어 보이는 주부가 말했다.

"동반자살이야."

"동반자살?"

"남편이 바람피운 부인을 찌르고 자기도 죽었다고."

역시, 그 무로즈라는 남자의 집인 모양이다. 그러자 다른 주부가 말했다.

"어머, 부인만 죽었다고 하던데? 남편은 그렇게 큰 상처를 입지 않았다고 했는데."

"아니야, 그럴 리가 없다고."

맨 처음의 주부가 다시 주장한다.

"조금이라도 숨이 붙어 있으면 바로 구급차가 와서 병원으로 데려갔을 거라고. 양쪽 다 죽은 게 분명하다니까."

거기에 또 다른 주부가 끼어들었다.

"어머, 내가 들은 이야기로는 부인 쪽은 괜찮은 모양이지만 남편 쪽이 불가능하다고 하던데."

도대체 누구의 이야기가 사실인지 알 수가 없었다. 그런데 이런 이야기들을 주고받고 있는 이들도 동정이나 걱정 때문에라기보다는 완전히 이 사건을 즐기고 있을 뿐이라는 느낌이 들었다. 그중 한 사람이 문득 생각난 듯 말했다.

"티브이 뉴스에서도 해 줄까?

"글쎄, 카메라맨도 아무도 안 왔잖아."

"그건 그렇네……."

그 부인은 실망한 듯이 말하더니 다시 얼굴을 확 들고는 눈을 반짝이며 말을 이었다.

"하지만, 저기 있잖아! '한낮의 와이드 프로' 라든가, '애프터눈 쇼' 라든가. 그런 데에서 '사건재현' 같은 걸 하잖아! 그런 데에 이런 테마가 자주 등장한다고."

"그래, 맞아! 그런 프로에서는 이런 종류의 이야기를 좋아하지. 방송국 사람들이 와서 물어볼지도 모르는데. 뭐라고 말해야 하지?"

"부인 쪽은 화려한 걸 좋아하고, 남자가 있다는 사실도 공공연한 비밀이었다고 할까?"

"그런데 그런 사실은 알지만 어떤 남자랑 바람을 피우는지는 잘 모르잖아."

"그건 그렇네. 아까워라."

오카다는 질려 버렸다. 완전히 방송국에서 올 것을 전제로 이야기를 진행시키고 있었다. 이것이 이웃사랑이라는 것인가…….

엘리베이터가 내려왔고 들것이 실려 나왔다. 일동이 일제히 목을 빼고 그 모습을 지켜봤다.

"역시……."

역시 그렇게 된 것이다. 그 무로즈라는 남자의 부인이다.

"괜찮습니다. 구할 수 있습니다!"

구급차에 들것을 실으면서 백의를 입은 담당자가 주위를 둘러싼 이들을 향해 안심하라는 듯이 말했다.

"어머, 그거 정말 다행이네요! 남편 쪽은?"

"예에, 상처가 그다지 크지 않습니다. 그저 정신적인 쇼크로."

"그렇겠네요. 체포되나요?"

"글쎄요. 그건 잘 모르겠는데……."

구급대원에게 그런 걸 물어도 알 리가 없다. 어쨌든 동반자살이라고 해도 두 사람 다 생명에는 지장이 없다는 사실이 알려지자 수군거리던 주부들도 약간 기운이 빠진 기색이었다. 방송 출연 찬스를 놓쳐 버린 걸 안타까워하고 있는 게 여실히 보였다.

오카다는 불현듯 유미라는 그 집 딸아이가 생각이 났다. '그 아이는 지금 어떻게 하고 있을까.'

몇 사람이 새롭게 가세하여 한층 더 시끌벅적해진 심야의 동네 회합을 뒤로 하고 오카다는 걸음을 옮겼다. 손목시계를 보니 3시 20분이었다. 정말 밤을 그대로 새우게 될 것 같았다. 어차피 여기까지 와 버렸다. 이제 더 이상 망설일 수도 없다. 마음을 정하고 어딘가 가까운 공원 벤치에서라도 한숨 자야겠다고 생각했다.

피로가 슬슬 졸음이 되어 몰려왔다. 조금 걷다 보니 딱 좋은 장소가 있었다. 작은 놀이터의 한 구석에 사각으로 된 정자가 있었다. 안을 들여다보니 벤치가 놓여 있었고, 분위기만은 전철역과 비슷했다.

"여기에서라면 잠잘 수 있겠어."

오카다는 나무로 만들어진 의자에 앉아 넥타이를 풀었다. 구두를 벗어 한편에 모아 두고 몸을 뉘였다. 편한 잠자리라고 말할 수는 없지만 지금 상황에서는 다리를 뻗을 곳만 있어도 황송할 정도였다.

예전에 벤치에서 잘 때는 언제나 잔뜩 취해서 쉽게 잠들 수 있었지만 이번 경우는 다르다. 아까 마신 맥주 정도로 취할 리도 없었다. 눕기는 했지만 좀처럼 잠이 오지 않았다. 오카다는 한숨을 내쉬며 눈을 떴다.

눈앞에 유미라는 아까 그 집 딸아이가 서 있었다. 순간적으로 꿈이 아닌가 생각했다. 하지만 두 볼을 꼬집어 봐도 현실임이 틀림없었다. 잠옷에 샌들을 신은 그 모습이 아까와 변함없는 그 아이였다.

"아가, 뭐 하고 있는 거니?"

"아저씨는?"

"자고 있었지."

"왜 집에서 자지 않아?"

"응, 그게……. 집이 좀 멀어서. 너무 피곤해서 여기에서 좀 눈을 붙일까 하고 생각한 거지."

"그런 데서 자면 안돼."

유미는 오카다를 노려보았다.

"감기 걸려."

"응……. 그래, 그건 그렇네."

오카다는 쓴웃음을 지었다.

"근데 너는 여기서 뭐 하는 거지?"

"싫어서."

"뭐가?"

"아빠하고 엄마하고. 언제나 싸운단 말이야."

"혼자서 나온 거야?"

유미라는 아이는 고개를 끄덕였다. 그럼 이제 어떻게 해야 하나. 잠시 생각에 잠겼다. 엄마는 구급차에 실려 갔고, 아빠는 경찰서에 연행되어 갔을지도 모른다.

그러나 아무리 그렇다고 해도 아이가 없어졌다는 사실은 주변 사람들도 금방 알아차릴 것이다. 최종적으로는 누군가 친척에게 맡긴다고 해도 일단은 아침이 될 때까지는 어딘가 이웃집에서 돌봐 주지 않으면 안될 것이다. 오카다는 유미의 손을 잡았다.

"아가야, 잘 들어. 아빠하고 엄마가 아무리 싸운다고 해도 너한테는 아빠고 엄마야. 지금쯤 아마 네가 없어진 걸 알고 걱정하며 찾고 있을 거야. 자, 돌아가자. 아저씨가 같이 가 줄게. 좋지?"

아이는 이내 샐쭉해져서 "그래도…… 싫은데……"라고 툴툴거렸지만 오카다에게 손을 맡긴 채 조용히 걷기 시작했다.

"아빠하고 엄마가 싸워서 깨어난 거야?"

"응."

"아빠가, 엄마를 못살게 했어."

"그래……."

부부싸움이라고 해도 보통 울어 버리는 것은 아내 쪽이다. 아이 눈에 아빠가 엄마를 울리는 것으로 비치는 것은 당연할 것이다.

"엄마는 여자잖아. 여자를 못살게 하면 안되는 거잖아."

"그렇지."

유미는 빙긋 웃음을 지었다.

"그래서, 유미가 아빠를 물리쳤어."

"물리쳤어?"

"응! 칼로!"

오카다는 저도 모르게 발을 멈추고 아이의 얼굴을 물끄러미 응시했다.

"칼…… 이라고?"

"크은 거. 당근 자를 때 쓰는 거."

부엌칼을 말하는 모양이다. 그건 그렇고 정말 이 아이가 부엌칼로……. 가로등 불빛 아래 선 채로 오카다는 가만히 아이를 바라보았다. 잠옷의 빨간 무늬에 섞여 눈치채지 못했었지만 자세히 보니 핏자국인 듯한 붉은 자국이 점점이 박혀 있었다. 부드럽고 작은 손을 잡아채서 보니 손가락에도 약간 피 같은 것이 묻어 있었다…….

갑자기 등줄기로 서늘한 기운이 스쳐 지나가는 것이 느껴졌다.

"유미는 말이지, 이거 봐. 손도 깨끗이 씻었어."

유미는 자기 손을 바라보며 약간 불편한 듯한 얼굴을 했다.

"근데 비누로 하지 않으면 안 닦여."

그 건물 앞에 아직도 경찰차가 서 있었다. 경관 한 명이 엉거주춤 지키고 있었다.

"죄송합니다."

오카다가 말을 거니 경관이 호감 가는 얼굴로 말했다.

"무슨 일이십니까?"

"저, 이 아이가 혼자서 걸어다니고 있어서…… "

"이런, 길 잃은 아이입니까?"

"아니요. 이 건물에 사는 아이입니다. 팔백십 호요."

"그렇습니까."

경관은 잠시 생각하다 난처한 듯 말했다.

"죄송합니다만, 저는 지금 여기를 떠날 수가 없습니다. 미안합니다만 아이를 좀 데려다 주시지 않겠습니까?"

이렇게 부탁해 오는데 거절하지 못하는 것이 또한 오카다의 사람 좋은 성격이었다. 어쩔 수 없이 유미라는 아이의 손을 끌고 엘리베이터에 탔다. 또다시 그 남편에게 쫓겨 다니는 일이 생기는 것은 아닐지…….

810호의 벨을 누르니 경관이 얼굴을 내밀었다.

"기자인가요?"

"아니요. 이 집 아이가 밖에 있어서."

"저런, 그랬습니까."

"무로즈 씨! 아이를 찾았습니다!"

경관이 안을 향해 소리치자 잠시 틈도 두지 않고 아이의 아빠가 뛰쳐나왔다.

"유미! 유미!"

그는 아이를 끌어안았다.

오카다는 되도록 빨리 현관을 나서려고 했지만, 아이의 아빠에게 팔을 붙잡혔다.

"잠시만요! 정말 감사드립니다! ……아니, 당신은……."

그는 오카다의 얼굴을 보고 눈을 동그랗게 떴다. 오카다는 당황해서 좀 전의 상황을 빠른 말로 설명했다. 또다시 영문도 모르고 맞을 수는 없는 일이었다.

"……그랬습니까."

무로즈는 머리를 긁적거리며 말했다.

"정말 죄송합니다. 제가 성격이 급하다 보니……."

"아니요. 아까 상황에서라면 누구라도 그렇게 생각했을 겁니다."

"아니요. 집안의 수치를 그대로 보여드린 것 같아서……."

"그것보다 상처는 좀 어떻습니까?"

"예, 일이 참 생각도 못한 방향으로 벌어져서……. 찌를 생각까지는 없었습니다. 저도 모르게 울컥해서, 정신이 들었을 때는……."

"무로즈 씨."

오카다는 그의 말을 막았다.

"아이에게서 들었습니다. 찌른 것은 당신이 아니죠?"

무로즈의 얼굴이 창백하게 변하면서 등 뒤로 시선을 돌렸다가 이내 깊은 한숨을 내쉬었다. 그리고는 목소리를 죽여서 말했다.

"사실 당신과 소동을 벌인 뒤 저희는 이야기를 나눠서 일을 잘 해결했습니다. 아내도 두 번 다시 바람피우지 않겠다고 사과를 했구요……. 그렇게 화해하고 오랜만에 부부 사이의 관계를 갖게 된 것이…… 그때 유미가 일어나서 방으로 온 겁니다."

무로즈는 무겁게 웃음을 지었다.

"아무래도 그런 걸 할 때 아이눈에는 아빠가 엄마를 괴롭히는 것처럼 보이기 마련이라서요. 아차 하는 순간에 유미가 부엌칼을 들고……. 말리려고 한 아내의 옆구리를 칼로 찌른 것입니다. 놀라서 칼을 뺏으려다가 잘못해서 저도 손에 상처를 입었고요. 어쨌든 일일구에 전화를 했습니다만 아내가 유미가 한 일을 알려서는 안 된다고 저에게 부탁했습니다. 나중에 유미가 어떤 상처를 받을지 모른다고……. 그래서 제가 울컥해서 찌른 것으로 하기로 했습니다."

무로즈는 가만히 오카다를 응시했다.

"부탁합니다. 저 아이를 위해서, 당신도 저 아이한테 들은 이야기는 모두 잊어 주시지 않겠습니까?"

"하지만 그건……."

오카다는 뭔가 말하려다가 멈췄다.

"그렇네요. ……이건 당신 집안 문제니까요. 그건 상관없습니다. 단지 저로서는 사실은 사실이니까 확실히 하는 편이 좋다고 생각합니다만, 그 일에 대해서는 아무 말도 하지 않겠습니다. 약속합니다."

"감사합니다. 뭐라고 감사를 드려야 할지……."

오카다는 쓴웃음을 지었다.

"'○○가오카' 사 동이든지 오 동이든지, 그 주변이 어딘지만 가르쳐 주시겠습니까?"

무로즈의 얼굴에 미소가 돌아왔다.

"그럼요. 잠시 기다려 주세요. 제가 알아봐 드리겠습니다."

"아마 이 근처인 것 같은데요."

경찰차를 운전하며 경관이 말했다.

"가장 최근에 입주한 동이라고 하셨죠?"

"네, 그렇습니다."

"그러면 저 십일 층 건물이거나, 그게 아니면 저 앞의 오 층 건물입니다."

"오 층 건물입니다!"

오카다는 갑자기 흥분해서 말했다.

"어딘지 알겠습니다."

경관은 미소를 지으며 차를 앞으로 몰았다.

"아, 여기다! 여기예요, 감사합니다!"

명확하게 기억이 되돌아와서 틀림없는 자기 집이 보이자 오카다는 환성을 질렀다.

"그럼 여기에서 실례하겠습니다. 정말 수고하셨습니다."

"감사합니다."

오카다는 몇 번이나 고개를 숙여 경찰차를 배웅하고 아파트로 들어가려고 했다.

"여보!"

아내 미치코가 계단을 뛰어내려 왔다.

"여보, 다녀왔어!"

"다녀왔어라고 할 때야? 어떻게 된 거야? 경찰차에서 내리는 걸 보고 놀라서……."

"특별히 나쁜 짓을 한 건 아니야."

오카다는 웃으면서 말했다.

"길을 잃어버려서."

미치코는 설마하는 표정으로 남편을 보다가는 이내 소리를 내어 웃기 시작했다.

"당신 아직 깨어 있었던 거야?"

오카다는 아직 티셔츠에 바지 차림인 미치코에게 말했다.

"아직도 이삿짐 정리가 안 끝났는걸."

미치코는 미소를 지으며 말했다.

"벌써 네 시가 되어 가. 빨리 안 자면 내일이 큰일이잖아."

오카다는 문득 야구방망이를 들고 자신을 쫓던 무로즈의 어리석은 모습, 아내 앞에서 열심히 연기를 하던 이타야의 모습이 떠올랐다. 그리고 그 유미의 피 묻은 잠옷 차림까지…….

뭔가가 잘못됐다. 그게 무엇이었는지 그들 자신은 잘 몰랐던 것이다. 오카다는 자신이 방망이를 들고 아내의 애인을 뒤쫓아 다니거나, 시간을 죽이기 위해 공원을 어슬렁거리는 모습을 상상해 보고는 움찔했다. 전혀 위화감을 느낄 수 없었기 때문이었다.

"괜찮아. 천천히 샤워하고……. 이제 욕실에 들어갈 수 있는 거지?"

"으응."

"뭔가 먹고 싶어. 배고파."

"질렸다니깐. 잘 시간이 없어져."

"괜찮다니깐. 내일은 쉴 거니까. 그럼 집에 갈까."

어안이 벙벙해 멍하니 있는 미치코의 어깨를 감싸고 계단을 올라가면서 오카다는 중얼거렸다.

"도보 15분! ……이었던가?"

벌써 새벽녘이 되어 간다.

해설

역자 후기

영화처럼 읽히는 유쾌한 소설

곤다 만지(문학평론가)*

아카가와 지로의 『상사가 없는 월요일』은 유머와 페이소스에 미스터리의 맛을 슬쩍 가미한 도회적인 감각이 넘치는 샐러리맨 소설집이다.

'경박단소(輕薄短小)' 라는 말이 있다. 현대의 히트 상품의 특징을 요약한 말로—니케이(日經)에서 같은 제목의 책도 나와 있다—가볍고 얇으며 짧고 작은 상품이 잘 팔린다는 뜻이다. 그러고 보면 스테레오도 소형, 경량화 되어 가고 있고, 이러한 경향은 텔레비전이나 라디오, 테이프레코더에도 널리 퍼지고

* 도쿄 출생. 도쿄외국어대학 프랑스어학과 졸업. 1960년 「감상의 효용—레이몬드 챈들러론」으로 보석평론상 입선, 1976년 『일본탐정작가론』으로 일본추리작가협회상, 2001년 신보 히로히사와 공동 감수한 『일본미스터리 사전』으로 제1회 본격미스터리 대상을 수상. 저서로는 『현대추리소설론』『일본탐정작가론』『신조 일본문학앨범—마츠모토 세이조』『해외미스터리 사전』 등이 있다. 현재 일본미스터리 문학자료관의 관장이며, 전수대학 교수를 역임했다.

있다. 코트는 얄팍한 것이 유행하고, 차도 대형차보다는 중, 소형차로 인기가 몰리고 있으며, 최근에 나오기 시작한 잡지들은 그 어떤 것을 봐도 판형이 작고 얇다.

「유령열차」, 「미케 고양이 홈즈의 추리」 등 독특한 유머 미스터리로 인기를 독차지하고 있는 아카가와 지로의 소설도 이러한 의미에서 볼 때 현대적이라고 말할 수 있을지도 모른다. 중후하고 심각한 것보다 경쾌하여 읽기 쉬운 것, 난해한 사상이나 철학보다도 단편적인 카탈로그 정보를 좋아하는 현대의 젊은 세대에게 적절한 내용이라고 할 수 있다.

그 무엇보다 먼저 전체 짜임이 유머스러워서 즐겁고 읽기도 쉽다. 문장 역시 짧고 간결해서 경쾌하다. 『상사가 없는 월요일』의 새로움은 그런 신선한 감각으로 쓰인 샐러리맨 소설이라는 데에 있다.

시로야마 사부로의 『매일이 일요일』을 필두로 시미즈 잇코의 『수도권은행』이나 사키무라 간의 『좌천』 등 현대 기업을 배경으로 하는 소설에 등장하는 국제무역전쟁에서 맹렬히 싸우는 무역맨이나 도시은행과 대결하는 지방은행 간부 등 엘리트 샐러리맨의 초상은 결코 밝다고 하기 어렵다. 고도 성장의 장밋빛 시대가 끝나고 앞이 보이지 않는 저성장 시대에 들어선 현재 상황은 어쩌면 어둠이 넘치고 있다고 말할 수 있을지도 모른다.

이 점에서 『상사가 없는 월요일』에 수록된 다섯 개의 단편에 등장하는 샐러리맨에게는 그 어디에도 그런 어두운 그림자나 심각한 면이 보이지 않는다.

그 이유는 그들 대부분이 그다지 입신출세에 욕심을 내지 않는 평범한 샐러리맨이라는 점에 있다. 최근 신입사원들의 의식조사에 의하면 맹렬하게 일해서 출세를 꿈꾸는 이들보다 적당히 일하면서 가정을 중시하고 취미를 즐기며 살아가려는 사람이 많다고 한다.

소위 말하는 열혈 사원이라는 것은 극히 일부의 엘리트에게만 통용되는 단어이고 보통의 샐러리맨들은 대중교통 파업으로 회사에 출근할 수 없게 되면 내심 기뻐한다는 것이 사실일 것이다.

그런 샐러리맨의 본심이 표제작 「상사가 없는 월요일」에 잘 드러나 있다.

M문구라는 중소기업에 사장, 과장 등 관리직 대부분이 월요일에 출근하지 않고 쉬는 이상 사태가 발생한다. 평사원들은 '최고의 월요일' 이라며 그날 하루는 여유롭게 보낼 수 있다는 생각에 하늘을 나는 듯한 기분으로 기뻐하지만, 미처 생각지도 못했던 일들이 연이어 일어나면서 더 이상 그 상황을 즐길 수만은 없게 된다는 얄궂은 설정이다.

이 작품을 읽고 느낀 점은 아카가와 지로의 유머는 『스카이잭』으로 알려진 토니 켄릭의 맛과 비슷하다는 것이다.

국외에서라면 크레이그 라이스, A. A 훼아, 조이스 포터 등 많은 유머 미스터리 작가들이 있지만 일본 국내에서는 무거운 유머로 알려진 덴도 마코토, 그리고 아카가와 지로 정도밖에는 떠오르지 않는다.

하지만 『대유괴』나 『착한 사람들의 밤』 등에서 미숙한 젊은 세대들에게 연장자들이 가진 풍부한 인생 경험을 자랑하려는 듯 보이는 텐도 마코토와 대조적으로 아카가와 지로는 미숙한 젊은이들의 단순함을 비꼬고는 있지만 그 시선만은 따뜻하다.

이러한 경향은 「꽃다발이 없는 송별회」에서도 찾아볼 수 있다. 일주일 동안 편안한 일정의 출장을 즐기고 기분 좋게 회사에 출근해 보니 자신의 자리가 없어졌다는 미스터리가 섞인 도입 부분이 재미있다. 작가는 「상사가 없는 월요일」에서 '상사가 출근하지 않은 월요일을 즐기려는 샐러리맨들'에게 공감하고 있는 것과 마찬가지로 이 작품에서도 출근하지 않고 우아하게 출장을 즐기고 온 주인공에게 공감하고 있다.

이런 점이 현대의 기업소설이나 겐지 게타의 『삼등 중역』 등 이른바 샐러리맨 소설들과 구별되는 부분이라고 할 수 있다.

「금주를 결심한 날」과 「보이지 않는 손의 살인」도 재미있지만 내가 가장 흥미로웠던 것은 「도보 15분」이다. 새로운 아파트 단지에 이사한 주인공이 한밤중에 단지 안을 헤매면서 엉뚱한 사건들에 휘말리며 하룻밤을 보낸다는 내용의 이 작품은, 그야말로 영화로도 만들어질 법한 스토리로 '어느 날 밤에 일어난 일'을 신선하게 그려내고 있다.

1948년 2월, 후쿠오카에서 태어난 아카가와 지로는 도호고등학교를 졸업한 후, 일본기계학회에서 10년 정도 샐러리맨 생활을 한다. 그때의 경험은 같은 샐러리맨 출신 작가 중에서도 모리무라 세이이치가 호텔맨으로서 체험한 세계와는 상당히 달랐을 것이다. 이러한 차이가 모리무라 세이이치의 『단위의 정열』 등 일련의 진지한 샐러리맨 소설과는 대조적인 작품을 만들어 낸 것이다.

모리무라 세이이치는 대단위 아파트 단지에서 산 작가로 이름이 높지만 아카가와 지로 역시 그중 한 사람으로 「도보 15분」에는 단지 생활의 체험이 잘 드러나 있다. 이러한 체험은 최근작 「홈타운 사건부」에도 잘 나타난다.

『상사가 없는 월요일』에 수록된 다섯 개의 단편에 공통적으로 보이는 것은 영화적인 수법이 교묘하게 구사되어 있다는 점이다.

초등학교 때는 만화에 열중하고 중학교 때부터 미스터리로 전향한 아카가와 지로는 회사에 다니던 시절 초반에는 일반 소설을 썼지만 얼마 지나지 않아 영화 쪽으로 관심이 바뀌어 한때는 시나리오도 썼다고 한다. 유머스러운 자질을 살린 경쾌한 스토리 전개는 그 영화적 체험에서 얻은 무기라고 할 수 있다.

어쨌든, 『상사가 없는 월요일』은 아카가와의 여러 작가적 가능성을 보여주는, 그야말로 유쾌한 유머 · 샐러리맨 소설집이다.

샐러리맨의 인생도 미스터리*

에가미 고(작가, 은행가)**

『상사가 없는 월요일』을 읽고 이 단편집 초판이 28년 전인 1980년에 발간되었다는 사실을 들으면 누가 그 말을 믿을 수 있을까. 전혀 감각이 떨어지지 않는다. 현재를 살아가고 있는 샐러리맨의 모습이 그대로 그려져 있다. 어리석고 한심한 것도 그대로다. 그렇다면 샐러리맨은 30년간 전혀 진보하지 않았다는 것인가. 아니 그렇지 않다. 경기순환과 마찬가지로 좋

* 이 글은 일본 문예춘추에서 2008년도에 펴낸 『상사가 없는 월요일』 개정판에 실린 해설이다.

** 1954년, 일본 효고현 출생으로 본명은 고하타 하루키. 와세다대학 정치학과 졸업. 1977년부터 2003년까지 구 제일권업은행(현 미즈호은행)에서 근무. 1997년 제일권업은행 불법대출 금융사건이 터졌을 때, 홍보부 차장으로서 젊은 사원들과 함께 혼란을 수습. 일본 경제소설의 제왕 다카스키 료가 쓴 『금융부식열도』와 이 소설을 원작으로 한 영화 〈쥬바쿠〉의 주인공 모델이다. 2002년, 『비정은행』을 발표하며 작가로 데뷔. 저서로 『기사회생』 『부식의 왕국』 『사장실격』 외 다수가 있으며, 현재 일본진흥은행 이사 겸 대표집행위원장을 맡고 있다.

은 때가 있기는 했지만 그것이 돌고 돌아 결국 다시 제자리로 돌아오게 된 것이다. 이렇게 말은 해도 소설에 등장하는 샐러리맨들이 현재의 샐러리맨보다 좌충우돌하거나 안절부절못하거나는 좀 덜한 같다. 다른 사람을 배려하는 따뜻한 분위기가 흐르기 때문이다. 이것이 아카가와 지로의 필력 덕분인지 아니면 시대가 다르기 때문인지는…….

「상사가 없는 월요일」에 등장하는 주요 인물들은 엘리트가 아니다. 평범한 일상을 살아가지만 어딘지 미워할 수 없는 이들이다. 특히 이 소설에서는 '월요일' 이라는 설정이 좋다. '블루 먼데이' 라는 말을 많이들 하는데, 직장인들에게는 세상에서 사라져 주었으면 하는 제1순위가 월요일이다. 그런데 월요일에 직장 상사 가운데 아무도 출근하지 않다니, 그야말로 천국이 따로 없다!

하지만 이날따라 문제가 발생하고 이런저런 일들이 벌어진다. 호색한인 사장과 불륜을 저지르는 여사원, 트러블 메이커, 노동 빈민까지 등장하는 이 작품은 어떤 의미로 보면 패닉소설이다. 다른 때라면 별다른 역할을 못하는 샐러리맨들이 상사의 부재로 인해 발등에 떨어진 불을 끄듯 어떤 식으로든 문제를 해결할 수밖에 없는 상황이 전개되며 이야기는 의외의 방향으로 흘러간다. 그 과정을 통해 스스로 성장해 가며 확실하게 일을 처리하는 그들의 모습이 무척 흥미롭다.

「금주를 결심한 날」은 출세욕 없는 샐러리맨이 사장으로부터 차기 영업부장을 선택하라는 임무를 받는 이야기다. 거기에 부인의 불륜과 의외의 반전이 기다리고 있다. 사장의 인사권을 쥐게 된 주인공이 그 권력을 이용하여 자신의 이익을 추구하거나 오만해질 것이라고 생각할 수도 있지만, 그는 그렇게 하지 않는다. 부인의 불륜 상대를 찾기 위해 어떻게든 애를 쓰지만 그도 잘 되지 않는다. 결국 주인공은 여러 가지 복잡한 일들을 겪지만 순수하게 회사만을 생각해서 다음 영업부장을 지명한다. 훌륭하다고 생각한다. 그러나 그 모든 것이 부질없이 되고 만다.

「꽃다발이 없는 송별회」의 주인공은 일주일의 출장에서 돌아오자 자신도 모르는 사이 자신의 사직서가 제출되었다는 사실을 알게 된다. 게다가 연인을 빼앗기고, 횡령죄까지 씌워진 채 살해당할 상황에 이른다. 간신히 살아났다고 안도의 숨을 내쉰 순간, 회사는 진짜로 파국에 직면하게 된다. 이 얼마나 결말이 무서운 소설인가. 이런 일은 있을 수 없다고 생각할지도 모른다. 하지만 나는 실제로 '꽃다발이 없는 송별회'로 퇴직한 수많은 샐러리맨들을 알고 있다. 그들은 이 소설의 주인공처럼 상사가 하는 말을 믿었고 충직했다. 그래서 불미스런 일에 휘말리게 되고 그 사건에 책임을 지고 퇴직하게 되는 것이다. 이렇게 되면 주위 사람들도 그를 차갑게 대한다. 말도 걸지 않는다. 하물며 꽃다발은 바랄 수도 없는 것이다. 그들은 조용히 직장에서 사라져 간다.

「보이지 않는 손의 살인」은 불행이 연속하는 슬픈 소설이다. 주인공은 연인의 아버지와 대립하고 있었다. 가벼운 실랑이 끝에 연인의 아버지가 죽고 만다. 그는 연인에게 직접 설명하기 위해 자리를 떴다가 살인범으로 쫓기는 입장이 된다. 그는 결코 나쁜 남자가 아니다. 전형적으로 성실한 샐러리맨이다. 하지만 성실하면 할수록 불행에 휘말리게 되는 모습이 불쌍하다. 마지막까지 연인에게 배신당하지 않은 것만으로 행복했다고 할 수 있을까. 샐러리맨은 어째서 주인공과 같이 그런 불행에 휘말리고 마는 것일까. 위험에 휘말려도 아무 일도 없었던 듯 빠져나오는 사람도 있다. 운이 좋다고 다른 이들은 말한다. 그것뿐일까……. 샐러리맨의 위기 탈출법은 '도망치지 않는 것' 밖에 없다. 이 소설의 주인공처럼 되지 않기 위한 방법은 당신을 찾아오는 어떤 자그마한 위기라도 직시하고 '도망치지 않는 것' 이다. 혼돈의 시대에 샐러리맨이 살아남는 것은 그것밖에 없다.

「도보 15분」은 개인적으로 가장 좋아하는 소설이다. 신도시에 이사한 젊은 샐러리맨. 그런데 한밤중에 집에 돌아가려 하자 자기 집이 어디인지 알 수 없게 된다. 지금처럼 휴대전화가 있는 때가 아니므로 아내에게 연락도 할 수가 없다. 도회의 사막과 같은 아파트 단지 안에서 헤매다 이런저런 인생들을 만난다. 가면을 쓴 부부, 퇴직당한 샐러리맨, 고독한 아이……. 주인공은 자신의 의도가 아닌 타인의 의도대로 움직이게 되고 그들의 가정을 방문한다. 각각의 가정에는 나름의 비밀이 존재한다. 그 비밀 위에서 그들의 가정이 유지되고 있는 것이다. 모래성 위에 지어진 따뜻한 가정이라는 환상이다. 그러한 곳에 난데없이 주인공이 나타나서는 그들의 숨겨진 비밀을 폭로하고 만다. 그는 '무엇인가 잘못 되어 간다' 라는 사실을 깨닫는다. 그리고 간신히 집에 돌아와서는 아내에게 "괜찮아, 내일은 쉴 테니까" 라고 말한다. 그것은 사건의 마지막 순간, 그가 인생을 다시 되돌아볼 용기를 얻었기 때문은 아닐까…….

나는 이 단편집을 읽고 자꾸만 어떤 생각에 잠기게 된다. 내가 쓴 소설이 28년 후에는 낡아서 유행에 뒤쳐지지는 않을까 하는 생각이다. 시사적인 일, 그 당시마다 상징적인 일들을 좇아서 소설을 쓰지 않으면 독자도 편집자도 만족하지 않는다. 하지만 소설이라는 것은 보편적인 인간이 살아가는 모양을 그리는 것이 아닌가. 이 단편집이 낡지 않는 것, 유행에 떨어지지 않는 것은 바로 그러한 보편적인 인생을 그리고 있기 때문이다. 아카가와 지로는 미스터리작가이다. 그래서 인생을 미스터리 속에서 바라보고 있는 것이다. 그렇게 생각하면 인생 그 자체가 언제 어디서나 일어날 수 있는 미스터리이다. 이 단편집은 '인생소설' 이라고 불러도 손색이 없다. 나는 새삼 아카가와 지로에 대한 존경의 마음으로 그의 다른 작품들도 펼쳐 볼까 한다. 보다 깊이 있는 인생을 배우기 위해서…….

| 역자 후기 |

누구도 상상할 수 없는 반전의 쾌감

아카가와 지로는 일본에서는 모르는 사람이 없을 정도로 유명한 추리소설 작가다. 지금도 끊임없이 그의 작품이 드라마화되고 있다. 이 작품집의 번역에 들어가서 틈틈이 책을 펼쳐 들었을 때 주변의 일본 친구들로부터 아카가와 지로에 대한 이야기를 한 마디씩은 듣곤 했다. 누구 하나 그가 누구냐고 묻는 사람은 없었다. 그의 소설을 읽었던 기억, 혹은 얼마 전에 드라마화되었던 이야기가 대부분이었고, 간혹 내게 추리소설을 좋아하냐고, 아카가와 지로의 이름만 보고도 질문을 던지는 이도 있었다. 그러나 일본에서 이렇게 대중적으로 알려진 작가가 한국에서는 추리소설 팬들을 제외하면 그다지 알려져 있지 않다. 이것이 비단 아카가와 지로에게만 한정된 이야기는 아닌 듯하다.

일본의 추리소설은 20세기에 들어서기 전부터 신문의 연재

소설 형식으로 발표되었다. 한국에도 많이 알려져 있는 에도가와 란포가 새로운 추리소설의 장을 여는 획을 긋기는 했지만 그 이전에도 많은 작품들이 끊임없이 발표되어 왔고, 그 전통은 현재에까지도 이어지고 있다. 그 대표적인 예가 텔레비전 드라마라고 할 수 있을 것이다. 일본의 텔레비전 드라마의 주류를 이루는 것이 탐정, 추리, 수사극이다. 그리고 그 원작의 많은 부분을 차지하는 것이 기존 추리소설 작가의 작품들이다. 이러한 배경을 고려한다면 일본의 추리소설이 한국에 많이 소개되어 있지 않다는 것은 조금 안타깝다. 100년 이상 이어지고 있는 일본 추리소설의 전통을 짧은 지식과 지면으로 다 언급하기는 어렵지만 그 전통만큼 훌륭한 작품, 작가가 많다는 사실은 밝혀 두고 싶다.

아카가와 지로가 추리소설 작가로 많이 알려지기는 했으나 실제로 그는 추리소설뿐 아니라 연애소설은 물론 모험소설, 가족애를 다룬 소설이나 인간의 본질을 파헤친 소설까지 폭넓은 장르에 걸쳐 글을 쓰고 있다. 그중 하나가 『상사가 없는 월요일』이다. 나오키상 후보작에 오른 이 단편집 하나만으로도 아카가와 지로가 이야기꾼으로서 가진 저력을 충분히 알 수 있을 것이다. 샐러리맨 생활을 한 경험과, 도쿄 근교에 만들어진 신도시 같은 대규모 아파트 단지에서 생활한 아카가와 지로가 실제 경험을 근거로 쓴 것이 이 단편집이다.

『상사가 없는 월요일』은 제목만 들어도 직장인들은 입가에 웃음이 돌고 긴장했던 신경이 확 풀어지는 기분일 것이다. 상상만으로도 즐거운 그런 꿈 같은 월요일이 온다면 당신은 그런 월요일을 어떻게 보낼 것인가? 표제작 「상사가 없는 월요일」에서 'M문구'의 평사원들도 발밑에 뚝 떨어진 '상사가 없는 월요일'을 어떻게 보낼지 꿈에 부풀어 있다. 사다리를 타서 간식을 사 먹자는 여사원들이 있는가 하면 지각하여 상사에게 잔소리 들을 것에 진저리를 내던 사원은 허겁지겁 달려온 것을 후회한다. 좀 여유 있게 걸어올 것을, 하면서. 운 좋은 그들의 월요일은 그러나 어떤 운 나쁜 남자가 'M문구'라는 이름을 전화번호부에서 생각 없이 뽑아내면서 어긋나기 시작한다. 읽는 이로 하여금 이 남자의 계획이 M문구의 평사원들에게 주어진 운 좋은 월요일에 어떤 영향을 미칠 것인가를 기대하게 만든다. 그러나 이야기는 읽는 이들이 기대했던 바와는 전혀 다른 방향으로 흘러간다. 예상치 못했던 곳에서 사건이 터지고, 그러한 사건들과 맞물린 남자의 범행 역시도 엉뚱한 방향으로 흘러간다. 누구나가 꿈꾸었던 여유로운 월요일이 이런저런 사건과 맞물리면서 가장 긴박한 월요일이 되어 버린다. 상사가 단 한 명이라도 출근했더라면 그에게 모든 책임을 전가할 수 있을 테지만 그날은 그런 상사가 회사 안에 한 명도 존재하지 않는다. 그 기분 좋은 사실이 어느 순간 지옥 같은 현실이 되어 평사원들의 어깨를 짓누른다.

『상사가 없는 월요일』에 실린 5편의 작품 속에 등장하는 사람들은 모두 주변에서 흔히 볼 수 있는 평범한 직장인이다. 출세를 해야겠다는 큰 욕심도 없고, 그저 회사에 충실하고 가족과의 극히 평범한 생활에 만족하는 그런 샐러리맨이다.

「금주를 결심한 날」에서는 한 평범한 샐러리맨에게 회사의 중역을 선택할 선택권이 주어진다. 그것을 이용한다면 출세를 할 수 있을지도 모른다. 그러나 이 선택의 상황은 아내의 불륜이라는 사건과 맞물리면서 어려운 문제가 되어 버린다. 단지 우연히 금주를 결심했을 뿐인 한 남자, 출세보다는 평범한 일상에 만족하는 한 남자에게 주어진 선택의 기회, 남자의 선택은 과연 어떤 결과를 가져올까, 읽는 이로 하여금 궁금증을 잔뜩 불러일으킨다. 이 작품의 반전 역시 누구도 상상하지 못하는 방향에서 일어나 읽는 이의 뒤통수를 때린다. '사는 게 다 그런 거지. 허허허.' 그냥 그렇게 헛웃음만 나오지만 그 속에서 왠지 모를 쾌감이 느껴진다.

「꽃다발이 없는 송별회」에서도 역시 평범한 샐러리맨이 분에 넘치도록 호화스러운 일주일 동안의 출장을 즐기고 돌아온다. 뜻밖의 행운에 행복에 겨워 회사로 향하는 발걸음도 가볍게. 그러나 그의 행운은 계획된 불행의 서막이었고, 하루아침에 그는 직장을 잃고 직장 동료들로부터도 차가운 시선을 받게 된다. 영문도 모르고 행운을 즐기고, 또 영문도 모르고 직장을 잃게 된 평범한 샐러리맨의 자리 찾기. 누구도 상상하지 못할 이 작품에서 보이는 마지막 반전의 묘미는 다른 어떤 소설에서도 맛보기 힘든 쾌감을 준다.

그러나 무엇보다도 「도보 15분」이라는 작품의 탁월성에 대해 언급을 하지 않을 수 없다. 앞을 봐도 뒤를 봐도 다 똑같아

보이는 신도시의 아파트 단지로 이사간 주인공은 여느 날과 다를 바 없이 막차를 타고 귀가한다. 여느 날과 다른 것이 있다면 그것이 이사를 한 첫날이고, 단 한 번도 그 길로 귀가해 본 적이 없다는 사실이다. 그렇다고는 해도 자기 집에 가는 길을 모를까. 그러나 그는 '걸어서 15분' 이면 갈 수 있는 집으로 가는 길을 잃고 만다. 모두가 잠든 새벽, 다 똑같아 보이는 아파트들 사이를 걸어 본 사람이라면 알 수 있을 것이다. 그 절망감. 거기에 집주소까지도 정확하게 생각나지 않는다면. 휴대전화가 일상화된 요즘에는 상상하기 힘든 상황일지도 모른다. 그러나 휴대전화도 없고, 집에 전화도 아직 연결되지 않은 상태에서 집에 가는 길을 잃었을 때는 누구에게 상황을 설명하는 것도 애매하다. 마치 스스로를 바보라고 말하는 것과 마찬가지의 기분일 것이다. 독자는 주인공과 함께 길을 헤매면서 답답함을 느낄 것이고, 그가 겪는 사건들을 마치 자기가 겪는 것처럼 어이없이 바라보게 될 것이다. 「도보 15분」은 우리의 삶 속에 숨겨진 아주 평범하면서도 쉽게 눈에 띄지 않는 함정 같은 것인지도 모른다. 여느 때와 다름 없이, 대수롭지 않게 지나치던 그런 평범한 일상이 지닌 위험성. 우리 주변에도 그런 평범하지만 위험한 일상이 도사리고 있을지 누구도 알 수 없는 것이다.

「보이지 않는 손의 살인」은 앞에서 언급한 네 작품과는 조금 다른 패턴의 작품이라고 할 수 있을 것이다. 우연이 불러일으킨 사건, 그 우연한 사건으로 무기력하게 무너지는 인간. 모든 일은 평범한 공장 견학에서 시작되고 불의의 사고로 이어진다.

불의의 사고는 새로운 남녀의 만남을 가져오고, 그들의 만남은 또 다시 불행한 사고로 이어진다. 누군가의 잘잘못을 따질 수가 없는 우연이 만들어 낸 불행 속에서 주인공은 최악의 상황에 빠진다. 누군가를 탓할 수 없는 상황. 그저 자신이 운이 없었다고밖에 말할 수 없는 상황. 실제로 우리는 그런 상황을 자주 접하는지 모른다. 아무도 원망할 수 없는 상황에서 인간이 선택할 수 있는 것은 무엇일까.

극히 평범한 일상 속에서 불행은 결코 불행이 아닐 수도 있고, 행운 역시 그저 평범한 행운이 아닐 수도 있다. 아카가와 지로는 일상적으로 우리가 겪을 수 있는 일들, 생각할 수 있는 일들을 화두로 삼아 이야기를 풀어낸다. 그러나 이야기의 마지막은 결코 우리가 상상할 수 없는 방향으로 흘러간다. 마지막 반전이 가져다주는 알 수 없는 쾌감. 그것은 해피엔딩이 가져다주는 쾌감과는 또 다른 즐거움을 선사한다. 누구나 겪을 수 있는 일상이지만 누구도 상상할 수 없는 결말. 이 단편집 하나만으로도 아카가와 지로의 매력을 느끼기에는 충분하다고 생각한다. 그러나 아카가와 지로의 세계는 이것만이 아니다. 그의 다양한 작품들을 더 많이 소개할 수 있는 기회가 있기를, 그래서 그가 가진 세계를 한국의 독자들에게도 더 많이 맛보여 줄 수 있는 기회가 있기를 바란다.

2010. 11. 도쿄에서

유은경